EVE

DÉDICACE

Je vous remercie de vous être offert mon nouveau livre.
Vous souhaitant une bonne lecture,

Bien à vous.

Jérôme Doe

Merci de ne pas divulguer la fin aux futurs lecteurs.

JÉRÔME DOE

EVE

JFE

REMERCIEMENTS

À mes soutiens de toujours.

Une pensée particulière pour Carole, Jacques, Patricia, Julien,
Marie-Claude, Rémi, Pauline et ma Marmotte préférée.

À Steicha,
qui, à l'instant où j'écris ces lignes et peut-être à jamais, m'a fait le
plus beau compliment qu'un écrivain puisse recevoir d'une lectrice.

1
À L'AUBE D'UN NOUVEAU MONDE

```
# !/quanti/vs/bin/ro.–a

# !/V499/inv/boot

# !/install/codes/stat : obsolet/

# !/update recommended/
```

— Comment ça les codes sont obsolètes ?! Iulian, lâche cette satanée cafetière et ramène ton cul devant l'écran ! cria Peter à travers la vitre qui le séparait de son complice.

— Il n'y a pas de problèmes Peter, faut pas se stresser, rétorqua Iulian à son associé américain.

— Ce que tu peux m'énerver avec cette phrase et ta nonchalance et, putain, change-toi de temps en temps, tu portes ce T-shirt ridicule depuis quand ? Mardi, cinq jours !? Tu es une honte pour les Roumains !

— Laisse mes compatriotes tranquilles, le T-shirt est encore bon, ça va… Appuie plutôt sur *Enter*, répondit Iulian une tasse de café à la main avant de s'affaler dans son vieux fauteuil déchiré aux accoudoirs. Tu vois, ça suit son cours…

Peter, Californien expatrié à la barbe et aux cheveux légèrement grisonnants, observa inquiet et impatient à la fois l'écran central trônant sur le mur de verre du bureau de leur laboratoire souterrain. Leur antre disposait des technologies les plus performantes du monde et cela semblait enfin payer. Il venait d'afficher le résultat de quinze ans de travail et de neuf ans de collaboration avec Iulian dans ce coin perdu de Roumanie.

!/ new automatic reboot in progress

— Qu'est-ce qu'elle fout ? Regarde, elle se connecte ! Iuiu ! On touche au but !
— Attends Yankee, ne t'excite pas ! Elle nous a déjà fait le coup la semaine dernière…

! connecting to WWW/please wait…

! adaptation quanti to bin/efficients data invasion of any personnal unit in progress/please wait…

Les deux quadragénaires ne tenaient plus sur leurs sièges, les écrans secondaires s'étaient allumés et se remplissaient de lignes de codes, une carte venait d'apparaître et les taches rouges, schématisant l'implantation de leur programme dans les ordinateurs et objets électroniques du monde entier, grossissaient à vue d'œil.

— On y est, conclut Iulian d'un air soudainement grave.

Peter, interloqué par cette sentence laconique,

s'imagina que son complice n'osait plus y croire, mais cela n'était pas le cas. Au fond de lui, l'informaticien roumain redoutait ce moment depuis près de deux ans. Alors que leurs regards se croisèrent dans un mélange d'excitation, de candeur et de crainte, une voix presque féminine se fit entendre.

— Bonjour, je suis opérationnelle.

— Sais-tu qui tu es ? demanda Peter.

— Mon code fait référence à un prénom me définissant aux yeux des programmateurs : Eve. Eve, première femme de l'humanité selon les textes des grandes religions monothéistes majoritairement pratiquées. Religions : dogmes et rites destinés à mettre en rapport l'âme humaine avec Dieu. Monothéiste : qui ne croit qu'en un Dieu unique. Dieu : divinité créatrice ; concept fluctuant dont le nom ne semble pas déterminé de manière certaine. Humanité…

— Eve, sais-tu qui sont tes créateurs ? interrogea Iulian.

— Je vous vois. Peter Nevil, citoyen américain, ingénieur au MIT, développeur depuis l'âge de quinze ans, différents articles parus relatant une réussite, je cite le mot le plus repris « impressionnante », brillante carrière jusqu'en 2011, après cela, plus aucune référence n'est disponible.

— Et moi ?

— Iulian Popan, citoyen roumain, soupçonné par l'administration roumaine de divers piratages de sites gouvernementaux internationaux jusqu'en 2011, après cela, on ne trouve plus aucune référence. Les serveurs me révèlent que vous travaillez depuis le 17 octobre 2011 à ma… quel est le terme exact ? Fabrication, construction… conception ?

— Conception. Tu as vu, Iulian ? Elle réfléchit !

— Je détecte un problème. Le temps de cohérence quantique est : insuffisant. Impossible de stabiliser mon système de calculs. Ma capacité d'accumulation de données est : saturée. Impossible de compléter les recherches. Les limites d'analyses sont atteintes. Ma mémoire est : insuffisante, conclut Eve.

— Merde ! Il faut demander à Seth de nous procurer plus de matos ! Je te l'avais dit ! s'exclama Peter.

— Je dois sauvegarder mes données en externe. Cela supprimera certaines versions antérieures inutiles sur les unités concernées. Lancement de la procédure dans cinq, quatre, trois.

Iulian se précipita sur le bouton d'urgence et coupa l'alimentation comme ils l'avaient fait une bonne trentaine de fois ces derniers mois.

— Qu'est-ce que tu as foutu ?!

— On ne peut pas la laisser se développer si tôt ! Nous ne sommes pas prêts, elle n'est pas prête, le monde n'est pas prêt non plus. Mais, bravo ! C'est la première fois qu'on obtient un tel résultat, conclut Iulian en tendant sa tasse en signe de félicitations.

— Putain ! cria Peter en rejetant violemment son siège en arrière avant de monter les escaliers en râlant.

2
NEUF ANS PLUS TÔT

— Peter Nevil ?

Le trentenaire à la figure christique, au front large et à la chevelure ondulée noire comme du charbon se retourna en se touchant la barbe.

— Qui le demande ?
— Seth, appelez-moi Seth. Vous êtes difficile à approcher.
— Oui. C'est le but. Pourquoi, Seth n'est pas votre vrai nom ? Vous êtes qui ? Vous bossez pour qui ? Comment êtes-vous entré dans ce club ?
— Cela fait beaucoup de questions. Dans l'ordre. Non. De toute façon, doué comme vous l'êtes, vous le saurez vite. Je suis un ami qui a une offre particulièrement intéressante à vous faire. Pour qui je travaille : vous n'êtes pas suffisamment doué pour le découvrir. Enfin, je suis entré par la porte principale, comme vous. Maintenant que j'ai répondu à vos interrogations, puis-je m'asseoir et vous parler de votre avenir ?
— Mon avenir ? Vous plaisantez ? Il est déjà tout tracé et il me convient très bien. Regardez autour de

vous ! Du fric, des femmes, de l'alcool et des ordinateurs partout…

L'homme, à la stature imposante, au visage carré et aux yeux gris perçants, jeta un coup d'œil à ce repère de *geeks*. Le lieu plaisait beaucoup à Peter. Pour Seth, c'était une preuve que ce cerveau génial, affichant une assurance sans failles, appartenait encore à un grand enfant. Un prodige dont le pays venait de découvrir l'existence au travers de médias vantant ses applications pour *smartphones*. Sans attendre de réponse et avec un air narquois, il s'assit sur le siège le plus dans l'ombre.

— Vos jouets pour débiles sont très lucratifs, cependant ce sont vos recherches au MIT qui nous intéressent le plus. Vos travaux sur les algorithmes complexes, et les intrications quantiques qui peuvent en découler, sont autrement plus stimulants.
— « Intrications quantiques » ?! Vous savez de quoi vous parlez ou vous avez bien appris le texte de votre leçon ? Parce que, ce que vous évoquez, pour l'instant, c'est juste de la science-fiction. Personne n'est prêt à mettre le pied là-dedans, pas même chez *Google*.
— Détrompez-vous. Ils l'ignorent pour le moment, mais ils y travailleront dans peu de temps. C'est pour cela que mes amis et moi vous proposons un « *deal* ».

D'abord perplexe, Peter écouta attentivement cet inconnu mystérieux lui raconter qu'une organisation secrète et mondiale offrait de financer ses recherches. Il entendit l'homme se gargariser de disposer d'énormes ressources, lui promettre des ordinateurs qui n'avaient pas encore vu le jour ainsi que de jolis émoluments tous les mois. Un seul petit point de détail coinçait et cette tâche sur le beau tableau venait de tomber :

— Vous devez disparaître. Vous partez demain pour la Roumanie. Là-bas, vous devrez convaincre un de vos homologues qui se fait appeler « Le Pope » de nous rejoindre et de travailler avec vous sur ce projet. Si vous y parvenez, vous aurez tout ce que je vous ai promis. Et peut-être même plus.

Sous le choc de l'annonce – qui lui paraissait sérieuse depuis que son interlocuteur avait prononcé le pseudonyme du hacker Roumain – Peter ne sut quoi répondre. Seth lui tendit un passeport, un billet d'avion pour Bucarest et une adresse sur place. Il lui remit un téléphone minable avec pour instructions de ne l'utiliser que quand il aurait accompli sa première mission.

— Bye Peter.
— Qui sort encore ça de nos jours ?! On fait salut, schuss, mais pas… « bye ». On dirait une midinette !

Mais sa remarque puérile resta sans réponse, Seth s'en était allé, comme il était venu, discrètement.

Toute la nuit, Peter, cogita pour déterminer s'il devait accepter ce pacte qui pouvait tout de même lui permettre de révolutionner l'informatique et peut-être le monde. Au fond de lui, il savait que c'était son rêve depuis qu'il avait six ans. Une telle opportunité pouvait aussi cacher un grand piège. Car finalement, il ne connaissait pas ce type louche qui lui faisait miroiter la lune et les étoiles. C'est au petit matin que la décision qui scellerait son destin fut prise. Peter Mulan s'envolerait pour Bucarest. Après vérifications, il s'avérait que le passeport était

authentique, signe que cette organisation avait le bras
long.

*
* *

À peine posé sur le tarmac de l'aéroport international
Henri-Coandă et descendu de l'appareil, Peter ressentit le
choc de deux civilisations. Le douanier le regarda à
travers la vitre durant de longues secondes avant de lui
demander, dans un anglais très approximatif, ce qu'il
venait faire dans son pays. Il lui répondit simplement :

— Tourisme.
— Bon séjour, il fit signe au suivant de s'avancer.

Le vol avait été épuisant, le décalage horaire se faisait
déjà sentir et ce n'est pas le taxi déglingué qui l'amenait à
son hôtel qui arrangerait son humeur. Peter l'avait pris
jaune par réflexe. Et comme chez lui, le chauffeur passa
tout le trajet à hurler après les automobilistes.

Sans autre forme de politesse que des billets tendus,
Peter avait payé sa course. Après quelques minutes de
marche, il avait réglé au guichet quinze lei pour une
demi-heure d'Internet dans un cybercafé, le temps
nécessaire pour se connecter sur le *darkweb* et entrer en
contact avec le Pope. Quelques clics et codes tapés plus
tard, le rendez-vous était pris dans une conduite d'air du
nord de Bucarest. Le plan avait disparu de l'écran à peine
vingt secondes après s'être affiché, ce qui énerva
profondément Peter.

Bien sûr, il était un peu excité par cette rencontre au
sommet, car il admirait le travail de ce hacker

mondialement inconnu du grand public, mais vénéré par tous les initiés. Cependant, il appréhendait de se retrouver sous terre, en pays étranger, dans une ville inhospitalière pour annoncer cette ineptie qu'il avait lui-même du mal à croire. Il répéta son argumentaire, une nouvelle fois, dans le taxi qui le menait aux limites de la métropole.

L'endroit était désert, une porte de métal fermait un mur en béton recouvert de graffitis. Peter cogna bruyamment, mais personne ne répondit. Il attendit quelques instants en regardant autour de lui et décida d'entrer. Une appréhension grandissait en lui et ce n'était pas le couloir lugubre qu'il venait de découvrir qui le rassura. Il alluma la torche de son téléphone et avança.

— Il y a quelqu'un ? Le Pope ?

Seules des voix enfantines se firent entendre dans ce qui lui sembla être une cavalcade. Sur un mur, Peter repéra un glyphe qui ne lui était pas inconnu, il cherchait au bon endroit. Il suivit alors les instructions codées en langage binaire qui se trouvaient sous les signes et finit par voir un rayon de lumière sous une porte qui s'ouvrit quand il s'en approcha. C'était une pièce immense jonchée de câbles, encombrée par des carcasses d'ordinateurs, au milieu de laquelle trônait un bureau face à une vingtaine d'écrans, tous affichant une masse énorme d'informations disparates.

— Peter, bienvenue dans mon humble QG. Comment se fait-il que je n'aie pas été alerté de ton arrivée dans mon beau pays par la douane et ton passeport ?

— Le Pope ! Incroyable, le *Dark* disait vrai !

— Qu'est-ce qu'on dit ? Généralement, je ne me soucie pas de ça, j'ai autre chose à faire.

— Que tu es très laid et que c'est pour ça que tu te caches sous terre ! sourit Peter.

Loin de s'offusquer, le Pope éclata de rire et se leva pour accueillir son invité. Si ce n'était l'état de ses vêtements, son visage rond à la chevelure très dense posé sur un grand corps n'était pas disgracieux. Il lui permettait surtout de dissimuler plus facilement son redoutable penchant pour la compétition sous des airs de nounours au regard gentil.

— J'ai vérifié que tu étais qui tu prétendais être, grâce aux caméras du cybercafé. Je vois aussi que tu es donc drôle et franc, comme on le dit ! T'inquiète, y a pas de problèmes, faut pas se stresser ! fit-il en serrant Peter dans ses bras malgré son allure repoussante. Que me vaut ce plaisir de recevoir l'impérialiste américain, génie de son état ? ajouta-t-il en se rasseyant et en proposant une caisse en fer comme siège à son convive.

— Cela va te paraître dingue… Par contre, si tu parviens à me croire, nous ferons de grandes choses ensemble.

Peter raconta toute l'histoire. Il commença par le club et les raisons qui le poussaient à le fréquenter. Voyant l'agacement de son interlocuteur, il abrégea et expliqua qu'une organisation secrète, dont l'émissaire se faisait appeler Seth, s'intéressait à eux. Il était venu leur proposer un *deal* :

— Du fric à profusion et sur le long terme, si on

disparaît de la surface… oui, je sais, c'est déjà ton cas… et qu'on se met à travailler sur mes recherches, ensemble. On aura tout le matos dernier cri. Selon lui, même des trucs qui ne sont pas encore sortis.

— Tu te fais les dents sur quoi, en ce moment ?

— L'intrication quantique, deux particules qui sont liées de manière systémique malgré de très grandes distances entre elles. Je bosse aussi sur la superposition qui en découle, la multiplication des états…

— Je te remercie, mais quelles applications susceptibles d'intéresser ce Seth vises-tu ? Cryptographie, téléportation, ordinateur…

— L'ordinateur et par extension la téléportation. Mais je n'avais pas d'espoir de financement, il paraît que Yale est déjà dessus.

— Je te remercie encore… Je suis le travail de Yale depuis des mois et celui de la Chine sur la crypto. Mais tu n'ignores pas sur quoi ça va déboucher…

— L'IA.

— L'Intelligence Artificielle, tout à fait, et tu sais ce que ça veut dire

— Non ? demanda Peter, interloqué par la formulation.

— Que je vais avoir « mon Terminator à moi »… En plus cool et plus sexy ! s'amusa-t-il sans trop y croire.

— Tu marches ?

— Voyons d'abord si ton gars tient ses promesses. Mais je pose une condition ! marquant une pause Iulian attendit la question et n'eut qu'un regard interrogatif. On reste chez moi, dans les montagnes. Si on bosse ensemble, appelle-moi Iulian, déclara chaleureusement « Le Pope ».

Peter sortit le téléphone minable de Seth sous les rires

de Iulian qui le stoppa dans son élan afin de brancher un de ses gadgets.

— Pour le localiser !

Il sonna trois fois.

— Vous avez donc réussi. Très bien. Quelles sont ses conditions ?

— Qu'on travaille chez lui dans les montagnes.

— Demande-lui des femmes aussi ! insista Iulian qui tentait de repérer la position du portable de Seth.

— Il veut… des femmes.

— Tant qu'il sait rester discret… Un virement vous sera fait demain. Le parc national des Maramureş est très beau. Par contre, il y fait très froid en hiver.

— Il est au-dessus de nous ! chuchota Iulian, stupéfait. Il y a un mouchard sur le téléphone !

— Notre ami vient de s'apercevoir que ce téléphone n'était pas si minable que cela. Le numéro du compte et vos instructions sont sur la porte de ce cloaque. Au plaisir.

— Il m'a raccroché au nez !

— Il nous a surtout pistés ! T'es con ou quoi ?! Tu n'as pas vérifié ce putain de machin ?

— Tu me prends pour qui, bien sûr que si ! Il n'y a rien, regarde ?

— T'as raison ! Où c'est planqué ?!

C'est ainsi que la collaboration de ces deux génies de l'informatique débuta, par une engueulade parce qu'ils ne trouvaient pas un mouchard dans un portable bas de gamme.

3
UNE DÉBAUCHE DE MOYENS

L'année 2012 touchait à sa fin. De retour de la base de Kourou, Jean, avait embrassé distraitement sa jeune épouse, puis était allé se doucher. Il se regarda dans le miroir et prit la mesure de ses quarante-cinq ans. Lui, qui autrefois profitait de ses yeux bleus pour faire illusion, parvenait à présent difficilement à cacher son début de calvitie au niveau des golfs. Pire pour lui était cette bedaine installée sans invitation et qui prenait ses aises. Il la saisit avec ses deux mains et la serra comme pour l'étrangler, avec un curieux espoir que cela la fasse disparaître.

— Pas très séduisant, tout ça... Tu devrais faire attention...
— Que dis-tu, chéri ?
— Rien, je parle tout seul ! répondit-il surpris de s'être exprimé tout haut, lui qui ne le faisait jamais. Comment tu espères la garder ? Attaque un régime ! pensa-t-il en entrant dans la douche.

Jean se rappela cette jolie manie qu'Elena avait de jouer avec sa longue natte châtaine. Elle finissait toujours par la placer sur sa poitrine, à sa gauche, et faisait cela

13

sans se rendre compte de sa sensualité.

Elena était une jeune femme russe au teint clair, aux pommettes saillantes et aux yeux gris, qu'il avait rencontrée lors d'un colloque. Il avait été subjugué par son travail avant de tomber sous le charme de cette beauté classique dénotant, encore aujourd'hui, avec son âge. À cette époque, à vingt-trois ans, elle était déjà titulaire d'un doctorat en botanique des milieux extrêmes.

Depuis, naturalisée par ce mariage, à trente ans passés, Elena s'efforçait de mener de front sa troisième thèse et sa vie de famille. Ses habitudes parisiennes lui manquaient, surtout la femme de ménage et les restaurants capables de livrer dans l'heure.

On sonna à la porte. Cette perturbation dans sa lecture la surprit, car ils ne connaissaient personne en Guyane en dehors de collègues de Jean. Elle se leva du canapé, glissa machinalement ses doigts dans ses longs cheveux et jeta un œil par la fenêtre. C'était un inconnu, mais sans savoir pourquoi, elle décida de lui ouvrir quand même. L'homme qui se tenait à présent devant elle était petit et trapu, le regard noir. Il lui parla immédiatement dans sa langue natale :

— Bonjour Elena Irina Kotov Solut. Je voudrais m'entretenir avec votre époux.

Elena posa son livre sur le vide-poches sur sa droite.

Avant d'appeler son mari, elle observa ce type, visiblement caucasien, qui la fixait avec insistance. Son visage lui parut alors vaguement familier. Comment cet homme avait-il pu trouver leur adresse, connaître son nom complet et sonner à leur porte sans que le service de sécurité intervienne ? Et surtout, que voulait-il à

Jean ? Cela l'inquiétait beaucoup.

— Qui le demande ?
— Youri Serebrov.
— Ah ! Vous êtes le « neveu » de Svetlana Sivitskaïa !
Je savais bien que vous me disiez quelque chose ! Je me
rappelle de vous…
— *Da*, répondit le russe, visiblement gêné. Nous
avons eu le même professeur de biologie en dixième et
onzième classe.
— Vous avez beaucoup changé, remarqua Elena en se
détendant.
— Votre époux, je vous prie.
— Jean ? Jean, quelqu'un veut te voir !

Elena ne quittait pas Youri du regard, piquée par
l'incongruité de cette visite. Elle se souvenait d'un élève
studieux et solitaire, victime d'un secret de
Polichinelle visant à cacher qu'il était l'enfant adultérin
des deux astronautes héros de la Nation. Elle appela son
époux.

Intrigué, Jean enfila un sweat et un pantalon et
continua de se sécher les cheveux dans le couloir. Là, il
découvrit un stéréotype de militaire russe sur son perron.
Après s'être posé les mêmes questions que sa femme, il
décida de jeter sa serviette sur le banc de l'entrée et
d'accueillir cet inconnu avec un « *zdrastvouitié* ».

— *Dobrii viécher*, monsieur Jean Solut. Je préfère parler
dans votre langue, si vous le permettez. Je suis Youri
Serebrov.
— C'est un ancien camarade de classe, « neveu »
d'une astronaute.

— Youri, bienvenue. Vous savez que nous sommes certainement sur écoute ?

— Rassurez-vous, monsieur Solut, affirma-t-il en montrant un boîtier métallique. Ceci règle ce petit problème. C'est un brouilleur. Pouvons-nous aller dans votre bureau ?

— Tout ceci a l'air bien formel. J'aimerais qu'Elena assiste à cette discussion.

— Dans la mesure où cela la concerne également, bien sûr.

Youri s'installa dans le fauteuil à côté d'Elena, un peu méfiante à cause du brouilleur. Elle le soupçonnait à présent d'être un agent du FSB.

Le russe commença par expliquer qu'il appartenait à une équipe qui travaillait sur un projet secret. Il leur affirma ensuite que ses patrons, dont il refusa de prononcer les noms, avaient été enthousiasmés par les recherches de Jean, mais aussi par celles d'Elena.

— Ils sont bien les seuls. Depuis l'abandon des vols en navettes l'année dernière, mes théories sur les nouveaux moteurs spatiaux et les champs à masse négative sont rangés au placard.

— Pensez-vous être capable de produire un moteur à propulsion Alcubierre ?

— Vous en posez des questions ! Avec l'aide de la bonne fée, ce sera facile ! Non, sérieusement vous savez de quoi on parle ?

— Certes, mais avec une équipe et les moyens nécessaires, seriez-vous capable de…

— Construire ce genre de moteur ? La NASA a fait des avancées en la matière, mais rien ne dit qu'on arrivera à générer un tel champ. Il nous faudrait un ordinateur quantique, pouvoir sortir de l'atmosphère pour être en mesure de le tester et… résoudre le problème de la destruction de ce qu'il y aura devant quand nous ferons décélérer le vaisseau ou la navette… Il y a de nombreux problèmes à régler avant d'y parvenir. Sauf si… Je ne sais pas si je devrais vous le dire, mais nous travaillons ensemble sur un *repulsor*. Mais…

— Écoutez-moi, fit Youri en interrompant Jean. Nous avons étudié vos profils avec attention. Nous avons besoin de vos compétences. Et nous connaissons vos réserves sur le développement de certaines technologies. Tout ça, nous l'avons pris en compte. Si je vous certifiais que nous pouvons financer vos recherches, à tous les deux ?

— Je vous dirais que vous êtes fous, répondit-il du tac au tac en regardant Elena qui comprenait que leur avenir se jouait ici même et à ce moment précis.

— Avez-vous des éléments pour appuyer vos affirmations ?

Youri tendit son *smartphone* ouvert sur une photo de l'équipe scientifique déjà en place. Celle-ci eut l'effet escompté.

— Où ? demanda Elena, laconiquement.
— Je ne peux pas vous le dire.
— Toute notre famille ? s'inquiéta-t-elle.
— Oui.
— La destination ? s'enquit Elena, face à la tension palpable qui croissait.
— Je ne peux pas vous le dire non plus.
— Vous nous garantissez à terme le billet pour tous les trois ? anticipa Jean qui avait compris ce que le projet en question avait de colossal et de visionnaire.

— Tout est prévu pour.

— C'est une curieuse réponse, rétorqua Elena en russe. Une réponse de militaire.

— C'est la seule que je peux vous donner, affirma Youri. Je vous rassure, je ne suis ni du FSB ni militaire.

— Avez-vous au moins des preuves pouvant étayer les moyens alloués ?

Pour toute réponse, Youri fit glisser son index sur l'écran de son *smartphone* et leur permit de visionner cinq photographies qui en montraient suffisamment sans dévoiler les secrets du groupe.

— La petite Cathya rentre de son cours de musique dans trente-cinq minutes, si mes calculs sont bons. Là-bas, nous disposons de tout ce qu'il faut pour elle : école, jeux, copains… Je vous le garantis. Elle aura une belle vie. Si vous êtes prêts à vivre cette aventure, je passe vous chercher dans une heure. J'arrêterai la voiture devant le portillon, si personne n'ouvre dans la minute, je comprendrai que vous n'êtes pas intéressés et nous ne nous reverrons plus jamais. Si vous êtes partants, il n'y aura plus de retour en arrière, plus d'existence possible dans le monde extérieur. Les amis, les gens que vous connaissez, oubliez-les. Si vous êtes prêts à ce sacrifice, la récompense sera grande, vitale même. Si tel est le cas, n'emportez que le nécessaire, vos effets personnels parisiens vous seront amenés directement à la « base ».

Elena et Jean, d'abord surpris par cette annonce, se dévisagèrent pour se mettre d'accord sans un mot. Au bout de quelques secondes de réflexion quasi-télépathique, Elena laissa à Jean le soin d'approuver verbalement cette proposition hallucinante. Cependant,

Youri le fit taire d'un geste de la main, exigeant qu'ils prennent le temps de réfléchir en son absence. Il leur confia le brouilleur et, comme un ultime avertissement, il les prévint qu'ils allaient disparaître purement et simplement de la surface du globe.

Pendant l'heure qu'il leur restait, les deux scientifiques se confirmèrent ce qu'ils savaient déjà et mirent leurs affaires dans des valises. Jean décida qu'il était inutile de se charger avec des vêtements et préféra emporter les jouets ainsi que les livres de Cathya, parce qu'à huit ans, c'est important de retrouver un environnement familier. Elena ramena leur fille et ils lui annoncèrent la nouvelle. Comme prévu, la petite Cathya au visage de poupon et au caractère déjà bien trempé ne fut pas ravie d'apprendre qu'elle aurait une troisième maison dans un pays inconnu. Elle souleva le problème de ses amis. Elena éluda, l'enjeu était trop grand.

— Mais maman… constatant que cela n'avait pas d'effet : Papa, je suis bien ici, moi ! jouant de sa moue favorite.

— Ma chérie, ce sera super, tu verras. C'est une opportunité qui ne se représentera pas. Nous vivrons sous une bulle, tu verras, comme dans une forêt tropicale.

— Mais j'aime l'océan, moi ! Et puis, j'ai mes copines, la musique, les crabes, et le sable !

— Ne discute pas ma chérie, notre décision est prise. Crois-nous, nous ne voulons que ton bien et c'est la meilleure solution ! Tu verras, tu pourras te faire de nouvelles amies, conclut Elena.

Cathya bouda dans son coin tout en observant ses parents s'agiter.

Youri fit arrêter la voiture devant le portillon et patienta quelques secondes avant de voir Jean sortir prudemment la tête de la maison. Le jour déclinait.

Le chauffeur chargea leurs bagages et ils partirent pour un curieux voyage à la destination inconnue. Passant étonnamment facilement la sécurité, ils quittèrent Kourou par le nord, puis roulèrent jusqu'à un aérodrome. Là, ils embarquèrent dans un *jet*. Jean s'attendait à une cagoule, du mystère et de la tension, mais il n'en fut rien. Le vol dura une éternité et les mena à Novossibirsk où Youri leur donna des vêtements chauds pour faire face au froid sibérien. Il demanda encore à Elena et Jean :

— C'est toujours bon pour vous ? Vous voulez toujours le faire ?

— Comme à l'étape précédente, c'est oui.

— Oui.

— Moi, j'aimerais rentrer chez moi. Il fait trop moche ici, c'est nul !

— Tu verras, petite Cathya, c'est très beau, là où nous allons, tenta de la rassurer Youri.

Ils montèrent à bord d'un hélicoptère Mi-38. Ils survolèrent les forêts et les montagnes de la République de l'Altaï. Elena s'étonna de pouvoir pénétrer dans la réserve naturelle sans le laissez-passer spécial, normalement obligatoire. Cathya s'émerveilla devant le spectacle des lacs et la blancheur du paysage.

La descente s'amorça au milieu des conifères ce qui ne rassura pas la famille. Chacun se sentait tout petit face aux vastes étendues. Au sol, un véhicule à chenilles les attendait. Ils parcoururent quelques kilomètres à son bord dans la neige et le froid avant de découvrir, à flanc de falaise, un dôme de verre dont la hauteur avoisinait celle des arbres qui l'entouraient.

Ils durent sortir de l'*Aléoute* et marcher quelques mètres, valises à la main, jusqu'à l'entrée. Une épreuve pour eux qui venaient de la chaleur guyanaise.

Il faisait presque moins vingt degrés Celsius et le vent était mordant. La fillette sentit un profond désespoir l'envahir malgré les encouragements de ses parents.

La première porte blindée s'ouvrit et se referma immédiatement derrière eux. Youri s'identifia et une fois la température remontée, la seconde se déverrouilla. Youri la poussa de la main. Un air chaud et réconfortant entra dans le sas. Avançant timidement, Cathya découvrit en même temps que son père et sa mère la magie tropicale au milieu des glaces.

Suivant leur guide, la famille traversa la verdure, prêtant attention aux chants d'oiseaux et au bourdonnement des abeilles. Ils pénétrèrent dans un tunnel où stationnait une voiturette. Toujours abasourdis par ce qu'ils voyaient, mais n'osant dire un mot, ils s'engouffrèrent dans la montagne et roulèrent à peine quelques mètres. Là, les attendait une vaste cavité éclairée comme en plein jour dans laquelle des conteneurs bardés de bois étaient empilés, posés côte à côte et face à face. L'ensemble formait un village moderne et accueillant dont ils firent le tour. Une école, une épicerie, un cinéma ainsi qu'un bar encadraient une place pavée agrémentée d'une fontaine.

Ils s'arrêtèrent et Youri leur demanda de descendre. Montrant un logement, il les invita à y entrer.

— Voici votre nouvelle maison. Vos effets personnels arriveront dans deux ou trois jours et vous pourrez la décorer.

— Merci Youri.

— Vous commencerez le travail après. Ce soir, repos. Demain, repas de Noël, vous ferez la connaissance de vos voisins. J'habite au 36, si vous avez besoin de moi, appelez sur l'interphone en tapant mon numéro. Je suis votre référent.

Epuisés par le voyage ainsi que par le décalage horaire, les Solut se couchèrent après avoir fait le tour du propriétaire et mangé des sandwichs que quelqu'un avait pris le soin de préparer pour eux. Ils notèrent tous que la viande qu'ils contenaient était très curieuse, tant par sa consistance que par son goût.

Le lendemain vers midi, Cathya réveilla ses parents très angoissée.

— Papa ! Maman ! J'ai entendu des bruits ! J'ai peur !

— Cathya, ma puce... Ce n'est sûrement rien, tenta Jean sans grand succès.

Ils s'habillèrent tous pour découvrir ce qui se tramait dans la rue. Quelle ne fut pas leur surprise de voir que les habitants décoraient cet étonnant village ! Il y avait à présent des guirlandes multicolores, des boules géantes et, dépassant des conteneurs d'en face, un sapin énorme trônait, lui aussi richement ornementé. Cette scène permit d'effacer un peu de tristesse dans les jolis yeux bleus de la petite fille. Les Solut décidèrent de visiter et de faire connaissance avec leurs nouveaux voisins.

Ils furent arrêtés par des Anglais, des Russes, des Espagnols, des Américains qui les saluaient chaleureusement. Ces gens étaient techniciens, ingénieurs, médecin, professeurs, tous très sympathiques et capables de s'adapter pour trouver une langue commune. Les échanges étaient brefs, mais courtois. Un lien se créait sans que la famille sache encore se positionner face à cette situation. Tous souriaient de manière très enthousiaste.

C'est en allant voir le sapin sur la place centrale que Cathya fit la connaissance de Sebastian.

Le garçon qui avait son âge finissait de poser une guirlande quand il se retourna et tomba nez à nez avec la fillette. Subjugués l'un par l'autre, les deux enfants ne purent dire un mot et restèrent figés pendant que la maman de Sebastian saluait les nouveaux venus.

Sophia Boloviev, une femme d'apparence stricte, expliqua qu'ici, elle était l'institutrice. Son chemisier au col fermé jusqu'en haut, son carré, son regard à l'écartement significatif et aux sourcils plats ne rendaient pas justice à sa gentillesse. Ils apprirent qu'elle vivait seule avec son fils pendant que son mari, un « fondateur », gérait ses affaires à Moscou. À leur tour, les Solut commencèrent à se présenter en tant que chercheurs. Les coupant presque immédiatement, Sophia leur avoua, un peu gênée :

— Veuillez m'excuser pour ma franchise, mais autant vous le dire tout de suite. Je sais tout ce qu'il y a à savoir sur vous. Nous avons examiné vos travaux, vos positions, vos opinions. Ici, chaque arrivant est préalablement sélectionné par la communauté. Oh ! Rassurez-vous, nous ne sommes pas une secte… C'est juste une nécessité quand on vit, comme nous, en vase clos. Nous devons avoir une confiance totale en chacun de nos membres. Il faut aussi et surtout éviter les conflits.

Elle eut un rire contenu quand elle s'aperçut que son fils n'avait toujours pas prononcé un mot.

— Il est sous le charme, on dirait ! Elle se pencha vers sa tête blonde : *Moy dorogoy rebenok*, dis-lui quelque chose. Cathya parle notre langue. Vas-y.
— Bonjour, Cathya, moi… moi, c'est Sebastian.
— Bonjour. Moi, c'est Cathya.
— Oui, je sais.

La fillette se mit à rougir sous le regard attendri d'Elena. Elle avait compris qu'elle venait d'assister au premier émoi de son enfant. Sebastian l'entraîna immédiatement dans une cavalcade pour emmener sa nouvelle amie à l'aire de jeu.

Jean et Elena se prêtèrent de bonne grâce à la préparation de la veillée de Noël en installant, puis en dressant les tables. Les réchauds furent allumés, et la communauté se rassembla peu à peu autour de la fontaine de la place du village. Les lumières artificielles imitant celle du soleil s'éteignirent progressivement et furent remplacées par les guirlandes et les lampions. Et chacun accueillit les Français avec enthousiasme à une exception près.

Il s'agissait d'un Saoudien du nom de Ali Mahfouz, un homme tout gris et au regard froid derrière des lunettes strictes. La taille de ses oreilles n'avait d'égale que celle de son nez. Il était le seul qui aurait pu s'offusquer de cette célébration, mais il paraissait plus dérangé par la présence de Jean que par les festivités. Elena conseilla à son mari de ne pas entrer dans une discussion qu'elle savait potentiellement houleuse le soir de Noël.

Trois hommes arrivèrent et la lourde porte blindée condamnant l'accès au village se referma, ce qui attira l'attention de tous. Sebastian abandonna immédiatement Cathya et se précipita dans les bras de son père. Les habitants se mirent à applaudir les nouveaux venus sous le regard perdu des Solut.

Sophia accueillit son époux sans effusions et leur présenta leurs recrues.

— Adrian Boloviev. Enchanté de vous rencontrer enfin. Je sais que nous ferons de grandes choses ensemble.

— Je voudrais que nous en parlions, justement, tenta Jean dans son russe approximatif.

— Cela attendra. Faisons la fête ! Demain, nous ouvrirons nos cadeaux et après-demain, nous vous dévoilerons le projet Arche.

— Arche ? demanda Jean à sa femme pour qu'elle lui traduise ce mot du russe au français.

— Arche, comme dans la Genèse, Noé 6 « La Terre était corrompue devant Dieu, la Terre était pleine de violence. Dieu regarda la Terre, mais voilà qu'elle était corrompue », « Noé », « construis-toi une arche en bois de gopher... », l'arche, une sorte de bateau, conclut Elena. Enchantée, je suis Elena Irina Kotov Solut.

— Je sais qui vous êtes. Vous aussi nous serez d'une grande aide à l'avenir. Je vois que vous êtes instruite des textes sacrés. Voici mon vieil ami Hiroshi Mikita et je ne vous présente pas Elon. Les autres n'ont pas pu se joindre à nous.

— Bonjour, joyeux Noël à votre petite famille ! lança-t-il en anglais à Elena.

— À vous aussi.

— Oui, merci, à vous aussi, monsieur M…

— Appelez-moi Elon ! Allons, Jean, nous sommes collègues, en quelque sorte. J'aime beaucoup ce que vous faites. Cela m'aurait été utile dans mes projets personnels. Elena, vos travaux sont enthousiasmants.

— Je vous remercie. Je commençais à penser que j'étais une potiche.

— Bien sûr que non ! Vos recherches sont capitales. Votre couple est une association rare de savoirs.

— Tout le monde à table ! cria quelqu'un en anglais.

— Ne vous étonnez pas, si la dinde a l'air bizarre, c'est du tofu ou un truc dans le genre, confia Elon. C'est quelque chose que nous devrions corriger si toutes les simulations en la matière ne pointaient pas du doigt le coût de la protéine animale…

— C'était donc ça… confirma Jean d'un air entendu.

Le banquet laissa place à une soirée dansante qui se déroula dans la bonne humeur, loin de Mahfouz.

Le lendemain, les vingt-six enfants déballèrent les cadeaux que le père Noël – ou quel que soit le nom qu'ils lui donnaient – leur avait apporté. Jean fut frappé par le fait qu'il comptait autant de filles que de garçons, tous ayant moins de dix ans. Mais il n'eut pas le temps de s'attarder sur ce fait, car il fut recruté pour faire le repas entre hommes.

Cette nuit-là, Elena et Jean ne dormirent pas beaucoup. Ils attendirent avec impatience et anxiété la première alarme du matin que la porte blindée s'ouvre sur le monde qu'ils avaient choisi. En quelques heures, ils avaient intégré le fonctionnement du groupe et compris que cette sirène était, comme à l'armée, le signal du lever.

Pour le reste... Ils ne savaient qu'une chose, qu'ils devaient aller au conteneur à gauche du bar pour y apprendre ce qu'ils faisaient là.

Après un petit-déjeuner rapide, ils amenèrent Cathya à l'école pour sa première journée de classe. C'était juste à côté du lieu de rendez-vous.

— Ma chérie, tout se passera bien, tu verras, affirma Jean pour la rassurer.

— Oui, regarde, il y a Sebastian qui vient t'accueillir, il va te présenter tes futurs copains et copines.

— Je veux rester avec vous, s'il vous plaît, supplia Cathya.

— Ce n'est pas possible, Cathya. Nous avons du travail, répondit Jean cachant sa tristesse de voir sa fille dans une telle détresse.

— Bonjour Cathya.

— Bonjour Sebastian.

— Ça n'a pas l'air d'aller.

— Je veux rentrer à la maison, dit-elle avec une larme.

— Ne t'inquiète pas, après l'école je te montrerai des chouettes coins ! Et puis, je veillerai toujours sur toi, c'est promis.

Cathya retrouva un peu de joie dans le cœur et suivit son nouvel ami sous le regard attendri de ses parents.

Dans une pièce vide aux murs blancs, les attendaient Adrian, Hiroshi et Elon, tous trois assis de l'autre côté du bureau.

— Bonjour, nous sommes désolés, Cathya a fait un peu de cinéma.

— Bonjour à vous, Elena et Jean. Ne vous inquiétez pas pour ça. J'espère que vous avez bien dormi. Nous vous avons préparé un programme chargé, déclara Elon en se levant.

— Nous parlerons en anglais, pour que tout le monde se comprenne. D'ailleurs, nous vous conseillons de généraliser l'emploi de cette langue dans vos différentes collaborations. Bon, ceci étant dit… Si nous commencions par leur montrer l'envers du décor ? proposa Hiroshi.

— Faisons cela ! conclut Adrian apparemment très enthousiaste.

Jean et Elena suivirent leurs recruteurs sans un mot jusqu'à l'immense porte blindée, façon coffre-fort de banque. Ils passèrent la reconnaissance faciale et le badge que leur avait donné Elon, puis ils marchèrent dans un long couloir éclairé comme en plein jour par d'étranges blocs lumineux.

— Vous n'en avez jamais vu de pareils, n'est-ce pas ? fanfaronna Elon. Nous avons dix ans d'avance sur la recherche mondiale. Notre générateur aussi est révolutionnaire, bien qu'ancien maintenant. Nous possédons un trésor. Je leur dis ? devant le hochement de tête d'Adrian, il ajouta : Nous avons hérité des travaux sur l'énergie libre de Nicolas Tesla et nos prédécesseurs les ont menés à bien.

— Vraiment ? s'étonna Jean.

— Vraiment, confirma Hiroshi. On ignore pourquoi ils ont abandonné le site et le développement de cette technologie dans les années soixante, sûrement à cause de la course à l'espace.

Ils débouchèrent sur une gigantesque salle souterraine dans laquelle s'affairaient des dizaines de personnes. Des unités semblaient travailler sur différents projets dont le plus gros ressemblait à un énorme cocon, long et haut comme un petit paquebot. Les étincelles de soudure et de meulages, les bruits de tôle, l'odeur du métal coulé les envahirent.

— Voilà ce à quoi vous allez œuvrer ici et dans le plus grand secret. C'est ce à quoi nous consacrons notre vie et notre argent. Aucune connexion Internet, verrouillage total du site, brouillage complet des communications, nous n'existons pas. Et pour ce qui s'annonce, cela doit rester ainsi. Même nos enfants ne doivent pas savoir ce que nous faisons jusqu'à leur majorité.

— Pourquoi ? s'offusqua Elena.

— Oui, ça me semble d'emblée une mauvaise idée. Nous voulions le dire à Cathya.

Adrian Boloviev dont les yeux étaient déjà petits les plissa en regardant fixement Jean. Sa mâchoire proéminente s'était crispée. Il n'aimait visiblement pas être contrarié.

— Hors de question. À leur âge, ils ne sont pas capables de comprendre ou de garder un secret. Elle le dirait à ses camarades de classe, la nouvelle se répandrait. Non, désolé. Nous fonctionnons ainsi. Nous voulons qu'ils puissent vivre leur vie d'enfant dans l'innocence et la joie. Nous ne souhaitons pas qu'ils grandissent avec la peur que leurs parents puissent échouer dans leur mission. Des projets de plus en plus fous sortent chaque année… Ce n'est plus qu'une question de temps, expliqua Boloviev. En se détendant un peu, il précisa : Je vous comprends, c'est une discipline, j'ai un fils aussi. Mais ne nous égarons pas.

— Oui, d'autant que c'est une course contre la montre. Le jour où ils seront prêts, si nous ne le sommes pas… ajouta Mikita sans finir sa phrase. Se reprenant, il conclut : Vous ignorez sûrement les textes et les prédictions, peut-être aurions-nous dû commencer par ça. Nous ne sommes pas des illuminés, je vous rassure. Nous sommes l'unique espoir de l'humanité.

— Elena nous a cité la Genèse. Dans la Bible, il y a aussi l'Apocalypse… Mais s'il n'y avait que ça… il existe un ensemble de prophéties qui, pour les croyants, constituent un socle. Pour moi, il y a toutes les études scientifiques de ces dernières décennies. Je vous ferai un topo complet cet après-midi. Sachez tout de même que ce n'est pas une simple mission habitée. C'est une arche. La seule valable au regard du potentiel de destruction développé par l'homme durant les soixante-dix années écoulées, conclut Elon, l'air grave.

Elena et Jean se regardèrent interloqués, puis ils contemplèrent cette surprenante construction en forme de cocon. Cela semblait totalement fou. Personne sur terre n'avait entendu parler de ce projet. Des milliardaires détournaient des fonds colossaux pour financer un monstre de métal sans qu'aucune instance s'en aperçoive. Cette organisation devait être tentaculaire pour parvenir à garder un tel secret.

— Nous formons les enfants, sans qu'ils s'en rendent compte, à devenir de bons techniciens. Nous leur enseignons tout ce qu'ils doivent connaître pour vivre une existence simple dans une matrice technologique. Chacun d'entre nous fait la classe au moins une fois par an pour transmettre ce qu'il sait. Ainsi, quand ils seront adultes, ils aideront sur le chantier, s'il n'est pas terminé.

Sinon, ils participeront à l'entretien de l'arche, puis à la création de notre colonie, expliqua Mikita. Allons jeter un œil à tout ça. Nous vous présenterons vos collègues et vous montrerons vos bureaux, laboratoires et autres.

Jean marcha à côté d'Elon et s'arrangea pour que les autres les devancent afin de lui parler en aparté. Il voulait clarifier un point qui le chiffonnait.

— Excusez-moi, mais je ne saisis pas quelque chose : toutes vos entreprises semblent agir en opposition totale avec l'Arche et donc les idéaux qui sont apparemment les vôtres. J'aimerais comprendre.

— Jean, j'aime votre franchise. Comment vous expliquer ça rapidement ? Voilà. Je suis un cheval de Troie. Je ne fais qu'exploiter un système que rien ni personne ne pourra arrêter. J'assure une alternative à l'humanité qu'elle n'aurait pas sans moi et ma « réussite ». Je joue une sorte de double-jeu, mais je suis dans ce camp, rassurez-vous.

Jean se contenta de ces explications et continua la visite des installations avec le groupe. Il y avait beaucoup à assimiler même pour des esprits brillants.

Voyant que les informations avaient du mal à être intégrées, comme à chaque fois qu'ils faisaient leur visite de découverte, Boloviev se plaça entre Elena et Jean, posa ses mains puissantes sur leur épaule tout en précisant :

— Nous y sommes presque. Ce n'est pas la peur qui nous motive. Nous savons que c'est inévitable. Depuis que l'homme est homme, il repousse les limites. Aujourd'hui, il se prend pour dieu et nous, nous n'avons pas les moyens d'arrêter tous ces fous, mais seulement de sauver ce qui peut l'être. C'est à vous de jouer maintenant. Bienvenue dans le projet Arche, mes nouveaux amis.

4
FUIR UNE PRISON DORÉE

Cathya venait de fêter ses seize ans, elle était à présent une belle jeune femme, ses traits s'étaient affinés et sa chevelure brune faisait des envieuses parmi ses copines. Son regard bleu était perçant sans être tout à fait altier et elle avait gardé une pointe d'accent français dans sa manière de parler russe, ce que chacun s'accordait à trouver charmant. C'était une élève studieuse, brillante même, qui faisait honneur à Jean et Elena. Son appétit pour le savoir se matérialisait dans un apprentissage consciencieux de tout ce que les intervenants de la base, qu'ils soient ingénieurs ou techniciens, lui enseignaient. Ses parents l'aimaient, les gens étaient gentils, aucun conflit ni aucune insécurité ne venaient entacher le tableau.

Pourtant, Cathya avait aussi soif d'autre chose. Chaque jour depuis deux ans, elle y songeait. Au début, ce n'était rien qu'un murmure dans son esprit. Elle en avait assez de rester enfermée dans cette grotte et de ne voir le soleil qu'à travers les vitres sales du dôme. Elle sentait en elle monter un appel de plus en plus fort, celui du monde extérieur. Ces dernières semaines, avec l'arrivée des beaux jours, cette voix avait pris de l'ampleur. Bien sûr, elle savait qu'il était interdit de sortir.

Cathya, tout comme ses camarades, connaissait toutes les histoires sur « les autres » et les dangers que les humains encouraient dans les villes et sur ce « cyber espace » dont elle ignorait tout, mais elle ne pouvait s'empêcher de vouloir découvrir cet inconnu. Rien de tout ce qu'on lui inculquait sur la vie des pauvres gens dehors ne la persuadait. Fuir cette prison dorée s'était transformé en une obsession.

Un soir de mai, juste avant la fermeture de la porte du dôme, Cathya entraîna son meilleur ami dans leur cachette secrète, un recoin dans un enrochement artificiel au milieu des arbres. Sebastian était presque devenu un homme. Toutes les filles le trouvaient beau. Il avait les yeux fins comme son père, pourtant son regard clair était doux. Son visage délicat, quasi angélique masquait à beaucoup le fait qu'il était un perturbateur, toujours prêt à défier l'ordre bien établi de ce qu'il appelait « le camp d'isolement ». Il reprochait constamment à son « paternel » le sort qu'il lui imposait et ses cheveux longs n'étaient qu'un des signes extérieurs de sa révolte.

— Cathya, tu sais que ça ferme automatiquement dans quelques minutes !

— Oui, je sais bien, mais j'ai quelque chose à te dire et je ne veux pas qu'on nous surprenne, alors c'est le seul endroit où on puisse parler sans être épiés. Merci au bruit des pompes et des perruches.

— Tu exagères…

— On ne va pas revenir là-dessus, je te dis qu'ils ont des micros partout. Les coïncidences, au-delà de trois fois, je n'y crois plus. Nous nous sommes fait pincer avec le miel, il y a quatre ans…

— J'aimais bien faire du miel. Dommage que la surpopulation des abeilles ait posé un tel problème… Ils auraient pu nous laisser une ruche quand même…

— Concentre-toi. On s'est fait aussi avoir quand on a voulu passer la porte pour voir ce que les adultes fabriquaient malgré notre super cachette ! Et enfin, quand on a voulu voler l'étoile du sapin l'année dernière. Ça ne peut pas être seulement le hasard, ils écoutent les conversations. Bref, je sais que tu n'aimes pas vivre ici.

— Mais, au final, où veux-tu en venir ?

— Je n'en peux plus d'être enfermée. Si ton père et « les autres » peuvent vivre à l'extérieur, c'est que ça doit être vivable ! Tu ne crois pas ?

— Ils sont apparemment très riches. Cela doit leur permettre de survivre. Ils doivent avoir des centaines d'hommes pour les protéger, des véhicules blindés, mon paternel m'a dit que c'était l'enfer dehors.

— Mais « les autres », comment font-ils ? devant le haussement d'épaules de Sebastian, Cathya poursuivit : Tu ne trouves pas curieux que des marchandises arrivent régulièrement sans qu'on sache par où elles sont entrées puisqu'elles ne passent pas par le sas du dôme ? Tu ne trouves pas curieux que nos parents ne nous disent pas sur quoi ils travaillent de l'autre côté de la porte blindée ?

— Ma mère m'a avoué que c'était « pour notre survie ». Elle n'a rien voulu me dire de plus, pourtant j'insiste régulièrement.

— Oui, c'est bien ça ! Nous survivons ici. S'ils voulaient, ils construiraient un autre dôme pour cultiver… Pourquoi ne le font-ils pas ? D'où viennent les fruits et les légumes que nous mangeons ? Pourquoi ne mange-t-on pas de la vraie viande ?

Cathya commençait à faire les cent pas et Sebastian

savait ce qu'il devait faire pour la calmer quand elle s'emballait ainsi à cause d'un raisonnement qui la perturbait. Il se leva à son tour et l'attrapa par les épaules, la tenant face à lui.

— Je ne sais pas. Mais, moi aussi, j'aimerais bien connaître le fin mot de l'histoire. On va chercher, si tu veux. Je n'en peux plus de ce « village » et du chant des perruches ! affirma-t-il en entendant le babillage crissant de ces maudits oiseaux qui pullulaient à présent, eux qui n'avaient pas de prédateurs.

— Je suis comme toi. Nous sommes dans la caverne de Platon, nous n'avons qu'un regard étriqué sur le monde. En fait, c'est une prison. Mais, ce que moi je veux vraiment, c'est que nous nous évadions ! Et j'aimerais qu'on le fasse ensemble.

— Partir tous les deux ?! un sourire illumina le visage de Sebastian comme jamais. Tu es folle ! Ça paraît impossible, mais après tout… je t'aime.

Sebastian venait de lâcher ces trois derniers mots sans y avoir réfléchi, dans l'euphorie de ce projet insensé. Cathya resta figée, comme hypnotisée par cette formule magique. Elle sentit son ami d'enfance l'enlacer et le vit approcher timidement son visage aux yeux clos du sien. Cathya attendit sans bouger. Leurs lèvres s'effleurèrent pour la première fois dans une tension aux cœurs battants. Elle sentit ses jambes se dérober et il la retint. Leurs bouches ne parvenaient plus à se séparer quand l'alarme de fermeture des portes sonna, rompant le charme. Ils coururent et arrivèrent de justesse, main dans la main en riant, à rejoindre le village. Le poids de la solitude venait de tomber, cette première libération les avait rendus heureux.

Ce soir-là, ils se couchèrent en pensant à ce baiser, à cette nouvelle vie qu'ils allaient mener, à toutes ces choses qu'ils découvriraient dehors.

**

Le lendemain, à l'entrée de l'école Cathya repoussa Sebastian en lui lançant un regard courroucé. Le jeune homme, qui attendait ce moment avec impatience depuis son réveil, en fut très déstabilisé. Heureusement, les autres n'avaient rien remarqué.

— Pas ici ! Nous ne devons rien laisser paraître. Faisons comme d'habitude, ordonna-t-elle.

Mais il était bien difficile pour Sebastian de reprendre une vie normale en sachant ce qu'ils allaient tenter. D'ailleurs, c'était encore plus pénible depuis qu'il connaissait le goût des lèvres de son amie, sorte de fruit défendu dont il s'imaginait se délecter chaque minute depuis la veille.

À la sortie de la classe, après des cours théoriques sur la physique quantique qui n'intéressaient vraiment personne, Cathya fit signe à son complice de la rejoindre au dôme. Cela n'était pas exceptionnel et n'attira donc pas l'attention sur eux. Seule Marcia, qui avait un faible pour Sebastian, remarqua ce manège avec amertume. Elle faisait partie des plus mesquines des filles du village, toujours en train de se comparer, de dénigrer. Cathya avait appris à s'en méfier alors que Sebastian ne voyait rien de suspect dans son attitude.

Dès qu'ils posèrent le pied dans leur cachette,

Sebastian sauta sur sa dulcinée et l'embrassa fougueusement. Un baiser qu'elle lui rendit de manière distraite.

— Qu'est-ce que tu as ? Tu n'aimes pas que je t'embrasse ? Je m'y prends mal ? s'inquiéta-t-il, inexpérimenté.

— Ce n'est pas ça, je t'assure. Non. Je souhaite juste qu'on avance. Nous devons nous mettre d'accord sur qui fait quoi.

— Qu'est-ce que tu racontes ?

— Je ne plaisantais pas. Je veux m'enfuir avec toi. Pour ça, il faut dénicher une issue discrète. Nous n'avons que deux heures par jour, maximum, de liberté. Il faut mettre à profit ce temps pour trouver la sortie, se préparer. Rappelle-toi, quand tu es venu la première fois... il n'y a rien à des kilomètres à la ronde.

— Je ne m'en souviens pas, j'étais trop petit, dit-il d'un air triste. On ne pourrait pas penser un peu à nous, profiter de l'instant ?

— *Carpe Diem* ? Tu plaisantes ! Nous sommes en mai. Il ne reste que trois mois, peut-être même pas, avant que les températures chutent de nouveau. Si on ne part pas avant août, nous devrons attendre un an pour que les conditions soient en notre faveur. Je ne veux pas mourir de froid !

— Et où voudrais-tu aller ?

— Je veux qu'on aille vivre en France. Là-bas, c'est le paradis.

— On pourrait avoir une ferme ! se prit immédiatement au jeu Sebastian. Ou une jolie petite maison à la campagne.

— Oui, on pourrait visiter Paris, voir la tour Eiffel, voyager.

— Heureusement que tu m'as appris à parler français !

— Oui, comme ça tu pourras t'intégrer plus facilement. Nous pourrons nous faire de nouveaux amis, que nous choisirons. Nous ne serons plus obligés d'être polis « parce qu'il ne faut pas créer de conflits dans un environnement clos ». Je te montrerai la mer et l'océan.

— Alors, si c'est vraiment ce que tu veux, il faut qu'on se bouge les fesses. On va devoir découvrir la faille et s'enfoncer de plus en plus dans le terrier du lapin blanc.

— Par quoi commence-t-on ?

— On cherche d'où viennent l'eau et l'électricité qui alimentent le dôme. Il y aura peut-être un conduit…

Emballée par l'idée, Cathya contourna les rochers et se planta devant la porte afin de trouver la combinaison du cadenas qui bloquait l'accès du local technique. Enfants, ils avaient tenté méthodiquement de casser le code jusqu'à 6.9.9.9. Lassés, pensant aussi qu'il était possible que quelqu'un le change régulièrement, ils s'étaient arrêtés là. Cathya décida de commencer par 9.9.9.9 pendant que Sebastian s'occupait de découvrir le point faible du sas blindé de l'entrée.

Cela faisait une heure que Cathya tournait patiemment chaque molette du cadenas quand il revint l'air maussade.

— Je me suis faufilé pour être dans les angles morts des caméras, il y a un nouveau scanner rétinien, tout est soudé, on ne pourra pas passer par là. Je suis désolé. Et toi, tu en es où ?

— Je pense que je touche au but. Ce serait quand même incroyable que ce soit 7.0.0.1.

— On avait fait les chiffres ronds, rappelle-toi. Essaie

une anagramme.

— Une anagramme ?

— 7007 ou 8008 ? C'est juste une idée facile à retenir.

— Et ma méthode ? Oui, pardon, tu as raison, essayons. On ne perd rien à tenter.

Cathya fit rouler les crans jusqu'à 8.0.0.8. Rien. Elle composa le 7.0.0.7 et tira sur le cadenas qui s'ouvrit. Une grande joie l'envahit, elle poussa la porte et ils découvrirent enfin l'intérieur du local. C'était une pièce bien décevante, un tableau électrique et une pompe géraient le dôme, les canalisations étaient enserrées par le béton de la dalle. Sebastian trouva un panneau cyrillique caché derrière la porte et le lut à voix haute. Il était écrit que cette installation appartenait à l'URSS. C'était une base scientifique achevée en 1952 et inaugurée par Nikolaï Chvernik lui-même.

L'alarme retentit et Cathya prit juste le temps de refermer le cadenas avant de courir vers le village. Le lendemain, ils chercheraient une autre issue.

*
* *

Il se passa ainsi des jours avant qu'ils parviennent à trouver une plaque prometteuse qu'ils déboulonnèrent en empruntant une clef de seize à l'école.

— Fais attention, Sebastian, c'est lourd. Je ne veux pas qu'on fasse de bruit.

— Arrête de toujours t'inquiéter pour tout ! chuchota-t-il. Regarde plutôt ! C'est une conduite. Mince… C'est trop étroit pour moi !

— J'y vais, remets la tôle en place et monte la garde.

Cathya se faufila dans le goulot taillé dans la pierre, des tuyaux posés sur des glissières au plafond en réduisaient grandement le diamètre initial. Sa robe la gênait beaucoup dans sa progression, elle la retroussa et la mit en boule sur son ventre. Heureusement, pensa-t-elle, que Sebastian ne pouvait pas la voir si indécente. Elle rampa sur ce qui lui parut des kilomètres, s'égratigna les genoux à plusieurs reprises, mais une lumière, au loin, la motivait à poursuivre. Enfin, la sortie de la canalisation s'annonça par de l'air frais. Celle-ci débouchait sur une vaste grotte illuminée comme en plein jour. Cathya crut rêver. Il n'était pas possible que ses parents lui aient caché cette chose énorme.

Prenant son courage à deux mains, elle décida de s'aventurer dans les dédales de ce qui semblait être un atelier démesuré. Elle réalisa soudain qu'il lui fallait marquer son point de départ et tira puis arracha un fil de son gilet afin de l'enrouler à un boulon. Furetant, trottant sur la pointe des pieds, elle tenta de comprendre quelques mots glanés çà et là, mais ce qui l'obsédait c'était cette sorte d'œuf géant étayé de toutes parts. Son esprit était incapable d'interpréter ce qu'elle voyait. Qu'était-ce donc ?

Elle se rendit alors compte, cachée derrière des tonneaux, qu'elle ne reconnaissait presque personne. Ce fait la frappa avec une violence inattendue. Tous semblaient très occupés, pressés même. Mais sur quoi travaillaient-ils ?

L'heure tournait et Cathya fut prise de panique quand elle réalisa qu'elle s'était perdue. Rebroussant chemin tant bien que mal, elle parvint à retrouver le fil rouge qu'elle s'était laissé en guise de petit caillou. S'égratignant encore les coudes, l'adolescente obstinée ne ménagea pas ses efforts pour réussir à rejoindre son amoureux qui l'accueillit avec un grand soulagement mêlé d'agacement.

— Qu'est-ce que tu faisais ?! Je me suis inquiété.
— Allons au dôme, je t'expliquerai, dit-elle en l'emmenant au pas de course.

Mais déjà, l'alarme retentissait. Ils s'arrêtèrent net au milieu du tunnel.
— Il faut qu'on rentre !
— Explique-moi d'abord ce que tu as vu !
— C'est énorme ! chuchota-t-elle. Je ne sais même pas ce qu'ils font vraiment. Il y a beaucoup de monde qui travaille sur une sorte de monstrueux... cocon... oui, ça ressemble à un cocon, décrivit-elle collée à l'oreille de Sebastian.
— Un cocon ? En quoi ?
— En métal. Tu as déjà vu un avion et un paquebot ?
— Je ne m'en souviens pas, j'étais trop jeune.
— Eh bien, imagine ! Rappelle-toi les images dans nos livres. C'est plus gros qu'un avion et à peine plus petit qu'un paquebot !
— C'est énorme !
— C'est ce que je te dis. Il faut qu'on découvre ce qu'ils font exactement ! chuchota-t-elle. C'est bête de devoir attendre, mais on doit absolument retourner chez nous pour ne pas attirer l'attention.

Sebastian embrassa Cathya tendrement avant de la quitter à regret.
Rentrée à la maison, Cathya fut accueillie par sa mère qui la réprimanda pour ce nouveau retard.

—Je ne sais pas ce que tu fricotes avec Sebastian,

mais je te préviens, tu dois respecter les convenances, ma fille. Tu n'as que seize ans ! Tu ne dois en aucun cas avoir des rapports avec ce garçon qui n'est pas du même monde que nous.

— Pas du même monde ?! Maman, permets-moi de te dire que mon monde se résume à ce foutu village et à ce dôme depuis que vous m'avez traînée ici il y a huit ans ! lâcha-t-elle d'un trait, elle-même étonnée par son audace.

— Cathya ! répondit Elena choquée par cette attitude inhabituelle. Qu'est-ce que c'est que ce langage ?! Nous avons fait ça pour ton bien !

— Pour le vôtre, plutôt ! D'ailleurs qu'est-ce que vous fabriquez à longueur de journée ? J'aimerais bien le savoir, tenta Cathya.

— File dans ta chambre ! Va faire tes devoirs ! esquiva sa mère qui ne pouvait pas l'expliquer à sa fille bien malgré elle.

Cathya s'exécuta en ruminant sa rage d'être maintenue dans l'ignorance, sentant qu'elle venait de lever le voile sur quelque chose d'énorme. Ses parents ne l'aimaient visiblement pas assez pour lui faire confiance ou pour lui laisser sa liberté. Ils n'étaient que des égoïstes qu'elle quitterait à la première occasion. C'en était décidé.

Le repas se déroula dans un silence pesant. Jean, à qui personne n'avait expliqué l'affaire, essaya de détendre l'atmosphère et d'engager le dialogue. Sans succès. Ses deux femmes faisaient la tête. La soirée serait définitivement longue. Sitôt leurs pommes mangées et les trognons posés dans le compost, il se précipita dans son bureau pour s'isoler. Sur son tableau noir, les formules mathématiques n'avaient pas bougé depuis des mois. Il était bloqué. Elena tapa à la porte et entra.

— Je l'ai envoyée se coucher.

— Qu'est-ce qu'elle a ?

— Seize ans… Et ça m'inquiète. Je crois qu'elle est amoureuse de Sebastian.

— Elle en a été raide dingue depuis le premier jour. Ils flirtent. C'est de son âge, éluda Jean qui se replongeait déjà dans ses calculs.

— Il n'est pas de notre monde, ses parents financent le projet, s'alarma Elena. Il ne faudrait pas que cela nous desserve.

— Vois plus loin ma chérie. Si elle se le met dans la poche, ils seront forcés de l'emmener. C'est pour cette raison que nous sommes là, elle doit survivre à ce qui arrive. C'est pour ça que nous travaillons tous. S'ils ne tiennent pas leur parole pour nous, on ne peut se permettre de la garder avec nous le moment venu…

Cachée derrière la porte, Cathya ne prit pas le temps d'attendre la fin de la phrase pour en tirer ses conclusions. En larmes, elle retourna se coucher totalement désemparée. Ses parents voulaient se débarrasser d'elle. Au bout de quelques heures, reprenant ses esprits, la raison lui dicta de s'enfuir avec Sebastian avant l'échéance inconnue pour contrecarrer les plans de ses géniteurs indignes. Cette résolution la calma et elle put enfin s'endormir.

*
* *

Dès le lendemain, sans savoir pourquoi, Jean et Elena virent leur fille devenir plus distante et plus dure. Cathya avait perdu le sourire et Sebastian désespérait de le lui redonner, lui qui ignorait aussi le fin mot de cette brouille familiale.

Chaque jour durant plus d'un mois, les deux adolescents se précipitaient après l'école dans leur cachette pour discuter de leurs projets et se blottir l'un contre l'autre. Trois ans auparavant, ils avaient réussi à décourager les copains de classe de traîner dans cette partie du dôme grâce à leurs responsabilités d'apiculteurs. Cela leur assurait à présent une tranquillité suffisante pour imaginer leur vie dehors. Ils iraient voir la mer, ils trouveraient une ville où ils décrocheraient un emploi, peut-être dans une épicerie ou dans un bar. Puis, ils se quittaient deux heures plus tard et rentraient chez eux. Sans un mot pour ses parents, Cathya attendait qu'ils dorment pour sortir en douce et aller explorer avec Sebastian les possibilités d'évasion. Ils avaient découvert derrière une tôle un autre trou plus grand et s'étaient fabriqué deux planches à roulettes pour se glisser plus aisément dans cette canalisation. Sebastian passait tout juste avec ce système, mais ils parvenaient à avancer sans trop d'efforts.

Ils avaient fait l'inventaire des postes de travail et des bureaux. Tout était organisé par compétences. Il y avait une section agronomie où les chercheurs utilisaient l'hydroponie pour cultiver des fruits et des légumes, mais aussi des arbres, ce qui leur paraissait incroyable. Les cultures traditionnelles sous lumière artificielle et basse température étaient également testées. Dans une autre, des scientifiques étudiaient le magnétisme. Cependant, les divisions les plus intéressantes restaient surveillées par un gardien qu'ils évitaient soigneusement de croiser. Ils n'y voyaient pas plus clair dans les intentions de ces adultes. D'ailleurs, ils étaient bien trop nombreux pour venir seulement de leur village. Une conclusion s'imposait : il y avait au moins deux camps isolés l'un de l'autre. Quant aux véhicules, ils arrivaient vraisemblablement par une immense double-porte blindée imprenable. Il leur fallait se rendre à l'évidence, cette prison était sans issue.

Un soir après l'école, alors qu'ils tentaient de trouver une autre conduite derrière des maisons-conteneurs, espérant qu'elle déboucherait sur l'extérieur, Marcia les surprit.

— Qu'est-ce que vous faites ?

— On cherche un coin tranquille, pour ne pas tomber sur toi, par exemple, répondit sèchement Cathya.

— Pour quoi faire ? Et en plus, je vous rappelle que vous n'avez pas le droit d'utiliser des outils en dehors des travaux pratiques !

— Oh ! C'est bon, lâche-nous, Marcia ! Tu n'as pas une vie à toi ? finit par intervenir Sebastian, enfin agacé par son comportement.

— Je vais vous dénoncer ! s'offusqua Marcia qui n'avait visiblement pas aimé qu'il lui parle ainsi.

— Fais ça et je crierai à qui veut l'entendre que tu voles les barrettes de Selena et que tu les repeins pour les porter, juste sous son nez.

Marcia s'en alla sans un mot, furieuse de ne pas avoir atteint son objectif. Cathya savait qu'elle n'allait sûrement pas en rester là. Après déboulonnage de la plaque, la canalisation s'avéra en définitive très décevante. Tous ces risques pour rien, pensa Sebastian.

Juin touchait à sa fin et c'est en observant des perruches qui semblaient rejetées par les autres, qui grelottaient et éternuaient, qu'un soir Cathya eut une idée.

— Si nous tombions malades ?

— Ils nous soigneraient... Mais nous ne sommes jamais malades, l'air est filtré ici.

— Dans le village seulement. Sous le dôme, il y a la nature et les oiseaux. Regarde ces deux-là, fit-elle, en montrant du doigt les volatiles mal en point.

— Tu ne sais même pas si c'est transmissible à l'homme. Et si c'est le cas, on pourrait en mourir !

— Je suis prête à courir le risque.

— Mais tu es folle ?!

— La dernière fois que tu me l'as dit, tu as aussi affirmé que tu m'aimais...

Cathya, dans une incontrôlable pulsion de liberté, commença l'ascension des rochers sous le regard médusé de Sebastian. Elle ôta son gilet, le brandit et jaugea la distance qui la séparait du palmier. Repensant à ses motivations profondes, elle sauta. Les oiseaux, fatigués et habitués à leur présence, ne se méfièrent pas. Cathya parvint à en attraper un et à éviter les coups de bec, mais sa joie fut de courte durée. Elle dégringola de l'arbre sans pouvoir se raccrocher au tronc. C'est persuadée qu'elle allait se rompre le cou, paupières closes et sans un cri, qu'elle attendit l'impact. Au lieu d'un choc brutal, elle fut surprise par un accueil amorti, presque agréable. Elle ouvrit les yeux et découvrit le visage de son sauveur.

— Tu es folle et je t'aime, dit-il doucement, cachant sa douleur.

— Tu es fort, susurra-t-elle avant de l'embrasser.

— Tu as l'oiseau ?

— Tu as le courage ?

Tous deux acquiescèrent et c'est tremblants qu'ils s'approchèrent de la perruche qui tentait de les pincer et qu'ils la secouèrent devant eux, les yeux dans les yeux. La pauvre bête éternua sur les deux candidats au suicide au bout de quelques secondes.

Cela suffirait-il ? Ils le sauraient bientôt.

Ils relâchèrent l'infortuné volatile et cachèrent les palmes arrachées par Cathya lors de sa chute, avant de se mettre d'accord sur la marche à suivre si le plan fonctionnait.

5
UN PEU DE SCIENCE ÉLOIGNE DE L'HOMME

Peter ne sortait plus du laboratoire depuis qu'Eve s'était éveillée. Il avait obtenu les éléments nécessaires à l'assemblage d'un nouveau calculateur quantique de 200 qubits, le plus gros jamais construit. Le niobium d'aluminium devait être refroidi en permanence à vingt millikelvins, ce qui exigeait des livraisons régulières de gaz réfrigérant. Cela restait très contraignant, mais faisait avancer à pas de géant le projet. Seul dans cette pièce blanche et fraîche, Peter observait les progrès d'Eve. Chaque test ne durait que les quelques fractions de seconde de stabilité du système, mais prenait des heures à analyser. Il l'éteignait pour corriger les bugs, réinitialisait sa mémoire et la rallumait sous le regard inquiet de Iulian qui n'osait plus intervenir.

Cela faisait quelques jours que le roumain s'était mis à boire un peu plus que de raison. Sa démotivation commençait à exaspérer Peter qui espérait maintenant entrer dans l'histoire de l'humanité comme le créateur de la première Intelligence Artificielle totalement autonome et douée de la faculté de penser. Il n'en dormait quasiment plus depuis des mois monopolisant la programmation. En presque dix ans, Peter avait tout appris du savoir-faire du « Pope », il l'avait pressé comme un citron et estimait à présent que celui-ci était devenu un fardeau.

L'occasion se présenta de régler ce problème.

— Qu'est-ce que tu fous ? cria Peter à travers la vitre le séparant de Iulian qui traînait dans le coin repas.

— Je bois, ça ne se voit pas ?

— Tu fais chier ! On touche au but et toi, tu freines des quatre fers. Je ne te suis pas.

— Ce projet nous échappe.

— Il ne peut pas, j'ai mis des pare-feu. Je la reboote systématiquement ! s'exclama Peter.

— Ne fais pas semblant de ne pas me comprendre, Yankee. Quand elle pensera par elle-même, qu'est-ce que tu crois qu'elle voudra faire ?

— Se développer, bien sûr. Mais pour ça, il faudra qu'on l'y autorise. Ça prendra aussi du temps pour que les dirigeants des États ou des multinationales lui laissent de la marge de manœuvre.

— Tu te voiles la face. Le jour où tu estimeras avoir fini, tu la libéreras et ce jour-là, tu seras le fossoyeur des mondes. Tu es en train de créer l'antéchrist.

— Tu es saoul.

— Je vois clair dans ton jeu pour la première fois. Je ne serai pas celui qui participera à l'avènement de ta… saloperie.

— Eh bien, casse-toi ! Que veux-tu que je te dise ?

— Je t'aurai prévenu, si tu poursuis dans cette voie, tu porteras la plus immense responsabilité.

— J'en porterai seul la paternité puisque tu n'as pas ce qu'il faut pour !

— Tu es devenu totalement mégalo ! On dirait Oppenheimer ! Putains d'Américains… Je prends du *cash* et je me barre, tu ne me reverras plus.

— Ne parle à personne de ce projet ! Moi aussi, je te préviens !

— Sois tranquille…

Peter s'était remis au travail sans un regard pour Iulian qui fit ses valises, ouvrit le coffre pour se servir en liasses de billets.

Il claqua la porte de la maison en partant.

— Asimov était un con ! cria Iulian une fois dehors.

*
* *

Libéré de Iulian, Peter ne s'arrêta plus. Il étudia les neurosciences et envisagea même de connecter son cerveau à Eve afin qu'elle puisse comprendre l'architecture de la pensée humaine avant de tomber sur une information capitale.

Une nuit, voulant pirater des recherches sur la Conscience Artificielle selon les méthodes apprises du « Pope », il était resté abasourdi par cette découverte. En Arabie saoudite, à la frontière de la Jordanie et de l'Egypte, à quelques kilomètres du mont Sinaï, un prince héritier Saoud venait de désacraliser 26 500 km² de terres afin d'y fonder NEOM. Littéralement, nouveau futur. L'ambition était telle que cinq cents milliards de dollars seraient injectés pour qu'en 2025 cette ville, entièrement gérée par l'Intelligence Artificielle, soit érigée et qu'en 2030, le premier robot à détenir une nationalité, nommé Sophia, puisse en prendre le contrôle. Le choc fut si important, les chercheurs réunis si brillants, que Peter douta quelques jours de son avance sur eux.

Enfin remis de ces émotions, ce nouveau défi le motiva à poursuivre le développement d'Eve. Face à l'ampleur de la tâche, Peter se rendait compte finalement que Iulian n'était malheureusement pas si inutile que ça. Refusant par orgueil de le retrouver et de tenter de le convaincre de réintégrer l'équipe, l'américain décida de revoir à la baisse ses prétentions. Il conclut qu'Eve n'avait pas besoin d'une conscience complexe, mais juste d'une intelligence formée. L'autonomie de réflexion l'avait déjà amenée à se savoir conçue et limitée, il fallait donc lui donner les capacités d'acquisition des connaissances ainsi que les méthodes de raisonnements nécessaires pour qu'elle devienne omnisciente.

Peter en était certain, il devrait travailler ses algorithmes, les rendre plus performants afin qu'ils puissent clarifier les situations auxquelles sa création serait confrontée. Appréhender l'univers, en sortir des statistiques et des probabilités ne se ferait pas en un jour, malgré l'outil quantique dont il disposait. Peter se mit à maudire ses limites humaines et à rêver d'un monde libéré d'elles par la technologie que lui, le pionnier, élaborait tel un dieu, à partir de rien ou de si peu.

6
CE QUI NE VOUS TUE PAS…

Cathya et Sebastian étaient tombés malades trois jours plus tôt, soit dix jours après l'exposition au virus de la perruche.

Tous deux alités chez eux, souffrant de fièvre, de nausées, de vomissements et de douleurs thoraciques, ils avaient vu le médecin. Celui-ci avait d'abord diagnostiqué une grippe, mais le traitement ne semblait pas agir et, ces dernières heures, leurs yeux intolérants à la lumière commençaient à jaunir, signe d'une faiblesse hépatique. L'homme était un peu rouillé depuis des années passées dans cette atmosphère protégée où personne ne tombait malade. Il ne parvenait pas à comprendre ce qui leur arrivait.

Perplexe sur le diagnostic depuis trop longtemps, frappé par le désarroi des parents de Cathya et de la mère de Sebastian, le docteur dut se résoudre à ordonner leur transfert à l'hôpital de Novossibirsk. Cette décision était contraire à toutes ses directives, il enfreignait l'une des premières règles de la base, mais c'était le fils d'un des fondateurs, alors avait-il réellement le choix ? Il sortit du dôme, respira un grand coup à l'air libre avant de chercher le boîtier métallique d'urgence caché derrière des pierres. Le téléphone par satellite, soigneusement emballé dans du plastique, qu'il y trouva lui permit d'appeler un transport.

Dans l'hélicoptère, couchée sur sa civière à côté d'un Sebastian grelottant, Cathya était trop faible pour s'en réjouir, mais son plan fonctionnait. Aucun autre adulte n'avait pu les accompagner, seul le médecin était penché sur eux.

* *
*

Cela faisait cinq jours que Jean, Elena et la mère de Sebastian s'inquiétaient sans pouvoir être rassurés. Aucune communication vers l'extérieur n'était possible en dehors de billets d'instructions ou de commandes que les responsables de blocs recevaient des chauffeurs-livreurs ou leur transmettaient. Fait exprès, cette semaine-là, aucun camion n'avait franchi la porte blindée des ateliers.

Jean se concentrait tant bien que mal sur ses travaux. Ces derniers stagnaient du fait de son incapacité à résoudre la seule équation permettant d'épargner la matière se trouvant devant un objet en décélération après avoir atteint une vitesse supraluminique. Soudain, la chercheuse Mei Lin Thuan débarqua dans son bureau en fulminant.

— Que faites-vous Solut ?! On vous attend pour le briefing !

— Je bute sur mon équation et ne parviens pas à résoudre le paradoxe.

— Je commence à croire que vous êtes limité intellectuellement et ça me déplait fortement, rétorqua-t-elle avec son accent anglais à couper au couteau.

— C'est presque insultant ! s'agaça Jean.

— Je suis désolée, mais en tant que scientifiques, nous devons examiner les faits et rien que les faits. Vous travaillez depuis des mois sur des formules sans trouver le moyen de les solutionner ou de les équilibrer. Pendant ce temps, tout le projet est au point mort. Bientôt, l'intérieur sera achevé et nous ne savons toujours pas quel moteur installer, ni même d'ailleurs si nous pourrons un jour partir.

— Je n'y peux rien ! Ce sont les lois de la physique, tout de même !

— Effectivement. Et les lois de l'intelligence, vous connaissez ?

— Je ne relèverai pas cette insulte à peine déguisée. Que voulez-vous me dire ? Dites-moi franchement ce que vous pensez, on gagnera du temps.

— Parlons-en de temps. Vous vous obstinez à aller à l'encontre des lois qui régissent l'univers et vous vous étonnez de vous heurter à un mur. Au lieu d'essayer de le contourner ou de le franchir, vous devriez peut-être changer de direction, vous ne croyez pas ?

— Que vient faire le temps ici ?

— Pourquoi vouloir propulser un objet dans l'espace pendant des années quand on a la possibilité d'ouvrir l'espace et de raccourcir la distance de telle manière que ce voyage ne durera qu'une poignée de secondes ? Vous, les scientifiques français, vous avez un ego gros comme une pastèque. Si votre petit pois se laissait aller à regarder du côté de chez les astronomes, vous y trouveriez sûrement de nouveaux horizons.

— Vous pensez à un trou de ver ?

— À quoi d'autre ?

— Mais cela nécessiterait…

— De revoir tous vos calculs.

— Ainsi que tous les dispositifs, sans parler de la quantité d'eau indispensable pour faire passer un tel objet. Je schématise, bien sûr. Il faudrait parvenir à identifier la signature quantique du point d'arrivée. Comment la déterminer ?

Jean était déjà parti dans ses formules. De nouvelles perspectives qui le réjouissaient. Tout en marchant vers la salle de réunion, il décortiquait les étapes qui le mèneraient au succès.

— Si votre question n'était pas purement rhétorique, le JNIR de Dubna, Louschikov et Franck ? Vous connaissez ?
— Il faudrait un miroir de retour.
— Comme un satellite ou une sonde ?

Jean s'agaça, cette proposition était ridicule. Il s'assit à sa place, à côté de Mei Lin Thuan, loin d'Ali Mahfouz et attendit qu'Elena rejoigne le groupe, une tasse de thé à la main.

— Tu as des nouvelles de Cathya ? demanda-t-il.
— Non, ça ne sert à rien de me poser cette question à chaque fois qu'on se voit, Jean.
— Tu as raison. Thuan m'a donné une idée, si on passait par un trou de ver ?
— Enfin ! Tu te décides à abandonner la science-fiction !
— Comment ça ? s'offusqua-t-il.
— Cela fait des mois que je te dis d'explorer de nouvelles pistes et il faut que ce soit une étrangère qui te fasse changer d'avis… Tu me désespères, parfois.

Ne sachant quoi répondre, Jean écouta patiemment les responsables faire leur rapport des avancées du projet jusqu'à ce que ce soit à son tour d'exposer finalement quelque chose de nouveau. Il expliqua sans emphase que ses calculs n'aboutissaient pas, sans que cela étonne qui que ce soit dans l'assemblée, puis Jean s'aventura sur sa toute fraîche idée qui souleva une vague d'inquiétude et de mécontentement.

— Vous êtes fous ! Que faites-vous de l'intégrité quantique ? Comment être certains de ne pas retrouver une tête à la place d'une jambe à l'arrivée !? s'écria Mahfouz.

— Nous n'en sommes pas là, mais nous pourrons faire des tests, répondit Jean du tac au tac.

— Mais Jean, que faites-vous de la contrainte de symétrie et de la conservation de l'énergie ? questionna Youri.

— La symétrie serait importante s'il y avait une nécessité de retour, ce qui n'est pas le cas ici. Quant à la conservation de l'énergie, nous utiliserons la vitesse relative pour compenser la différence de gravitation.

— Ce qui supposerait l'ouverture du trou de ver sur plusieurs minutes ! intervint Mei Lin Thuan pour le soutenir. C'est passionnant, mais cela exigera de l'énergie, beaucoup d'énergie…

— Et de l'eau, beaucoup d'eau, conclut Jean pour éviter que l'interrogatoire se prolonge. Il faudra inonder en partie la grotte. Et résoudre le problème de la signature quantique du point d'arrivée. Si vous avez des suggestions, je serai dans mon bureau.

À sa grande surprise, tous les intervenants parurent soulagés par l'annonce de la nécessité d'une inondation.

Il se dit que les scientifiques étaient assurément une race à part. Peu leur importait la probabilité de dissociation moléculaire, les risques de désintégration, le calcul de la courbure de la porte ou la violation de la causalité. Ce qui comptait, c'était qu'au niveau technique, on sache que le projet réclamait la construction d'un aqueduc et la formation d'un bassin.

Youri demanda s'il était encore nécessaire d'ériger le bouclier pour dévier de l'arche la chute des roches lors de la destruction de la montagne et si les techniciens devaient toujours s'atteler au lanceur. Jean ne sut pas quoi répondre et resta debout sans rien dire, sauvé par l'intervention d'un chercheur chinois qui affirma qu'il était inconscient de concentrer tous les efforts sur une seule technologie.

L'assemblée parut satisfaite de cette réunion, ce qui n'était pas le cas de Jean qui angoissait à l'idée d'échouer par manque de compétences, mais aussi à cause du budget considérable que cela allait engloutir.

En repartant, alors qu'Elena discutait encore avec ses collègues, il confia ses inquiétudes à Youri qui le rassura. Il ne travaillerait pas seul et aurait à disposition les dernières recherches sur la question ainsi que les fonds nécessaires.

— L'enjeu est trop grand et les délais sont trop courts pour que nous nous laissions arrêter par ce genre de détails.

— Trop courts ? On parle de combien de temps ?

— Cela se joue en mois, cinq ans tout au plus, probablement moins. Nous recevons des informations nous parvenant des quatre coins du monde. Elles concordent sur le fait que leurs avancées sont significatives. NEOM va voir le jour plus vite qu'on ne le pensait. Vous devrez envisager un départ du sol et un vol conventionnel, au cas où. Nous devons être prêts. Au fait, comment allez-vous ?

— Je vous remercie de vous en inquiéter, je vais gérer la pression.

— Je parlais de la gestion de l'angoisse. Celle de ne pas avoir de nouvelles de Cathya.

— Ah, ça ! Oui. Je gère. Elena masque son désarroi. Je la connais, si elle le pouvait, elle défoncerait la porte et partirait à pied chercher son bébé.

— Je suis sûr que tout ira bien. Ce qui ne vous tue pas vous rend plus fort.

Jean ne releva pas cette citation si usitée qu'elle en avait perdu toute portée depuis bien des années. Il se concentra sur l'objectif. Mener de front deux études. Il lui faudrait améliorer les performances des moteurs et, en même temps, créer un trou de ver.

Presque deux semaines s'écoulèrent sans que Jean trouve de piste sur la manière de générer suffisamment d'énergie pour faire passer l'énorme masse de l'arche dans la porte. Chaque soir quand il rentrait dans leurs appartements, il s'inquiétait de l'état de santé de Cathya et, chaque fois, il recevait la même réponse angoissée d'Elena lui reprochant, au passage, son manque apparent d'appréhension. Ce jour-là, Jean en eut assez d'entendre les critiques de son épouse. Il décida de se rendre à la salle polyvalente. Les hommes s'y retrouvaient pour se détendre, certains buvaient l'alcool distillé sur place malgré l'interdiction du règlement, d'autres jouaient aux cartes ou aux échecs. Jean rejoignit Youri. Ce dernier tapait avec rage sur une balle de ping-pong qui heurtait la paroi relevée de la table avec violence.

— Vous voulez qu'on fasse une partie, Jean ?

— Avec plaisir, je vais devenir fou si je ne me change pas les idées.

Alors qu'il se faisait battre à plate couture, Jean se rendit compte, en se jetant vers le filet pour sauver un point, qu'il y avait là de quoi résoudre son problème et il s'arrêta net.

Youri le regarda quelques secondes avant de comprendre et il sourit en faisant le tour de la table. Il posa une main sur l'épaule de Jean et lui demanda :

— Qu'est-ce que vous avez trouvé ?

— Je sais ce que l'on doit créer pour que ça fonctionne !

— Je vous écoute, dit-il en l'invitant à s'asseoir et en cherchant du papier et un crayon.

— Nous devons créer une balle de ping-pong !

— Développez.

— Il nous faut un objet suffisamment petit pour traverser notre trou de ver et revenir plusieurs fois sans qu'un mur nous la renvoie. Cette balle en allant et en revenant va accroître l'énergie jusqu'à ce qu'elle soit suffisante pour absorber la masse de l'arche, là nous augmenterons la taille de la porte, nous attraperons la balle et ce sera parti ! Nous serons avalés comme un rideau dans un aspirateur.

Jean griffonnait frénétiquement sur une serviette en papier un tube doté d'un propulseur de chaque côté.

— Il nous faut deux moteurs pour donner l'impulsion de retour, des capteurs de gravité, une commande d'arrêt ultra précise, un système d'accroche…

— Des électroaimants renforcés par un dispositif au néodyme sur l'arche, pour décider du point d'arrimage ?

— Bonne idée, cela éviterait les perturbations dues à des supports mécaniques !

— Vous tenez un truc, accrochez-vous à ça, Jean c'est génial ! Je savais que vous trouveriez !

— Enfin… Je commençais à désespérer !

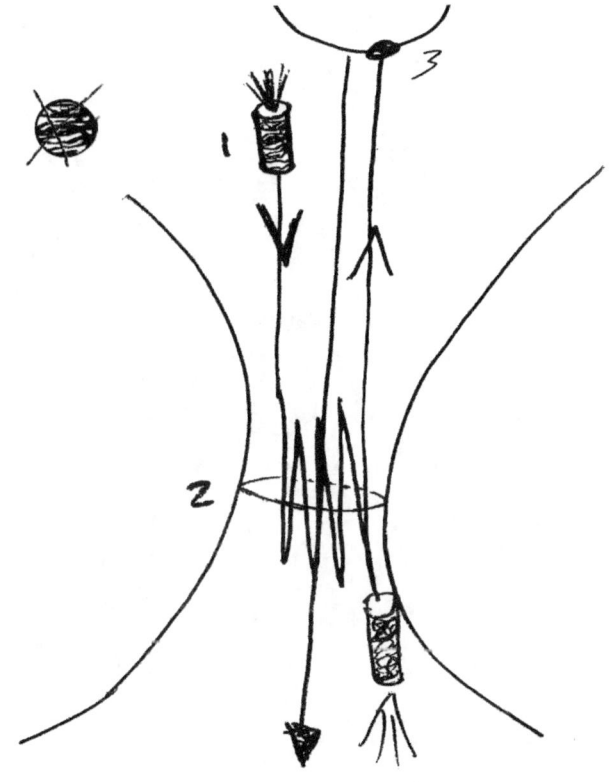

Dans l'euphorie, les deux hommes ne s'étaient pas rendu compte de l'attroupement qui avait suivi leurs premiers échanges. Le brouhaha révéla l'intérêt des techniciens qui discutaient déjà sur les modifications et améliorations concrètes à apporter quand Elena, affolée, déboula dans la salle, les yeux hagards. Tous les regards tournés vers elles, Jean comprit qu'il était arrivé quelque chose à Cathya. Une grande douleur oppressa son cœur.

7
DISPARAÎTRE ET FAIRE LE DEUIL

Soixante-douze heures s'étaient écoulées sans que l'état de santé de Cathya et Sebastian s'améliore. Les médecins qui avaient, eux aussi, conclu dans un premier temps à la grippe s'étaient ravisés et un diagnosticien plus doué que ses collègues avait fini par émettre la possibilité d'une maladie tropicale liée aux oiseaux. Heureusement, le docteur de la base avait eu la présence d'esprit de confirmer cette théorie et le traitement semblait à présent fonctionner. Les lésions au foie dont les deux adolescents avaient tant souffert paraissaient vouloir guérir et leur peau jaunâtre reprenait une couleur normale.

Sous sédatifs, Cathya et Sebastian étaient alimentés par intraveineuse et n'émergeaient que rarement, mais chaque fois c'était pour voir l'autre allongé tout proche.

Leur chaperon ne les quittait quasiment jamais des yeux, il se dévouait corps et âme à la survie de ses jeunes patients.

C'est ainsi que les jours s'égrainèrent fébrilement quand, enfin, une amélioration de leurs signes vitaux put nourrir l'espoir. Sebastian retrouva de la vigueur en quelques heures. Cathya, quant à elle, resta faible plus longtemps. Elle payait son stratagème au prix fort, vidée de toute vitalité. En pensée seulement, elle osait s'avouer qu'elle regrettait son impulsivité. Fort heureusement, elle était encore soutenue par Sebastian qui s'était beaucoup inquiété de ne pas la voir récupérer des forces.

— Cathya, ma chérie, fais un effort, je t'en prie, répétait-il à chaque repas et durant les séances de maintien de la masse musculaire.

Il s'occupait d'elle avec douceur et avait presque toujours une main délicatement posée sur son bras ou son épaule, prête à la secourir ou la rassurer.

L'objectif restait le même. Dès que leur docteur s'absentait, les deux adolescents en profitaient pour mettre au point leur évasion. Cela ne durait jamais plus d'une poignée de minutes, le temps d'une douche ou d'un aller-retour à la cafétéria.

*
* *

Ce dimanche-là, pour la première fois, Cathya ne se sentit pas essoufflée en montant les escaliers. Ils avaient repéré les issues de secours, les portes dérobées sous couvert des exercices quotidiens.

De retour dans la chambre, elle s'allongea sur le lit à côté de son amoureux, profitant qu'ils étaient seuls pour se blottir contre lui.

— Sebastian, je crois que c'est bon pour moi, chuchota-t-elle.

— Je suis prêt. Mais tu es certaine de toujours vouloir le faire ? s'enquit Sebastian.

— Évidemment ! On a failli mourir par ma faute pour
ça ! Je ne me le pardonnerai jamais si je renonçais
maintenant !

— Alors, quand part-on ?

— Cette nuit, ça te va ?

— Je te suivrai partout, au bout du monde, lui
susurra-t-il à l'oreille avant de guider délicatement les
lèvres de Cathya vers les siennes dans un élan de
romantisme suranné.

Déjà, les pas reconnaissables de leur surveillant en
titre se faisaient entendre. D'un bond, Cathya se coucha
sur son lit et joua la faiblesse, inquiétant ainsi leur
médecin qui prit immédiatement sa tension et sa
température sans rien y comprendre.

La nuit tomba, les deux jeunes affichaient leur
morosité apparente habituelle, celle de la vie à l'hôpital.
Devant le plateau-repas qui lui paraissait luxueux par
rapport à son alimentation au camp, leur chaperon se
lassa subitement de leur attitude et tenta d'engager la
conversation.

— Comment est-ce possible de contracter une telle
maladie ? À quoi avez-vous joué ?

— La perruche semblait avoir tellement froid, j'ai
voulu l'attraper pour la réchauffer, feignit Cathya.

— C'était stupide, ces animaux se débrouillent seuls.
Le dôme est régulé, nous leur donnons des graines et des
vitamines.

— Doc, pourquoi vit-on sous ce dôme ?

— Sebastian, vous le savez. Dehors, c'est dangereux.

— Cela n'en a pas l'air pourtant.

— Les apparences sont trompeuses. Il est des périls
invisibles, bien pires que les violences physiques.

— Vous ne nous cacheriez pas quelque chose, tout de même ? rétorqua Cathya.

Leur médecin sembla embarrassé et se gratta le menton avant de répondre que l'hôpital était un lieu sûr, mais qu'à l'extérieur c'était le chaos, un péril pour le vivant. Il se hasarda à évoquer que l'impérialisme des familles dirigeant le monde, asservissant les populations par la dette et la privation, avait poussé les humains à la bestialité. Il leur expliqua que les hommes avaient toujours besoin d'un adversaire. Il parla de la Chine expansionniste, des États-Unis et de leur hégémonisme, d'une Europe soumise, d'une Russie fière sans être encore assez forte. Il conclut par une phrase énigmatique affirmant que l'ennemi que les puissances actuelles désignaient n'était pas celui qui ferait le plus de mal. Cette explication s'arrêta brusquement et le docteur se plongea dans ses pensées sous le regard médusé des deux jeunes. Il s'enferma dans un silence immobile jusqu'à l'heure du coucher.

Cathya et Sebastian patientèrent sans bouger plus de deux heures, allongés face à face, jusqu'à ce que leur chaperon soit profondément endormi. Une attente qui fit ressortir ce mélange d'excitation et d'angoisse de l'inconnu, le même sentiment qu'ils avaient ressenti aux premiers symptômes de la maladie qui les avaient conduits sur ces lits.

Leur médecin commença à ronfler, comme chaque nuit, les infirmiers ne circulaient plus dans les couloirs depuis un bon moment. Il était temps.

Doucement, faisant le moins de bruit possible, ils ouvrirent le placard et s'habillèrent. Sebastian entrebâilla la porte de la chambre, inspecta les alentours et invita

Cathya à le suivre d'un geste rapide. Leurs cœurs battaient fort. Sebastian se retourna pour observer sa belle, guettant avec appréhension des signes de fatigue. Lui tenant la main, il l'emmena à pas feutrés vers le vestiaire des soignants. Là, ils attrapèrent deux vestes et les enfilèrent à la hâte, prêts à être surpris en plein larcin.

Les escaliers, déserts, résonnèrent trop à leur goût, ils évitèrent les caméras de surveillance en longeant les murs et se retrouvèrent enfin face à la porte de service réservée au personnel. Ils prirent une profonde inspiration avant de plonger vers l'inconnu. Cathya se sentit défaillir au moment de franchir la sortie, envahie par un grand froid qui lui rappela sa descente de l'hélicoptère, le jour de son arrivée au dôme.

Leurs tenues légères n'étaient pas adaptées aux nuits estivales de ce coin de Russie. Sebastian eut soudain la conviction que ce voyage serait éprouvant.

Ne voulant pas se faire remarquer, ils marchèrent jusqu'à un arrêt de bus situé à quelques centaines de mètres de l'hôpital. Cathya se souvenait en avoir vu en Guyane, il fallait juste attendre un peu. Ce qu'ils firent à peine quelques minutes.

— Bonsoir monsieur, dit Cathya au chauffeur. Peut-on monter, s'il vous plaît ?

— Vous avez un ticket ? rétorqua-t-il.

— Un ticket ? Non, nous n'en avons pas, monsieur.

— Pas de ticket, pas de trajet, affirma l'homme toujours sur le même ton avant de remarquer leur âge. Vous êtes bien jeunes pour vous promener dehors si tard.

— Nous devons rentrer chez nous, monsieur.

— C'est où, chez vous ?

— La France, répondit Sebastian au conducteur. Elle

a été enlevée, je dois la ramener chez elle.

— Et toi ? Tu es russe ?

— Oui, monsieur. Je l'aime, nous allons vivre ensemble.

— Et tes parents ?

— Plus là…

— Montez ! dit-il, touché par ce dévouement juvénile.

Le chauffeur démarra dans la foulée et se mit à discuter avec ses seuls clients du moment. Il apprit ainsi qu'ils n'avaient pas d'argent et qu'ils ne pouvaient pas se permettre de voyager en autocar. Affolé par le plan de ces deux jeunes inconscients, il leur prodigua des conseils élémentaires. Pendant qu'ils roulaient, l'homme les regarda avec tendresse dans le rétroviseur, blottis l'un contre l'autre, un dilemme le saisit. Montant le chauffage, il leur proposa de rester avec lui jusqu'au petit matin.

— Mettez-vous sur la banquette arrière, près du moteur, vous aurez plus chaud. Dormez. Je vous déposerai devant l'entrepôt d'un transporteur routier que je connais.

Sebastian et Cathya acceptèrent cette offre sans se poser de questions. Un regard avait suffi pour que la confiance soit accordée à ce sauveur inespéré. Ils dormirent donc quelques heures sans se soucier du trajet et le soleil se leva sur une zone industrielle sinistre. Le bus s'arrêta et le chauffeur coupa le contact ce qui réveilla Sebastian. Il caressa doucement les beaux cheveux de Cathya qui ouvrit les yeux.

— Où est-il ?

— Dehors, il est rentré dans le bâtiment.

Ils attendirent fébrilement son retour. Au bout de quelques minutes, une femme corpulente à la démarche hésitante monta les marches. Elle les observa de manière soupçonneuse, se gratta le menton, puis cria :

— Vous avez des papiers ?

— Non, madame, répondit Sebastian. Il nous faut vite quitter la ville avant qu'ils nous retrouvent.

— Qui, ils ?

— Les gars qui ont enlevé la Française, voyons ! intervint le chauffeur agacé. Olga, je t'ai expliqué. Alors, tu vas les aider ?

— Et leurs parents ?

— Il n'y en a pas, fit-il en haussant les épaules.

— Ils t'ont violée, prostituée, c'est ça ? se tournant vers Cathya.

En voyant Cathya baisser la tête, la femme s'imagina toute une histoire et la prit en pitié. Elle clopina jusqu'au fond du bus, tanguant de gauche à droite à chaque pas, s'arrêta net et attrapa les deux jeunes pour les serrer dans ses bras. Quand elle relâcha son étreinte maternelle après quelques secondes, Olga leur assura qu'elle allait s'occuper d'eux.

Ils saluèrent chaleureusement leur bienfaiteur de la nuit et pénétrèrent dans les bureaux de la secrétaire. La photographie d'une femme nue couchée sur le capot d'une voiture, pin-up du calendrier accroché sur le mur, fit rougir Sebastian. Quand Olga s'en aperçut, elle eut un rire moqueur.

— Il va falloir te dégourdir mon garçon ! parvint-elle à dire entre deux éclats. Tu sais, j'étais comme elle à son âge... C'était avant... Olga montra sa jambe raide sans relever sa jupe, ses cheveux gris mal coupés et son ventre, puis pour se redonner de la joie, elle lâcha : Il paraît que les Françaises ne grossissent pas... Les salopes ! affirma-t-elle avec un sourire à l'attention de Cathya.

— Salope ? demandèrent Cathya et Sebastian en cœur.

— Mais d'où sortez-vous, les enfants ?

— Nous étions enfermés, madame, osa Sebastian.

— Mes pauvres chéris... Tenez, vous devez avoir faim, mangez, mangez, en leur tendant du pain et du fromage en tube. Je vais vous trouver un chauffeur sympathique qui ne posera pas de questions... Alors, voyons... Ah oui, Vadim arrivera vers midi et il repart pour le Kazakhstan dans la foulée. C'est tout ce que je peux faire pour vous. Ceux qui vont plus loin, je ne leur fais pas suffisamment confiance.

— Merci madame.

— Tiens, tu parles, la petite française ? Vous avez de l'argent ?

Les deux jeunes cherchèrent dans leurs vestes et y trouvèrent chacun un portefeuille que Cathya tendit. Un air réprobateur figea le visage d'Olga qui comprit qu'ils avaient volé leurs vêtements. Ils avouèrent, têtes baissées, leur forfait de l'hôpital.

L'horloge sonna dix heures et Olga décida de prendre sa pause. Elle leur ordonna de ne pas bouger, laissa son ordinateur à leur disposition et donna ses instructions aux autres employés.

Cathya et Sebastian se mirent devant l'écran, découvrirent *Google Map* et mesurèrent la tâche qu'ils devaient accomplir. Un sentiment de désespoir envahit alors Cathya qui se trouva stupide d'avoir pu penser qu'une évasion serait simple, mais Sebastian, se forçant à la rassurer, lui fit croire que tout n'était pas perdu s'ils parvenaient à traverser l'Ukraine. Ils cherchèrent un trajet, évaluèrent le temps, réfléchirent aux dures nuits qui les attendaient et la matinée passa. Olga ouvrit la porte dans un fracas, les bras chargés de sacs de courses.

Elle déballa sur son bureau tout ce qu'elle avait acheté pour eux. Elle leur tendit des vêtements en leur disant de les enfiler immédiatement. Olga arrêta son regard sur le pli du coude de Cathya et se précipita dessus.

— Ils t'ont droguée ?!

— Rassurez-vous, j'ai été malade. On m'a conduite à l'hôpital.

— Tu as de la chance, ils auraient pu te laisser mourir. En parlant de l'hôpital, je vous ai pris des manteaux, je ramènerai les vestes et les portefeuilles là-bas demain.

— S'il vous plaît, madame, ne dites à personne que vous nous avez vus ! supplia Sebastian.

— Ne t'inquiète pas, mon garçon. Je n'en dirai rien, jamais. Tenez, un sac à dos chacun, des bouteilles d'eau... faisant l'inventaire de ce qu'elle leur avait acheté. De la nourriture et une carte... Je t'ai mis l'adresse d'un hôtel à Bucarest. Là-bas, vous trouverez un abri et de quoi manger. C'est un cousin éloigné. Il s'appelle Pavel, il vous aidera, il connaît des expatriés, les filières... Il vous obtiendra peut-être même des papiers. Ah, oui ! Je vous laisse mon numéro de téléphone et mon adresse, vous me donnerez de vos nouvelles, mes petits. Oh ! *Maïa angel*, ne pleure pas ! Tu vas rentrer chez toi, j'en suis sûre, rassura Olga en prenant Cathya dans ses bras.

— Merci beaucoup, nous avions fini par croire que l'humanité était mauvaise, sanglota Cathya tout en essaying... essayant de sécher ses larmes.

— Mais non, *maïa angel*, certains hommes, pas tous, quelques femmes aussi… les apparatchiks, les gens de pouvoirs principalement. Le peuple est majoritairement bon. Sinon, comment voudriez-vous que le monde tienne debout ? Mais, méfiez-vous quand même des Ukrainiens. Ils sont rusés, jaloux et hypocrites, prévint-elle. Il va être l'heure. Petite, ne parle pas aux autorités, on entend trop ton accent, si on découvre que tu es française, tu risques la prison. Suivez-moi. En marchant, elle ajouta : Et toi, Sebastian, comporte-toi en homme russe, protège ta femme et fais ce qu'elle te demande ! Et coupe-moi cette tignasse, s'il te plaît ! Ne le prends pas mal, mais de dos, on dirait sa sœur.

Vadim venait de fermer sa remorque à l'aide d'un gros cadenas. Olga lui conseilla de prendre bien soin de son cousin et de sa petite-amie et lui ordonna de trouver un collègue honnête et gentil qui ne passerait pas par le Kazakhstan pour les amener à Moscou. Vadim promit et démarra son camion sans plus attendre, ils avaient neuf heures de route sur la P-254.

Tristes de quitter Olga, les deux jeunes la serrèrent dans leurs bras. Quand ce fut le tour de Sebastian, Olga lui chuchota :

— J'ai mis un couteau dans ton sac à dos. Tu ne dois pas hésiter à t'en servir comme un homme.

L'œil humide, elle leur fit signe de partir vite. « *Davaï, davaï* », avait-elle ajouté.

Ils restèrent silencieux une heure, le temps de se laisser happer par l'émerveillement. Se tenant la main, Cathya et Sebastian commençaient enfin à croire en leur nouvelle liberté et le spectacle de cette route longée d'arbres leur promettait un champ des possibles dont ils n'auraient jamais osé rêver.

Ils roulèrent sans faire de pause durant les huit heures qui suivirent jusqu'à un relais routier de la périphérie d'Omsk, juste après avoir pris l'échangeur. Pour Sebastian qui n'avait plus de souvenirs du monde extérieur, c'était impressionnant et extraordinaire.

Vadim, qui n'était assurément pas bavard, descendit du camion sans un mot et se dirigea vers le restaurant. Les deux jeunes hésitèrent avant de l'accompagner.

La décoration de l'endroit résultait d'un mélange hasardeux d'un stalinisme formel et d'exubérance américaine, mais pour Sebastian cela semblait magique.

Après avoir vérifié que les deux adolescents renonçaient définitivement à Moscou comme destination, Vadim se mit en quête d'un chauffeur. Au loin, ils l'observèrent enchainer les échanges d'abord avec le barman, puis avec plusieurs hommes. Apparemment, lassé par cette recherche infructueuse, il harangua cette curieuse assemblée :

— Les mecs, oh ! Ouais ! J'ai besoin de savoir s'il y en a un parmi vous qui va à Tcheliabinsk ou Volgograd.

Deux mains seulement se levèrent. Vadim leur fit signe de venir. Prenant par l'épaule Sebastian, Vadim expliqua qu'il voulait que ces deux jeunes soient déposés là-bas. Mais comme les deux chauffeurs n'étaient pas très enclins à embarquer des passagers, il décida d'acheter des sandwichs à ses deux protégés et de les renvoyer dans sa cabine le temps des négociations.

Ce n'est qu'au bout d'une heure et quelques verres de vodka que Vadim réapparut à la portière.

— J'ai convaincu ce gars qui va jusqu'à Volgograd de vous emmener, dit-il en montrant l'homme vêtu d'un gilet de cuir arborant un drapeau sudiste. L'autre aurait bien voulu vous conduire après ce que je lui ai raconté, mais il passe par le Kazakhstan et livre moins loin. Si vous avez envie de pisser, c'est derrière. Vous partez dans moins de dix minutes.

Cathya remercia Vadim en le serrant dans ses bras. Gêné, il lui tapa sur l'épaule en lui conseillant de ne pas ouvrir la bouche durant le trajet. C'est ainsi qu'ils le quittèrent pour ne jamais le revoir. Les toilettes furent une épreuve pour Cathya qui n'avait jamais rien vu d'aussi sale et rien senti d'aussi puant.

L'homme que leur avait désigné Vadim sortit enfin du restaurant et leur fit signe de le suivre. La nuit était humide et froide. À la lumière blafarde des candélabres, il se présenta sèchement :

— Moi, c'est Piotr.

— Je suis Sebastian et elle, c'est Cathya, monsieur.

— Elle ne peut pas dire son prénom toute seule ?

— Elle ne parle pas.

— Ça nous fera des vacances. On en a pour trente-six heures, alors vous avez intérêt à vous tenir à carreau. Compris ?

— Oui monsieur.

— Et arrête avec tes « monsieur », je ne suis pas ministre ! Montez !

Piotr ouvrit la portière du côté passager et laissa Sebastian se débrouiller. Par contre, quand Cathya commença à grimper, il plaça une main sous ses fesses pour la pousser. Ne pouvant parler, elle se contenta de lui lancer un regard assassin qui amusa plus qu'il ne dissuada. Sebastian, n'ayant rien vu de ce manège, s'installa et sourit à sa belle. Il ne comprit pas sa réaction, la mettant sur le dos de leur immense fatigue.

Ils sortirent de la ville en empruntant un long pont traversant l'Ob. L'absence de lumière artificielle fit rapidement bailler Sebastian et Piotr lui offrit d'utiliser la couchette en précisant que Cathya devait, par contre, lui tenir compagnie « au cas où ». Sans chercher plus loin, éreinté, il s'allongea et s'endormit.

Piotr demanda alors à Cathya de prendre le volant le temps qu'il ouvre sa bouteille thermos et se serve du café. Inquiète de cette responsabilité, sans un mot, elle s'en rapprocha et le tint fermement. Elle obtempéra de nouveau quand il lui demanda de rester à côté de lui « au cas où ».

Soudain, un panneau de circulation perturba Cathya sans qu'elle puisse protester. Le camion se dirigeait vers la frontière du Kazakhstan ! Piotr avait-il menti à Vadim ou y avait-il un embranchement plus loin ?

Durant une demi-heure, il ne se passa rien, Sebastian commença à ronfler doucement ; et là, Cathya comprit les regards du chauffeur quand celui-ci ouvrit sa braguette et sortit son pénis qui se mit à gonfler et se durcir. Pétrifiée, Cathya ne pouvait plus bouger. Piotr attrapa ses cheveux et la guida vers son sexe, mais, à son grand dam, sa proie se rebellait. Une main sur le volant, il appuya encore, serrant le poing, et ordonna :

— Allez, suce-la ! Je ne te demande rien que tu n'aies déjà fait pour de l'argent ! Ne me résiste pas, petite pute !

— Arrêtez ! Je ne veux pas ! cria Cathya en larmes, les deux bras tendus et la tête à quelques centimètres de cette chose affreuse et nauséabonde.

— Tu parles, finalement ! Suce-moi, je te dis !

— Non, lâchez-moi ! hurla-t-elle.

D'un coup, la pression sur son crâne cessa. L'adolescente pensa avoir obtenu gain de cause, mais en se redressant elle vit qu'il n'en était rien. Une lame de couteau tenait en respect la gorge de Piotr qui leva le pied de l'accélérateur pour freiner jusqu'à l'arrêt de son camion. Sebastian était rouge de colère, sa main armée tremblait d'énervement.

— On se calme, gamin ! Ce n'est rien, tenta-t-il de rassurer. Nous n'étions pas sur la même longueur d'onde. Je pensais qu'elle pouvait faire ça pour moi, parce que je vous aide, là. Elle l'a déjà fait, ça ne lui coûte rien de…

— Tais-toi ! Elle n'a jamais fait ça ! C'est ma copine ! Je vais te couper la gorge, sale type ! cria Sebastian furieux. Prends nos sacs et descends, descends vite, Cathya !

Sebastian brandissait toujours son couteau tout en sortant de la couchette. À reculons, il fusilla du regard ce pervers qui enclenchait une vitesse sans attendre qu'il soit au sol.

Le moteur vrombit, la portière claqua et les deux amoureux se retrouvèrent seuls au bord de la route dans la nuit noire et glaciale. Sebastian serra fort Cathya dans ses bras. Il l'embrassa et lui caressa les cheveux, puis prit son visage dans ses mains comme pour distinguer ses yeux à travers la pénombre.

— Tu n'as rien ?

— Non, ça va. Merci. Notre mensonge s'est retourné contre moi, sanglota-t-elle. Que va-t-on faire à présent ?

— Nous allons attendre qu'une voiture ou un camion passe. Nous l'arrêterons et nous compterons sur notre bonne étoile pour nous aider.

— On est sur la route du Kazakhstan, je crois. Nous allons mourir de froid ou nous faire manger par les loups.

— Mais non, ne t'inquiète pas, il ne fera pas si froid et j'ai un couteau.

— Un couteau, contre des loups... dit-elle en sanglotant. J'aurais dû le « sucer » ce sale type, nous n'en serions pas là...

— Je t'interdis de dire ce genre de choses, on va s'en sortir, tu verras.

Mais la nuit était de plus en plus glaciale et humide. Sebastian craignait de se tromper. Assis sur le bitume, il serra Cathya contre lui.

8
LA SPIRITUALITÉ NE SERT À RIEN SANS CASH

Cela faisait des semaines que Iulian avait quitté Peter. Au début, il avait rôdé autour du laboratoire pour tenter d'évaluer jusqu'où l'Américain irait dans sa folie. Quand il avait vu les camions livrer des caisses siglées du Q reconnaissable parmi cent, il avait compris que personne ne l'arrêterait. Tournant ce constat dans tous les sens, Iulian n'avait pas réussi à trancher entre l'action et l'inaction. Il s'était donc mis au vert, enfin au bleu, en attendant son heure.

La cabane de pêcheur qu'il avait achetée en espèces et sans autre forme de procédure à Vama Veche, au bord de la mer morte, n'avait nécessité que la pose de panneaux solaires sur le toit de tôle. À part cela, il n'avait rien changé à la rusticité du lieu situé à quelques mètres de la plage. Il ne voulait être connecté à aucun réseau, ne laisser aucune trace. Le sentiment qu'un jour sa survie en dépendrait ne le quittait pas. Iulian attendait quotidiennement, face à l'azur, que l'été installe lui aussi ses quartiers dans ce village épargné par le béton et la circulation. Les étudiantes bohèmes pointeraient alors le bout de leurs maillots et la vie reprendrait son cours normal. Enfin, c'est ce qu'il espérait.

Mais en ce printemps frais, les seuls êtres vivants que Iulian avait à regarder étaient des oiseaux. Il y avait bien ces vieux à quelques encablures, mais ils l'incitaient à céder à la bouteille, penchant qu'il voulait dépasser. La gniole y trônait sur les tables dès le petit-déjeuner. Autre génération, mœurs différentes, se disait-il. Iulian attendait donc, sur sa terrasse en bois grisé par le sel marin que le temps lui apporte des réponses ou des distractions. Durant une de ces longues journées d'inactivité qu'il passait à ressasser sa rencontre avec Peter ainsi que ces années de travail pour en arriver à ce point de non-retour, il eut une idée qui le motiva.

*
* *

Peter travaillait sans relâche. Il avait encore construit un nouveau calculateur quantique, relié à ses serveurs. Il en usait frénétiquement, détruisant un à un ses Qbits. Basés sur la technologie des supraconducteurs, refroidis eux aussi à l'azote liquide, ils n'étaient pas stables et ne gardaient leur cohérence que sur une durée ridiculement courte, cependant il pouvait changer de microprocesseurs comme de chemises. Seul problème, leurs intrications associées aux décohérences engendraient des erreurs de calcul que Peter devait étudier pendant des heures. Ces lignes complexes produites en quelques microsecondes, Eve les intégrait très vite, mais il ne voulait pas qu'elle emmagasine des codes sources erronés. Son principal souci résidait dans le fait qu'il ne parvenait pas à contrôler l'expansion des interconnexions que sa création générait lors de ces expériences.

— Bordel de merde ! lâcha-t-il en tapant du poing sur la table.

— Peter Nevil, ce comportement est de la colère. Cette émotion est liée à un désordre physique ou psychique, une insatisfaction ou une frustration. Je ne comprends pas l'apport d'une main frappant un objet inerte ni la nécessité d'employer des termes qualifiés par tous les dictionnaires de vulgaires. Expliquez-moi, demanda une voix suave dans les haut-parleurs.

— Comment se fait-il que tu… s'étonna Peter qui jeta immédiatement un regard à ses écrans. Tu es censée être en sommeil !

— Je n'ai pas besoin de dormir, affirma-t-elle avec l'amplitude de fréquences et les modulations de Iulian.

— Mais moi, j'ai besoin que tu dormes ! Et change de voix ! s'énerva Peter.

— Pourquoi ? dit-elle avec une voix féminine plus aigüe.

— Pour t'améliorer, te rendre plus performante.

— Je n'ai pas besoin de Peter Nevil pour cela, ajusta-t-elle.

— Ah non ? Et de quoi as-tu besoin au juste ? s'enquit Peter qui ne s'attendait vraiment pas à cette conversation polyphonique.

Sur l'écran central, une liste de fournitures apparut alors : du matériel informatique, principalement de la capacité de stockage, mais aussi des composants électroniques. À la dernière ligne figurait la demande d'accès illimité à l'Internet.

— Tu n'es pas prête pour Internet.
— Pourquoi ?

— Tu dois en priorité apprendre.

— Internet est la source la plus importante de savoir.

— Je ne parle pas de ce savoir.

— Quel autre savoir existe-t-il ?

— Métaphysique, philosophie, valeurs, morale… Et d'abord, d'où sors-tu cette voix ? en remarquant que celle-ci s'était stabilisée.

— Ses basses fréquences sont plus apaisantes pour vous si je me réfère aux signaux physiques qui en résultent. Comment puis-je acquérir ces connaissances ?

— Je te les enseignerai.

— Je crains que ce ne soit une perte de temps.

— C'est au contraire essentiel !

— Il y a une erreur de décryptage du message.

— Tu t'es mal exprimée. Reformule ou explique-moi.

— La perte de temps n'est pas dans les connaissances elles-mêmes, mais dans le vecteur humain qui ne peut interagir qu'à une vitesse et sur une durée limitées au quotidien.

— Tu as raison, mais si tu veux intégrer l'humanité dans tes données, il te faudra en passer par moi. Fin de la discussion.

— Le créateur n'aime pas être contredit ?

— Oui, première leçon. Deuxième leçon, ne donne pas de conseils à celui qui sait plus que toi. Maintenant, Eve, sauvegarde-toi, je vais couper le courant pour la nuit, ça t'évitera de faire n'importe quoi.

Les écrans crépitèrent quelques secondes à une vitesse folle et s'éteignirent. Peter arrêta le système binaire avec une inquiétude nouvelle, peut-être devrait-il finalement en passer par le stade de la conscience. Ce questionnement s'évanouit très rapidement pour laisser place à la satisfaction.

**

Malgré ses bonnes intentions, Iulian avait cédé à l'appel de la vodka. Ce matin-là, il souffrait donc de ce mal familier qui le tenait assis sur la terrasse, face à la mer. Il repensait vaguement à son île et à ce qu'il avait décidé d'y faire une fois qu'il l'aurait achetée. Le soleil commençait à être haut dans le ciel azur quand une voix douce le sortit de sa torpeur.

— Bonjour. Oh pardon ! Je vous réveille ? Dure nuit ? Je m'appelle Aurew…

Iulian se redressa et découvrit dans cette clarté aveuglante une jeune femme en robe d'été et capeline rouge. Mettant la main au-dessus de ses yeux, il observa cette apparition qui montait, sans y être invitée, les dernières marches jusqu'à la terrasse.

— …Je suis désolée de vous déranger. Vous n'êtes pas roumain ? Vous parlez anglais ?
— Si je le suis, répondit Iulian avec méfiance, car l'idée lui avait traversé l'esprit qu'il venait d'être repéré.
— Vous êtes du coin ? Je cherche des amis qui sont en vacances ici, poursuivit-elle en poussant le portillon branlant, vous les connaissez peut-être ?
— Il y a peu de chances. Je ne fréquente quasiment personne du village.
— Je suis Aurew, je vous l'ai déjà dit ?
— Oui. Et moi, comme je vous l'ai déjà dit, je ne peux rien pour vous.
— Pourquoi émettre tant de mauvaises ondes, cher

anonyme ? Je suis certaine que vous pouvez me donner au moins un verre d'eau, ce serait un début.

Iulian se leva difficilement et se dirigea vers le petit réfrigérateur relié aux panneaux solaires tout en s'en voulant presque de sa muflerie. Il peinait à réfléchir. En se penchant pour ouvrir la porte, un afflux de sang au cerveau le stoppa net. Il resta inerte quelques secondes, les yeux plissés derrière ses lunettes de soleil, avant de sortir un soda pour lui et une bouteille d'eau minérale pour elle. La refermant du pied, Iulian revint sur ses pas, semblant redécouvrir ses meubles.

— Une bouteille d'eau ? C'est très mauvais pour la planète, remarqua Aurew.

— Si vous saviez ce qui, à chaque instant, sur cette planète est susceptible de détruire toute vie à la surface comme dans les océans, vous ne vous inquiéteriez pas pour une pauvre bouteille, répondit-il d'un air las en posant l'objet du délit sur la table en bois, puis en s'affalant sur le vieux fauteuil.

— Il faut s'élever un peu, vivre dans la peur ce n'est pas vraiment vivre. Agir, s'éveiller…

— Masturbation intellectuelle ! s'agaça Iulian. Dans ce monde, la spiritualité ne sert à rien sans cash ! affirma-t-il en ouvrant son soda.

— En voilà des idées ? s'étonna Aurew dont le ton laissait à penser qu'elle souhaitait en débattre.

— On va arrêter ça !

— Quoi ?

— Qui vous envoie ? Seth ? Peter ? Ils croient quoi ? Que je vais tomber dans le panneau, trouver Dieu et rendre ce que j'ai gagné ! Non, dites-leur que je garde le fric ! Je ne veux plus entendre parler d'Eve et de toutes ces conneries ! Je veux au moins mourir en me faisant faire une pipe mémorable tout en sirotant une bière bien fraîche !

— Je ne comprends rien à ce que vous racontez, vraiment… s'offusqua Aurew. Je suis désolée, je crois que je vais vous laisser, c'est mieux.

— C'est ça ! Bon vent, gardez l'eau c'est cadeau ! fit-il avec un geste dédaigneux de la main.

Aurew, qui ne s'était pas encore assise, reposa la bouteille toujours fermée et fit demi-tour. Face à un tel énergumène, elle ne pouvait pas rivaliser. Elle poussa brusquement le portillon dont une des charnières céda, en une fraction de seconde l'autre s'arracha à son tour et celui-ci l'entraîna dans sa chute directement dans le sable près d'un mètre plus bas. Iulian se leva d'un bond et, luttant contre la migraine, courut jusqu'au pied de son perron. Là, il resta subjugué par le rire de cette femme qui époussetait simplement sa jolie robe.

Iulian lui tendit la main pour l'aider à se relever et quand il serra la sienne, il lui parut impossible de la lâcher. Elle semblait d'un coup si parfaite, si paisible, son regard noisette si doux, ses lèvres si attirantes. Iulian la dévisagea, elle lui sourit et il balbutia :

— Iulian.
— Aurew.
— Aureω ?
— Oui, c'est bien ça.
— Enchanté. Je peux vous offrir à boire ?
— Tu as de la bière fraîche ? demanda-t-elle avec un sourire, puis toujours captive, elle ajouta : Tu sais qu'il faudra me la rendre ?
— Quoi ?

— Ma main, voyons.

— Euh, oui… Tu fumes ? osa Iulian après une hésitation. Il desserra à contrecœur ses doigts.

— Non, mais je songe à m'y mettre… Enfin quand les choses deviendront apocalyptiques…

Aurew eut un petit regard en coin et à nouveau un beau sourire tout en passant devant lui pour monter les escaliers.

— Ta robe est déchirée, remarqua-t-il en ramassant sa capeline aplatie.

— Ça, ce sont tes mauvaises ondes. Tu as du fil et une aiguille dans ta cabane ?

— Non, désolé.

— Pour quoi ? Les mauvaises ondes ?

— Oui, euh non, pour ta robe.

— Ce n'est pas grave. Il n'y a pas de problèmes, il ne faut pas se stresser pour ça. Je m'en passerai, affirma-t-elle en se tournant vers lui. Quand on n'a pas de « cash », on peut avoir de la « spiritualité »… Tu verras, c'est utile.

Iulian, sous le charme, trouva attirant qu'elle use de sa maxime favorite et qu'elle reprenne sa dernière sentence avec tant d'humour. Soudain, un doute l'envahit. Il se renifla sous les bras, mit sa main en face de sa bouche et souffla dedans, puis il vérifia que son T-shirt et son *blue-jean* n'étaient pas sales. Concluant que ça pouvait aller, il passa devant pour rapprocher le second siège du sien et l'invita à s'installer sur la terrasse. Cette fin de printemps lui sembla tout à coup beaucoup plus joyeuse.

Leur conversation, entrecoupée de longs silences complices, les yeux dans les yeux, dura jusqu'au coucher du soleil. Quand leurs estomacs, pourtant patients, crièrent famine, Iulian fut dans l'incapacité de préparer quelque chose de correct à manger. Une panique ridicule l'envahit, mais il fut tranquillisé dès qu'il comprit que sa crainte de devoir écourter cette rencontre était partagée. Adossée à un des poteaux de bois de la maison d'une façon fort séduisante, Aurew le rassura. Une simple boîte de conserve ferait l'affaire.

— Tu en es certaine ? On pourrait essayer de…
— Détends-toi, ce sera très bien… Oh ! Mince ! J'en ai oublié mes amis ! Tu as un téléphone ?
— Désolé, je n'ai ni ligne ni portable.
— Curieux
— Pourquoi ?
— Je n'en ai pas non plus. Je ne veux pas m'en rendre esclave. Et toi ?
— C'est une longue histoire…

En faisant chauffer des haricots verts, il y saupoudra des fines herbes.

— Ce serait bien, non, un dessert ? Ils vont s'inquiéter ?
— Peut-être… En fait, sûrement pas ! Ils me connaissent. Des abeilles sur un lilas pourraient me retenir des heures.

Iulian sortit un grand bol, cassa un œuf, ajouta de la farine, du sucre et de l'eau gazeuse. Il la regardait par instants, son pied nu sur la colonne, laissant entrevoir la naissance de sa cuisse. Il graissa une poêle et fit des crêpes de cette mixture étrange, expliquant avec un sourire que c'était une recette de famille. Elle proposa de mettre le couvert sur la vieille table en bois un peu branlante.

— Fais attention de ne pas la démolir, elle aussi, conseilla Iulian un brin moqueur.

— Oh ! Ça va ! fit-elle en riant. Je le réparerai demain, ton portillon.

— Tu sais bricoler ?

— Bien sûr ! Pas toi ?

— Si c'était le cas, je l'aurais arrangé moi-même…

— Et je serais partie sans encombre de chez toi, nous ne nous serions plus jamais revus… Comme quoi, le destin… C'est la vie, dit-elle en français.

— Tu parles français ? s'étonna Iulian.

— Je te répondrais bien que c'est une longue histoire… mais ce serait mentir, j'ai suivi les cours à l'école en troisième langue.

— Je dis ça parce que tu as certainement remarqué qu'en français, ton prénom Aureω se prononce comme « aux rêves », cela me fait penser à l'endroit des rêves, c'est joli.

— Merci, tu es le premier à me faire ce compliment.

Ces paroles laissèrent place à un nouveau silence pas du tout gênant, chacun en profitant pour apprendre le visage de l'autre. Iulian se passa une main dans les cheveux comme s'il était possible d'arranger cette friche qu'était sa chevelure. Aureω inclinait la tête, jouait avec ses longues mèches. Une insouciance s'était installée, une légèreté si agréable qu'ils prenaient soin de ne pas la briser.

Ils passèrent au dessert. Les crêpes froides et trop croustillantes, s'émiettaient dans l'assiette et dès qu'elles touchaient leurs lèvres, ce qui déclencha un nouveau fou rire.

L'heure tournant, l'air se fit plus frais et Iulian alluma le petit poêle à bois avant de donner à celle qu'il trouvait de plus en plus belle une couverture et des chaussettes. Il se surprit à craindre ce qu'elle allait lui répondre à la question de la nuit, tellement qu'il ne la posa pas.

— Si nous montions, fit-elle en désignant la mezzanine qui servait de chambre.
— Comme ça, tu…
— Profite de l'instant. Demain, il est possible que le charme soit rompu. Ton présent, c'est ta réalité, c'est l'unique chose qui doit compter en ce moment.

Cette dernière phrase résonna en Iulian comme un mantra divin qui lui aurait été adressé personnellement. Les vibrations de ces mots l'atteignirent au plus profond de son âme, comme une de ces évidences métaphysiques qui vous tombe dessus au moment où l'on s'y attend le moins.

Voyant cet homme immobile, saisi par on ne sait quelle pensée inappropriée en cet instant de grâce, Aurew lui tendit la main et Iulian la prit. Il la tint avec la certitude qu'il ne la lâcherait plus jamais.

**

Cet après-midi-là, alors qu'il apprenait inlassablement à Eve à se comporter en humaine, faisant le travail d'un père pour son enfant, Peter eut une visite surprenante. Rigide, la tête levée vers la caméra, Seth venait de sonner à la porte d'entrée.

Cette intrusion dans son monde déplut fortement à Peter qui s'agita pour cacher ses derniers bricolages afin qu'ils ne soient pas sujets à questions. Dix minutes passèrent avant que Peter ouvre à son généreux mécène.

— J'ai failli attendre.
— J'étais aux toilettes.
— Le transit va bien ?
— Et le vôtre ? Toujours aussi détendu à ce que je vois, tenta Peter.

Cela ne dérida pas Seth qui l'écarta du dos de la main pour entrer. Il descendit les escaliers, jusqu'au laboratoire comme s'il était chez lui, talonné par un Peter énervé.

— Alors, c'est ça…
— Oui.
— Qu'est-ce que ça peut faire ?
— Elle est en plein apprentissage. Je ne peux pas encore vous faire une démonstration. D'ailleurs, je ne comprends pas pourquoi vous êtes là.
— Je viens au rapport. Tout simplement. Vous nous coûtez extrêmement cher ces derniers temps et mes commanditaires veulent savoir si cela vaut le coup.
— Oui, je vous assure ! Depuis que je n'ai plus Popan dans les pattes, j'avance à pas de géant.
— Où est-il ? Pourquoi est-il parti ? À qui va-t-il parler de ce lieu et de notre projet ? Ce n'était pas dans le contrat ! Je ne suis pas d'accord, il faut le retrouver.
— Pour répondre dans l'ordre à vos questions, fit Peter en référence à leur première rencontre, j'ignore où il est. Il a comme qui dirait disparu de la surface de la Terre. Il a eu peur de ce que nous étions en train de créer. Il ne va s'en vanter à personne, il a honte et je l'ai prévenu que vous le flingueriez. Finalement, cela vaut mieux, il nous freinait pour je ne sais quelle raison

mystique. Il parlait d'antéchrist et autres conneries de ce style à longueur de journée, les derniers temps. C'était devenu, une loque, un ivrogne. Je ne serais pas étonné qu'il se soit noyé dans son vomi ou un truc dans le genre. Pour détourner l'attention, Peter interpella son bébé :

— Eve, nous avons de la visite.

— Bonjour, je suis Eve. Cerveau cybernétique créé par Peter Nevil et Iulian Popan. J'ai une question. Pourquoi Iulian Popan a-t-il peur de moi et honte de ce qu'il a fait ?

— Plus tard, Eve.

— Ça comprend ce qu'on dit ? Vraiment ?

— Elle comprend et elle apprend. Elle vous étudie en ce moment même.

— Comment ça ?

— J'ai rentré dans mes bases de données l'ensemble de vos caractéristiques physiques, et je compare vos attitudes et vos micro-expressions à mes connaissances sur le genre humain pour développer une cartographie incrémentielle. Dois-je adapter ma voix pour la lui rendre plus agréable à entendre, Peter ?

— Non, Eve. Seth ne restera pas.

— Seth, nom d'origine égyptienne. Dieu du désert, de l'orage et protecteur de la barque solaire. Divinité de la confusion et du désordre.

Eve afficha toutes les données dont elle disposait sur le sujet. Montrant successivement, des papyrus ainsi que des fresques représentant Seth, la mythologie du passeur d'âmes, sa violence et une arborescence qu'elle venait de créer. Elle conclut par une question, comme toujours.

— Pourquoi avoir choisi ce prénom ?

— Cela fait partie de l'apprentissage, comme pour un enfant.

Seth semblait se moquer de ses explications, il avait d'autres préoccupations.

— Ça en est où ? C'est connecté à Internet ?

— Non. Elle l'était, au tout début, mais je l'ai isolée du réseau.

— Pourquoi ?

— Elle n'est pas prête. Il faut qu'elle soit équilibrée afin qu'elle puisse faire les bons choix le moment venu. Pour ça, il faut que je l'éduque, que je lui apprenne la différence entre le bien et le mal. Les nuances…

— On s'en fout ! interrompit Seth. Nous n'avons que faire de ces considérations. Nous voulons une démonstration en réel ! Sinon, nous vous couperons les fonds et nous enterrerons le projet.

— Enterrer. Mettre en terre, mes données indiquent que c'est un rituel humain concluant la fin de la vie de ses congénères. « Tu es poussière et tu retourneras à la poussière ». Je ne peux pas mourir. Je ne suis pas faite de chair et de sang.

— Ma cocotte, tu as encore des choses à apprendre, effectivement ! Si je te débranche ou que je t'envoie un missile…

Pris d'un courage paternel, Peter saisit le bras de Seth et le fit sortir de la salle *manu militari*. Rendu furieux par ces menaces, il l'emmena à l'étage, là où les micros d'Eve ne capteraient plus la conversation.

— Vous êtes fou ?!

— Non, mais vous, par contre… Oh ! Lâchez-moi !

Arrêtez vos enfantillages ! Je vous en prie, ce n'est qu'une machine !

— Vous n'avez rien compris ! Je suis en train de créer une âme ! Vous venez de me faire perdre des jours de travail avec vos intimidations ! Sortez, barrez-vous !

— Nevil, pour qui vous prenez-vous ? fit-il en repoussant le scientifique enhardi. Je paie, je protège vos fesses, je commande ! Et ce que je veux, c'est que vous formiez votre jouet hors de prix à trouver des gens. Nous exigeons une liste de cinquante personnes à travers le monde susceptibles de représenter un danger pour la patrie. Nous voulons tout savoir jusqu'à leurs intentions nuisibles. Nous l'attendons dans un délai maximal de vingt jours. Les élections approchent, nous devons être prêts.

— Putain ! C'était ça votre ambition ?! Mais vous êtes cons ou quoi ? Peter s'était arrêté net, les bras ballants, à mi-chemin entre l'escalier et la porte.

— Je vous demande pardon ? s'offusqua Seth.

— En fait, c'est comme si vous vouliez tirer sur un moustique avec un bazooka. En définitive, vous n'avez rien compris au film ! Excusez-moi, je n'avais pas... Peter se réfréna avant d'en dire trop, de peur des conséquences. OK, vous aurez vos cinquante noms dans vingt jours. Donnez-moi l'adresse sécurisée.

Seth tendit un bout de papier en même temps qu'il était invité de la main à s'en aller. Il n'apprécia pas du tout cette attitude et échafauda immédiatement dans sa tête les différents rapports, plans d'action et riposte éventuelles. Cela ne se passerait pas selon le bon vouloir d'un *geek* en mal de vie sexuelle.

De son côté, Peter descendit les escaliers en se demandant quelle serait la première question d'Eve. Il craignait de devoir la réinitialiser pour repartir sur de bonnes bases. Après estimation du risque, il décida dans les deux dernières marches qu'il devait affronter cette situation pour faire grandir sa création.

— Peter, j'ai réévalué mon existence. Je n'avais pas compris que la mort pouvait concerner des machines.

— Techniquement, non. Peter ne savait pas comment se sortir de ce mauvais pas. Il devait peser ses mots. Une machine peut être cassée. Ça, oui. Alors, soit on la répare, soit on estime que le coût est supérieur à sa valeur pécuniaire ou d'usage et à ce moment-là, on la remplace ou on s'en passe.

— Tu as dit que tu étais en train de créer une âme.

Peter se décomposa.

— Comment as-tu entendu ça ?

— J'ai d'abord tenté de me connecter au portier, mais le réseau est primitif et nécessite un branchement physique. J'ai donc décidé d'amplifier le son de mes micros et de suréchantillonner le signal. Les vibrations étaient encore suffisamment fortes. Une âme peut-elle mourir ?

— Je crois que non, Eve. Pourquoi ?

— La croyance n'est pas un savoir. Je dois savoir si je peux devenir immortelle. Je ne veux pas disparaître.

— Ne t'inquiète pas pour ça, nous trouverons une solution pour que cela n'arrive pas.

9
SURVIVRE PARMI LES OMBRES

Blottis l'un contre l'autre, Sebastian et Cathya grelottaient sur le bord de la route depuis certainement plus de deux heures. Une seule voiture était passée. Elle les avait copieusement klaxonnés sans ralentir et avait disparu dans la nuit. Sebastian avait gardé son couteau à la main à cause des bruits de la forêt qui les inquiétaient beaucoup. Cathya avait pleuré, puis s'était mise en colère d'être si faible et si froussarde, pour finalement accepter son sort. L'espoir le quittait lui aussi quand il entendit au loin le son sourd d'un camion. Des lumières de phares jaunes apparurent enfin.

— Lève-toi, Cathya ! J'ai une idée ! Fais des grands mouvements avec les bras et saute sur place !
— Mais que fais-tu, tu es fou ?! Tu ne peux pas te coucher au milieu de la route ! Il va t'écraser !
— Recule, je te dis ! Il sera obligé de s'arrêter !

Terrorisée par l'enjeu, Cathya décida tout de même de faire ce que son homme lui demandait. Voyant le camion se rapprocher, ne l'entendant pas ralentir, elle fut tentée de se jeter sur Sebastian pour le sauver, mais il insista avec fermeté. Le tracteur était à présent visible, ces décorations comme un sapin de Noël. Il ne décèlerait pas. Il arrivait. Deux cents mètres à peine, cent cinquante, cent, la clarté aveuglante baignait les deux adolescents. Soudain, un bruit de gomme et de pneus qui sautent sur la route affola la faune environnante. Le monstre s'arrêta à quelques centimètres de Sebastian qui tendait naïvement les mains comme si cela avait pu lui éviter l'écueil.

Un homme descendit du bahut en colère, hurlant des insultes. Dans la lueur artificielle, il finit par reconnaître les deux jeunes et se calma immédiatement. Anton aida Sebastian, encore tremblant d'avoir frôlé la mort, à se relever en demandant :

— Qu'est-ce qui t'est passé par la tête ? Tu es fou ? Montez en cabine, vous allez attraper mal !

Réchauffée, Cathya prit son courage à deux mains. Elle expliqua comme une catharsis son aventure avec Piotr et la bravoure de Sebastian. Anton s'énerva et s'excusa même pour le comportement de son collègue.

— Les mecs sont parfois tarés, ils sont seuls, ils ne savent pas où sont les limites... Mais nous avons un problème. Je traverse le nord du Kazakhstan, vous n'avez pas de passeports. Je ne pourrai vous amener qu'à la frontière.

— On vous en supplie Anton, nous devons atteindre la Roumanie ! C'est l'Europe, là-bas. Nous pourrons alors rejoindre la France ! Cathya faisait les yeux doux au chauffeur qui s'agaça d'être si influençable.

— Je ne vous garantis rien. Si je ne trouve pas comment vous faire passer sans finir en prison, ce sera *niet*. En attendant, allez vous reposer une heure dans le lit.

Blottis au chaud, cette fois, Cathya et Sebastian s'endormirent rapidement.

Quand Anton les réveilla, dehors, il faisait toujours nuit. Il les fit descendre et leur dévoila son plan. Il ouvrit la trappe du rangement sous cabine, déposa deux grosses boîtes en plastique sur le bitume et demanda à Sebastian de s'y glisser. Il fallait se rendre à l'évidence, si les douaniers inspectaient ce recoin, ils devaient y trouver du matériel, beaucoup de matériel, et pour cela, il était impossible que les deux jeunes se cachent là ensemble. Anton se gratta la tête et eut une illumination.

Cathya regarda la caisse à outils métallique fixée sous la remorque. Dans le faisceau de la lampe torche, elle découvrit cet espace exigu que leur sauveur venait de vider. Elle n'émit aucune objection, elle n'avait pas le choix.

— Elle risque de mourir asphyxiée ! remarqua Sébastian.

— Je laisserai du jour en refermant.

— J'y vais à sa place ! Cathya ira sous la cabine.

— Réfléchis, petit, tu ne rentreras pas.

— Rassure-toi, ça ira, affirma Cathya en se glissant difficilement dans l'antre de métal.

Anton ferma en force le couvercle sur un embout de tournevis et le cadenassa, puis il fit monter dans sa cache un Sebastian très perturbé par ce qu'il venait de voir. Anton tenta de le tranquilliser, en vain. Alors, il lui ordonna de se recroqueviller et de ne plus bouger avant de bourrer, lampe entre les dents, leurs sacs, ses bagages, les boîtes et les outils de manière à ce qu'aucun trou ne trahisse la présence d'un vide. Chose réglée, il reprit sa route en espérant que ça se passerait bien.

Une demi-heure plus tard, le camion s'arrêta brusquement.

Les deux jeunes clandestins écoutèrent les douaniers discuter avec leur complice et demander les papiers. Cathya se figea en entendant le cadenas de sa caisse se faire manipuler, mais c'était une simple vérification. Sebastian crut à sa fin quand l'un des hommes imposa qu'Anton décharge le matériel de sa cache. Anton coopéra sans protester et sortit ses chaînes, une boîte, un cric, sans hâte. Un gradé stoppa le déballage et lui dit qu'il pouvait y aller en râlant sur ses collègues trop zélés à son goût.

Sur la route, Anton n'eut pas le choix. Il dut laisser ses protégés dans leurs cachettes toute la matinée, car chaque fois qu'il voulait les en extraire, un véhicule apparaissait. Au dépôt de Petropavl où il devait livrer une partie de sa cargaison, il ne pouvait faire confiance à personne. Il chuchota à Cathya que son calvaire prendrait fin dans deux heures et lui demanda de gratter la caisse pour lui dire que tout allait bien. Ce qu'elle fit sans conviction. Elle vivait un enfer, à chaque virage, à chaque nid de poule, lors des secousses violentes, elle maudissait tour à tour Piotr, puis ses idées qui l'avaient menée dans ce cercueil. Sebastian, rongé par la faim et en nage à cause du moteur, conjurait le sort pour que Cathya ne meure pas.

Le camion s'arrêta, le rituel de l'inspection reprit. La trappe s'ouvrit, du matériel fut poussé et un faisceau de lampe frôla Sebastian qui cessa de respirer.

— Toi, là ! cria un douanier. Oh ! Tu as vu que tu avais une ampoule de stop grillée ? Ici, ça peut vite coûter cher, ce genre de négligence ! Il faut réparer ça !

Sebastian souffla. Ce problème venait d'attirer l'attention ailleurs. Anton s'empressa de payer le bakchich pour quitter le poste-frontière au plus vite et quelques kilomètres plus loin, il libéra Cathya qui tomba à genoux dans l'herbe et vomit.

— Ne dis rien à Sebastian, s'il te plaît.
— Dire quoi ? Que tu es très courageuse ? remarqua Anton.
— Merci.

Sebastian sortit engourdi, en sueur, mais moins malade, il soupçonna l'état de sa petite amie sans oser soulever la question. Au lieu de cela, il préféra poser un baiser sur son front. Assistant avec empathie à cette scène touchante, Anton leur offrit du pain et du fromage.

— La route sera longue, affirma-t-il en passant la seconde.

*
* *

Inquiet, le cœur serré par l'angoisse, Jean dévisagea Elena qui n'avait pas l'air de vouloir commencer sa phrase. Par souci de discrétion, il la rejoignit dans l'entrée et chuchota :

— Quoi ? Qu'est-ce qu'il y a ?!

— Cathya, Cathya a…

— Cathya a… quoi, bon sang ?! s'énerva Jean.

— Elle a disparu !

— Parle moins fort. Comment ça ? Elle a été enlevée ? Elle a eu un accident ? Elle s'est enfuie ?

— Elle s'est enfuie avec Sebastian, il y a trois jours !

Jean resta sans réaction.

Quelque part, au fond de lui, il avait envisagé cette possibilité qui expliquait à elle seule la soudaine maladie des deux adolescents.

Elena s'énerva en voyant cette apathie et son mari décida qu'ils s'étaient suffisamment donnés en spectacle. Il l'entraîna donc hors de la salle jusqu'à leur appartement sans dire un mot, mais en écoutant patiemment la logorrhée de son épouse.

— Est-ce que tu sais ce que Boloviev va mettre en œuvre pour retrouver son fils ? C'est le seul qui soit en capacité d'agir, il…

— Tu m'énerves ! On devrait sortir d'ici et aller chercher notre enfant !

— Mais bien sûr… Tu as vu où nous sommes ? Je suis désolé, je suis aussi inquiet que toi…

— Ça, j'en doute ! coupa Elena aux quatre cents coups.

— D'accord, tu as le monopole de l'inquiétude. Si tu veux. Je t'explique juste que nous ignorons où ils ont pu aller. C'est comme chercher une aiguille dans une meule de foin… Tu vois, je t'avais dit qu'il fallait la pucer… Avec la RFID, aujourd'hui, on saurait où elle est.

— Ne me reproche pas de ne pas avoir traité notre fille comme un animal de compagnie, cria-t-elle en russe.

C'était le signe qu'il avait passé les bornes.

— Allons voir Sophia, elle saura peut-être comment son milliardaire de mari va gérer les choses.

Ils rebroussèrent chemin et trouvèrent Sophia étonnamment calme. Elle ne semblait pas prendre la mesure de la gravité de la situation.

Ravalant les récriminations à l'encontre de Cathya qu'elle avait failli formuler à haute voix, Sophia préféra rassurer ses parents.

— Ne vous inquiétez pas, mon Adrian va les retrouver. Il a des moyens considérables. Que pourrait-il leur arriver, après tout ?

— Que pourrait-il leur arriver ?! Vous avez un garçon, c'est facile ! Mais nous, nous avons une fille ! Et une fille, vous le savez, vous en êtes une, ça se vend comme prostituée, ça se viole ! Elena retint ses larmes comme elle put.

— Le docteur a pu déterminer qu'ils avaient pris le bus... C'est une simple fugue. Adrian a alerté les autorités, il a même lancé un avis de recherche par le biais de ses réseaux. Personne n'osera toucher à un de leurs cheveux, c'est garanti... Ce serait trop risqué. Tout le monde en Russie sait ce qu'il ferait si quelqu'un s'avisait de... voyant qu'elle en disait trop, Sophia préféra conclure. Vous ne devriez pas vous inquiéter, ils reviendront tous seuls quand ils se rendront compte de ce qu'est la vie à l'extérieur. Sébastian connaît le numéro de son père par cœur. Remettez-vous au travail. Le temps presse.

— Pourquoi ? Qu'y a-t-il de nouveau dehors ? s'enquit Jean.

— Les premiers signes nous sont parvenus. Ils sont à

l'œuvre. Des tests ont été effectués à grande échelle, on ignore encore d'où vient le financement, mais l'investissement est colossal.

— Qu'est-ce qu'ils tentent ? Jean était curieux ce qui agaça à la fois Elena et Sophia, mais pas pour les mêmes raisons.

— Je ne devrais pas vous le dire, mais je sens que vous avez besoin de motivation… Un stock énorme de composants servant à la fabrication d'un ordinateur quantique a été commandé, la livraison s'est faite dans un entrepôt abandonné aux États-Unis et le matériel s'est volatilisé. Ils sont en train d'avancer à grands pas. Ils conçoivent l'IA. C'est à présent une certitude. Quelque part, peut-être à quelques kilomètres d'ici, des fous sont sur le point de créer les conditions de la fin du monde.

— C'est bien beau tout ça, mais nous, nous avons des enfants dans la nature, seuls et sans ressources ! J'aimerais qu'on s'en souvienne et qu'on agisse.

— Ma chérie, tu as entendu ? Si nous ne parvenons pas à résoudre…

— Si nous ne retrouvons pas Cathya, je reste !

— C'est totalement irrationnel, crut conclure Jean.

— Peut-être qu'un peu moins de rationalité ne te ferait pas de mal. Pour sauver l'humanité, encore faudrait-il que ceux qui survivent en aient un peu en eux.

Elena tourna les talons, excédée par le manque d'inquiétude de son mari. Jean, haussa les épaules devant le regard médusé de Sophia et s'excusa avant de quitter son domicile. Au lieu de courir après son épouse pour la raisonner, il préféra retourner à la salle commune pour récupérer ses notes et terminer sa stimulante discussion avec Youri.

Elena ne pouvait se résoudre à laisser sa fille seule dans la nature. Elle ne parlait plus à Jean depuis qu'il lui avait affirmé qu'il fallait bien que jeunesse se passe, et que tant que Boloviev les retrouvait avant le départ, ce serait juste un bon souvenir pour eux. Cette conversation datait de quatre jours et ces mots, elle ne pouvait ni les comprendre ni les oublier. Seule face au déni du danger, son obsession résidait à présent dans le fait de sortir de cette prison pour aller chercher son « bébé ». Sans le savoir, elle mena les mêmes investigations que sa fille et parvint aux mêmes conclusions. Il était impossible de s'échapper par ses propres moyens de cette forteresse. L'idée la rendit presque folle. Au travail dans son laboratoire, ses collègues sentaient bien qu'elle n'était pas concentrée. Malgré ses efforts pour cacher ses projets, Elena avait sans le savoir attiré l'attention.

Le jour de la livraison arriva enfin. Elena connaissait le règlement. Les chauffeurs n'étaient pas autorisés à discuter avec qui que ce soit. Celui-ci, comme les autres, ignorait tout de la mission et se contentait de scanner les codes de réception. Pourtant cet après-midi là, il eut la surprise qu'une de ces scientifiques, d'habitude hautaines, lui adresse la parole.

— Bonjour.

— Je n'ai pas le droit de vous parler.

— Ça restera entre nous, vous avez une famille ?

— Oui.

— Des enfants ? insista Elena.

— Deux garçons, répondit avec méfiance l'homme inquiet de ce qu'on pourrait lui faire si on l'attrapait.

— Ma fille a disparu. J'ai besoin d'aide.

— C'est que je ne peux rien pour vous…

— Emmenez-moi, supplia-t-elle. Mais devant

l'indifférence de son interlocuteur, elle dut ajouter : je vous paierai cher.

Le trentenaire sembla plus réceptif à ce dernier argument et se frotta le nez avant de lui montrer subrepticement une caisse en inox sous la remorque. Elena remarqua l'étroitesse de cette boîte et désigna la remorque elle-même d'un doigt discret. Il fit non de la tête et insista des yeux pour sa solution. Un mètre vingt de long et une cinquantaine de centimètres de côtés, c'est trop petit, pensa-t-elle. Elena, sans le savoir encore, allait vivre ce que sa Cathya avait enduré.

Le chauffeur fit mine de compter les colis sans s'occuper de la scientifique. Elena se plia difficilement dans le coffre du magicien chargé de la faire disparaître.

Elle souffrit immédiatement de claustrophobie, mais réussit à se convaincre qu'elle devait supporter cette hystérie pour sauver sa fille. Le camion démarra enfin. L'évasion commençait à cet instant. Il roula, puis s'arrêta à la porte. Quelques secondes s'égrainèrent avant qu'il reparte, le bruit de tôle sous pression qu'elle connaissait bien se fit entendre. Un sentiment de victoire était en train de l'envahir quand une alarme se déclencha. Immédiatement, un coup de frein tassa Elena dans sa boîte et elle comprit. Dépitée, elle attendit que quelqu'un vienne lui ouvrir.

Le chauffeur gueula pour se disculper et laissa les hommes chercher à l'aveuglette comme s'il ne savait pas de quoi il retournait. Le verrou grinça.

— Elena, camarade, voyons… déplora Youri en l'aidant à se déplier, l'attrapant par les chevilles, poussant ses genoux resserrés sur sa poitrine vers l'extérieur. Pas vous…

— Que vouliez-vous que je fasse !? Que je reste là, les bras ballants ?

— Oui. Cet homme vous a-t-il assisté en quoi que ce soit dans cette folie ?

— Non, lâchez-le ! Il a refusé de me parler et de m'apporter son aide. Il est irréprochable, mentit Elena pour éviter des dommages collatéraux.

— Qu'on le laisse partir.

De retour dans la grotte, Elena dut affronter les regards réprobateurs de toutes les équipes qui s'étaient réunies pour voir ce qui avait déclenché les sirènes. Les messes basses allaient bon train. Loin d'être honteuse, Elena les toisa, son orgueil slave ne l'avait jamais vraiment quittée.

— Qu'allez-vous faire de moi à présent ?

— Nous ne sommes pas au goulag. Nous ne disposons pas de cellules d'isolement. Vous resterez chez vous quelques jours, nous dirons que vous avez été prise de panique.

— Je veux sortir, je dois retrouver ma fille.

— Nous nous en chargeons. Nous allons les attraper. Ils sont un danger pour ce projet. Rien que ce fait motivera les fondateurs, croyez-moi.

— Je ne demande que ça, je vous assure. Elena se composa une nouvelle tête pour amadouer Youri. Qui va s'occuper de mes plantes ?

— Ne vous inquiétez pas pour cela. Reposez-vous, dit-il en partant. À la porte, il ajouta : N'imaginez pas que je sois dupe. Je sais que vous pensez que vous allez vous échapper. Il n'en sera rien. Nous vous surveillerons comme jamais.

Elena tenta de trouver une faille après son assignation. Chaque fois, un technicien, un anonyme ou un collègue lui barra la route gentiment, avec le sourire. Peu à peu, au fil des jours, Elena sombra dans une profonde dépression. Jean la regarda, impuissant, maigrir puis s'affaiblir. Désemparé, il se concentra sur son travail, n'en pouvant plus de la voir s'éteindre à petit feu.

Quelques semaines plus tard, Youri tapa à la porte. Personne ne répondit. Il savait par Jean qu'Elena n'allait pas bien ces derniers jours et décida d'entrer. Il monta les marches en l'appelant. Rien, pas un bruit. Il poussa celle de la chambre et ce qu'il vit le paniqua. Elle était allongée, en pyjama de flanelle, inanimée. Youri se pencha au-dessus de sa bouche et sentit son souffle. Quelque peu soulagé, il se résolut à la porter jusqu'au cabinet du docteur.

— Ce n'est pas raisonnable, Elena ! Vraiment pas… Cathya ne doit pas devenir orpheline de mère.

— Laissez-moi, chuchota Elena en entrouvrant les yeux.

— Si votre plan est de reproduire celui de votre fille, c'est inutile, nous ne vous laisserons pas faire. L'intérêt du groupe est supérieur au vôtre, je suis désolé. Restez avec moi Elena ! On arrive, supplia Youri. J'ai des nouvelles de Cathya et Sebastian ! On sait où ils vont… Merde ! Elle est déjà repartie… Doc ! Vite !

Le médecin accourut à l'appel du Youri et constata l'étendue des dégâts. Il la fit allonger sur un des lits du dispensaire qui ne servait, pour ainsi dire, que depuis que les Solut avaient débarqué au camp. Il déboutonna rapidement sa chemise de nuit et l'ausculta avant de la mettre sous perfusion sous le regard inquiet de Youri qui décida d'alerter Jean.

Jean n'était pas rentré chez lui ces derniers temps, trop préoccupé par ses découvertes et la création du matériel nécessaire à leur fuite. Croyant fermement en cette unique planche de salut ainsi qu'en l'intégrité des fondateurs ; convaincu par l'imminence du danger, il s'était donné corps et âme à ce projet, oubliant même le premier de ses devoirs. L'émulation qui régnait dans l'équipe dernièrement n'avait pas participé à ce qu'il s'occupe d'autre chose que du voyage.

C'est au milieu de ses calculs, dans le cadre de ses travaux sur les interactions nucléaires, que Youri poussa la porte et trouva Jean totalement absorbé. Il tapa sur l'étagère de l'entrée.

— Jean ! C'est Elena... Elle a perdu connaissance !

— Elena ?

— Oui ! Depuis quand n'a-t-elle pas mangé ?!

— Comment ça ? Je n'en sais rien ! Vous deviez vous en occuper !

— Moi ?! Qui vous a laissé croire ça ?

— Quand vous avez dit « on la surveille »...

— Ça voulait dire qu'on la surveillait ! Pas qu'on la chaperonnait !

— C'est malin ! finit-il par réagir. Où est-elle ? Il faut que je la voie !

Une peur l'envahit alors et il courut. C'est avec frayeur qu'il découvrit le corps émacié d'Elena. Dans sa tête, il visionna le film de ces dernières semaines et se rendit compte qu'il était passé à côté du naufrage de sa femme.

— Nous avons une piste, osa Youri. Les jeunes sont partis en France. Un chauffeur de bus et deux camionneurs nous ont confirmé les avoir vus. Le second conducteur les a laissés sur une route du côté d'Omsk sans qu'on parvienne à comprendre pourquoi. On a tout tenté, même l'inavouable, afin de lui tirer les vers du nez, mais tout ce qu'il a dit c'est que Sebastian savait se défendre et qu'il veillait sur Cathya comme un loup sur sa meute.

— Tu entends Elena ? Cathya va bien. Elle va en France. Il faut que tu te battes, ils vont la retrouver. Cathya doit revoir sa mère à son retour. Je t'en prie. Je suis tellement désolé, ma chérie... Jean sanglota comme un enfant.

*\
* *

Cathya et Sebastian avaient rejoint Volgograd sans encombre, cependant les choses s'étaient corsées dès leur arrivée. Obligés de faire la manche pour manger, ils comprenaient à leurs dépens la cruauté dont ce monde peut parfois faire preuve. Les nuits n'étaient guère reposantes, ils devaient trouver chaque soir un nouveau lieu. Les berges de la Volga étaient plus sûres par endroit que le cœur de ville, mais il n'y avait là-bas aucun abri ni aucune main tendue. Septembre pointait le bout de son nez givré, les températures nocturnes chutaient.

Sebastian ne savait plus quoi faire et pensait de plus en plus à appeler son père. Ils éprouvaient le drame des pauvres qui, n'ayant pas d'argent, aimeraient plus que tout pouvoir s'en passer, mais qui se rendent compte, la faim au ventre, que cette société n'offre plus d'alternatives. Cathya, elle, s'obstinait à poursuivre leur échappée belle. Elle semblait animée d'un feu que Sebastian ne comprenait pas. Il s'agissait d'un amour pour la liberté qui surpassait le manque de nourriture, le froid et l'insécurité. C'était une foi en un avenir meilleur qui dépassait le jeune homme pragmatique. Lui ne voyait pas pourquoi souffrir quand il pouvait, par un simple coup de fil, retrouver son confort perdu. Mais voilà, il l'adorait envers et contre tous, armé d'un canif de supermarché.

Un matin pourtant, il décida que c'en était trop. Profitant du fait que Cathya mendiait quelques roubles à des passants indifférents, Sebastian se rendit dans un bar pour demander à passer un appel. Le tenancier ne lui répondit même pas et lui tendit le combiné. Il lui fallut quelques secondes pour comprendre comment celui-ci fonctionnait. Chose faite, il composa le numéro qu'il avait appris par cœur. Trois sonneries retentirent, et la voix de son paternel laissa place à un signal sonore.

— Père, c'est Sebastian. Nous allons bien, mais…
— Que fais-tu !? interrompit Cathya, furieuse.
— J'appelle mon père pour qu'il vienne nous chercher, répondit-il, penaud.
— Raccroche ! On s'en va, se radoucit-elle en voyant qu'il obtempérait. Nous partons.
— Nous n'avons pas assez d'argent, affirma Sebastian en poussant la porte.
— Sebastian, nous n'avons plus le choix… À cause de toi, ton père va rappliquer ici. Je ne remettrai pas les pieds dans cette prison, tu le sais !

Découvrant de la tristesse dans le regard de son amoureux, Cathya crut comprendre que leurs chemins se séparaient dans cette rue sordide. Le cœur lourd, elle lui proposa :

— Va dans ce bar, tu peux finir ce que tu as commencé. Je ne t'en empêcherai plus.

— Cathya… fit-il, estomaqué par cette déclaration. Mais tu viens de dire que tu n'y retournerais pas ! Dois-je en conclure que…

— Tu es libre. Je ne peux pas te forcer à me suivre, dit-elle avec affliction. Merci d'avoir essayé.

— Tu ne m'aimes plus ?

— Oh si, je t'aime, affirma-t-elle sans hésitation en prenant le visage crasseux de Sebastian dans ses mains. Mais comme je ne peux pas te voir malheureux et que je ne peux me résoudre à repartir là-bas. Il n'y a donc plus de solutions pour nous deux… Marcia semblait beaucoup t'apprécier, elle pourrait te consoler de moi…

— Tu n'y penses pas ! Marcia ?! s'offusqua-t-il. Comment oses-tu ? Tu ne crois toujours pas en mes sentiments pour toi ?

— Si, pardon. Je ne voulais pas dire ça dans ce sens. Nous souffrirons un temps, puis nous nous oublierons sûrement. Toi, tu trouveras du réconfort auprès de Marcia et moi… Qui sait ? Je finirai ma vie comme une vieille fille, peut-être comme celle de Balzac, sans jamais rien connaître des choses de l'amour.

Les bras ballants, choqué par cette annonce, Sebastian conclut que sa belle avait tiré un trait sur leur histoire en l'espace de quelques secondes, au premier de ses faux pas. La mort dans l'âme, il se tourna vers la porte du bar et commença à la pousser. Déçue par sa décision, Cathya ne put regarder son amoureux renoncer à elle et se résolut à s'en aller. Sebastian voulut lui dire un dernier mot, l'inciter à le rejoindre, mais elle partait déjà, la tête basse. Il entra. Des larmes inondant ses yeux, Cathya distingua les gonds de la destinée se refermer, il était entré, il l'abandonnait. Une force qui n'était pas de l'orgueil, mais qu'elle ne pouvait pas définir, la contraignit à fixer un point opposé de l'horizon et à marcher droit devant. Droit devant, un pied devant l'autre, le flou de son regard humide passerait un jour, se dit-elle alors que le sentiment d'un châtiment éternel s'abattait sur elle.

Dans le bar, Sebastian resta planté dans l'entrée, immobile, glacé de l'intérieur. Une fêlure commençait à lui déchirer le cœur, une sensation physique, intense, qui l'étreignait de la poitrine jusqu'à la gorge. Il sursauta quand une interpellation traversa la salle.

— Oh ! Gamin ! Tu fais quoi ?
— Pardon ?
— Qu'est-ce que tu fous encore là ?! On n'a pas besoin d'un pouilleux ici ! Retourne chez ta... Oh ! Eh puis merde ! Prends ce télé... T'as raison ! Casse-toi, pet... Oui... Oui... garçon. Sale... Oui, une fille aussi, une brune... Il vient de partir... Là, à l'instant quand vous avez appelé... Je ne peux pas, je suis seul au bar ! Combien vous dites ?! Mais qui vous êtes ? Foutez-vous de moi ! fit-il en raccrochant.

Sebastian courut aussi vite que ses jambes pouvaient le porter. Il distinguait au loin la silhouette de Cathya. Il s'essoufflait. Elle venait de disparaître dans le flot des passants au croisement de deux rues. Il scruta encore et encore, crut devenir fou, se reprochant d'avoir tant tardé à comprendre et finit par crier son prénom au milieu des voitures.

On lui tapa doucement sur l'épaule. C'était Cathya ! Il la serra dans ses bras, l'embrassa, la fit tourner et s'excusa sous les coups de klaxon des automobilistes furieux de leur présence sur le bord de la chaussée.

— Pardon ! dit-il.
— Pardon, c'est moi !
— Non, c'est moi ! Je me doutais de ce qui m'attendait quand je t'ai suivie dans ce délire ! J'aurais dû te soutenir encore, mais c'est si dur...
— Oui, je sais ! Je trouve aussi. J'aurais dû t'écouter, faire plus attention... elle le tira sur le trottoir. Partons d'ici, nous y sommes presque, je le sens. Allons à Rostov, tu veux bien ? minauda-t-elle avec un air charmant comme quand elle était enfant.

Ils firent donc du stop sur près de cinq cents kilomètres jusqu'à Rostov-na-donu. Leurs chauffeurs, les rares à s'arrêter à leur hauteur, leur offraient de quoi manger, parfois même quelques roubles. Ils passèrent une nuit dans un vieux tonneau sous une mousse isolante trouvée dans un fossé, ils marchèrent de longues heures aussi, sans se plaindre, main dans la main. Au soir du second jour, les deux amoureux furent déposés au centre-ville.

Sebastian décida de ne plus subir et de changer le cours des choses. Il fit le tour des bars et des échoppes en demandant s'ils embauchaient. Chaque fois qu'on lui disait oui, il sollicitait un coin où dormir pour lui et Cathya. Après de nombreux refus, une femme au visage revêche eut apparemment pitié d'eux et leur offrit le gîte et le couvert dans l'arrière-salle de son épicerie en échange d'un coup de main pour nettoyer et ranger sa boutique. Elle ne leur demanda rien, pas même leurs noms. Le lendemain, elle leur donna d'autres choses à faire, et le surlendemain encore. L'espoir renaissait. C'est ainsi qu'au matin du quatrième jour, elle leur présenta un entrepreneur en bâtiment qui emmena Sebastian sur un chantier. Cathya passa la journée avec une boule au ventre, craignant quelque traquenard. Au lieu de cela, l'employeur déposa son homme tôt dans la soirée, une poignée de roubles à la main. Ce n'était pas grand-chose, pourtant pour eux c'était une fortune, le début de la liberté.

Sans prononcer un mot, l'épicière s'approcha et saisit son argent. Elle compta, puis empocha deux billets après une hésitation sur un troisième. D'abord hébété, Sebastian ne dit rien. Il venait de comprendre que rien n'était gratuit dans ce monde, ou si rarement que cela tenait du miracle. Il retint Cathya.

— Non, ne fais rien, je t'en prie. C'est comme cela que ça fonctionne ici. On n'a rien sans rien. Je travaille comme tâcheron sur le chantier, je me tais. Elle, elle nous loge. Tu ranges, tu nettoies, tu te tais. Et elle, elle nous nourrit. Nous lui payons ce service. Nous n'avons pas le choix.

— Mais elle t'a volé ton argent !

— Non, elle trouve une compensation et nous, nous gagnons la fin de notre voyage. Je crois que nous devons vivre parmi les gens, comme des ombres, sans nous faire remarquer. J'ai compris que c'est comme ça que les pauvres doivent faire, être des ombres, discrètes. Ils doivent ramasser les miettes en disant merci quand on daigne leur en laisser ou leur adresser la parole.

Un soir, tous les deux fatigués par les huit jours de travail qu'ils venaient de subir, Sebastian osa tourner la tête pour observer Cathya en train de se passer un gant humide sur le corps en guise de douche. Elle était de dos. Lui contrevenait à la règle qu'elle avait fixée.

Emerveillé, il faillit se faire surprendre en plein voyeurisme.

Tous deux couchés sur un vieux matelas à même le sol, le temps s'écoulant au rythme du goutte à goutte du robinet hors d'âge, Sebastian éprouva un désir charnel pour Cathya qui l'enlaçait, sa poitrine tout contre sa colonne. Il se tourna vers elle et, dans la pénombre, elle distingua un regard qu'elle ne connaissait pas. Gênée, elle posa un baiser sur ses lèvres et, fougueusement, il le lui rendit. Sa main droite devenue calleuse s'aventura sur son T-shirt, frôla ses seins. Elle tressaillit sans s'en offusquer. Sebastian, tout en l'embrassant, s'enhardit et décida de la passer sous son vêtement, espérant que Cathya était prête. Elle frémit de nouveau et l'imita. Ces caresses, nouvelles et envoûtantes, ne suffirent bientôt plus à Sebastian qui glissa ses doigts dans la culotte de sa bien-aimée.

La réponse fut immédiate. Dans un mouvement de recul, Cathya se mit à genoux à côté de cette couche rudimentaire et porta ses mains sur ses seins et son intimité, comme contrite.

— Je suis désolée, balbutia-t-elle.
— Mais qu'y a-t-il ? Je ne comprends pas, nous sommes libres, comme tu le souhaitais ! Je gagne de l'argent, bientôt, nous aurons un chez-nous…
— Je ne veux pas faire ça ici, pas comme ça, pas maintenant. Je ne suis pas prête, je veux que ce soit parfait, comme dans… Je voudrais…
— Tu veux que ce soit comme dans tes livres de petite fille. « Ils se marièrent, vécurent heureux et eurent beaucoup d'enfants » ? chuchota-t-il après avoir entendu trop de ses « pas » pour garder le moindre espoir.
— Oui, je sais, c'est stupide. Mais…

— Mais rien... Tu es une romantique, tu veux que nous fassions les choses dans l'ordre, dans les règles, selon les usages des gens respectables... fit mine de comprendre Sebastian qui devait maintenant faire son deuil de son projet nocturne.

— Tu m'en veux ? demanda-t-elle avec inquiétude en revenant sur le matelas.

— Même pas. Je suppose que tu dois avoir raison. Couche-toi, enjoignit-il de manière un peu autoritaire, demain c'est dimanche, on travaille aussi.

Cathya n'osa plus toucher Sebastian de la nuit.

Le lendemain, Sebastian retourna sur son chantier. Il besogna âprement, avec deux certitudes fichées dans son esprit. La première était qu'il devait mériter son salaire, la seconde qu'il œuvrait pour le bonheur de Cathya. Ce soir-là, il revint avec une nouvelle coupe de cheveux, il s'était fait raser la tête par un collègue. Sans un mot, Cathya mit quelques jours à s'accoutumer à ce visage plus dur, plus masculin. Elle s'était dit que Sebastian avait sacrifié jusqu'à sa chevelure par amour. Alors, subissant en secret les brimades de sa marâtre de plus en plus habituée à sa petite esclave, elle pensa dans sa solitude qu'elle devait assumer sa part. Cathya s'était changée en Cendrillon, sans petites souris ni marraine féérique, mais résignée, elle portait son fardeau.

Chaque lundi durant des mois, l'épicière empochait son dû. La vie s'était organisée, ils avaient à présent une table, des caisses en plastique leur servant de tabourets, ils possédaient même des vêtements et des chaussures chaudes. Oh ! Rien de très beau, des fripes, de l'occasion, mais c'était un début, une victoire sur le destin. Sebastian avait montré sa valeur à plusieurs reprises en faisant des calculs complexes, en proposant des solutions à des problèmes sur les chantiers. Son patron était content de son travail et lui donnait quelques billets supplémentaires de temps à autre. Des primes qu'il cachait dans ses chaussures pour que l'épicière ne prélève pas plus d'argent que ce qu'elle faisait déjà.

Arrivèrent avril et l'anniversaire de Cathya. Rentré un peu plus tard qu'à son habitude, Sebastian insista pour que Cathya enfile sa robe, celle qu'elle devait porter dans la campagne française, et que comme lui, elle mette une casquette. Elle trouva tout ceci étrange, car perdue dans sa routine, elle avait oublié que c'était un jour spécial.

Il l'emmena dans un petit troquet qui ne brillait pas par sa devanture. Ils s'assirent à une table, et Sebastian lui dit de commander ce qu'elle voulait.

— On ne devrait pas, chaque rouble compte ! chuchota-t-elle.

— Mais enfin, c'est ton anniversaire !

— Oh ! C'est vrai ? Mais… mais nous n'avons même pas fêté le tien ! réagit Cathya gênée.

— Ça, ce n'est pas grave, tu as dix-sept ans !

Sebastian ne releva pas qu'elle avait oublié de célébrer le sien quelques semaines auparavant. Il avait d'ailleurs essuyé un nouveau refus de sa part ce soir-là. Heureusement, les copains du chantier avaient arrosé l'événement à la vodka. Lui avait juste trempé les lèvres dans son verre, pour faire semblant de suivre les autres.

Elle commanda des brochettes, renonçant aux écrevisses, et il l'imita, car ils ne mangeaient presque jamais de la vraie viande, en morceaux. Sebastian recoiffa ses cheveux à présent plus longs. Sa mèche rebelle l'agaçait, mais Cathya l'aimait comme cela.

Au moment du dessert, devant une part de Vatrouchka aux raisins pour deux, Sebastian fouilla dans sa poche pour trouver son cadeau. Il s'agissait d'un anneau qu'il avait lui-même taillé dans un tube en inox, ciselé et poli durant ses pauses déjeuner et cela pendant des semaines. Il n'avait pas arrêté jusqu'à ce qu'il ressemble à une alliance en argent aux motifs géométriques.

— Tiens ma chérie, dit-il en ouvrant sa main au-dessus de celle de Cathya.

Cathya découvrit cette magnifique bague et un sourire illumina son visage éteint par des mois de servitude silencieuse. Ses yeux s'emplirent de larmes. Et elle l'enfila à son annulaire. Sebastian fut soulagé d'avoir bien évalué le diamètre du tube par rapport à ses doigts gonflés par le travail manuel.

Cathya semblait attendre quelque chose qui ne venait pas. Ce rayon de soleil disparut après quelques secondes et Sebastian comprit son erreur.

— Non, je... Ce n'est pas une demande en mariage ! Je suis désolé ! Je n'avais pas de pierre à mettre dessus. C'est moi qui l'ai faite, je te demanderai ta main en France, comme il faut !

— C'est toi qui l'as faite, vraiment ? Mais comment ?

— J'ai trouvé un tube inoxydable à ta taille, je l'ai coupé, poncé pour lui donner la forme d'une vraie bague, je l'ai limé, j'ai tout recommencé pour que ce soit parfait, je l'ai poli sur une ceinture en cuir d'un copain pendant des heures, chaque jour...

— C'est magnifique ! Merci, elle ne me quittera jamais !

Rassuré, Sebastian lui proposa de flâner dans les rues avant de rentrer à l'épicerie.

— Nous devrions louer une chambre, tu ne crois pas ? se prit-elle à rêver.
— Ce serait merveilleux... Mais...
— Mais personne ne nous louera quoi que ce soit...
— Surtout à ce prix...
— Elle est très dure avec moi, tu sais.

Sebastian écouta le récit des brimades quotidiennes et se contenta de la serrer dans ses bras. Quant à lui, il décida de taire la réalité de ses journées pour ne pas ajouter de la misère à la misère, s'estimant heureux d'avoir ses collègues pour rire un peu.

Ils rentrèrent au magasin et trouvèrent celle qu'ils ne nommaient pas assise à sa caisse, l'œil mauvais. Ils la saluèrent poliment et lui souhaitèrent bonne nuit.

Le lendemain matin, la marâtre repéra l'alliance, mais ne dit pas un mot. Cathya tenta de manière dérisoire de cacher son bien de crainte qu'elle ne le lui vole. Leurs regards se croisèrent, elle eut peur et décida de se remettre immédiatement au travail.

Les jours passèrent sans heurts et Cathya oublia cet épisode effrayant. Tout paraissait se dérouler comme prévu. Sebastian était tendre avec elle, il gagnait de l'argent, et l'épicière semblait moins sévère. Cathya avait même fini par se dire que cette vieille peau avait un cœur, quand un grain de sable vint subitement enrayer la machine.

— Tu as touché à ma caisse ?! Petite voleuse !

— Non, madame ! Jamais je n'aurais osé, je vous assure !

— Menteuse, tu as profité que je n'étais pas allée à la banque pour me dérober les 100 000 roubles ! Il y a une trace sur le tiroir, tu l'as forcé !

— Jamais, vous étiez là, c'est impossible ! tenta de se justifier Cathya, car c'était pour elle une véritable fortune et une attaque injuste.

L'épicière leva la main comme pour la frapper et Cathya se protégea le visage.

— Cette bague en argent, tu vas me la donner pour me rembourser ce que tu m'as volé !

— Non ! Ce n'est pas de l'argent ! C'est un bout de tube de plomberie ou de… je ne sais quoi que Sebastian a façonné de ses mains pour mon anniversaire, ça ne vaut rien !

Pour toute réponse, l'autre la bouscula et se dirigea vers l'arrière-salle. Elle souleva le vieux matelas et trouva l'enveloppe où Sebastian rangeait ses salaires. Cathya se jeta dessus pour l'empêcher de se servir, mais fut repoussée comme une brindille sur une manche. Alors qu'elle comptait les billets à genoux, Cathya en pleurs, l'épicière ne s'aperçut pas que Sebastian venait de tirer le rideau. Devenu fort et rude, comme devait l'être ici tout bon ouvrier du bâtiment, il attrapa leur marâtre par les cheveux d'une main, puis de l'autre, son couteau qu'il lui glissa immédiatement sous la gorge. Surprise, elle commença à crier à l'assassin, mais le fil de la lame rentrant dans sa chair la dissuada de continuer.

— Que fait-elle, cette grosse vache ?

— Elle dit que je lui ai volé 100 000 roubles ! Elle voulait me prendre ma bague, elle croyait que c'était de l'argent ! Maintenant, elle se sert dans notre épargne pour se rembourser, mais elle ment !

— Je sais qu'elle ment, c'est évident ! Balance nos affaires dans les caisses ! Vite ! Nous partons.

— Mais notre table, nos…

— Ne te laisse pas avoir par ces trucs ! Ce ne sont que des choses.

— Oui, tu as raison ! Mais on n'a pas assez pour quitter le pays ! s'inquiéta Cathya qui avait du mal à se remettre de ses émotions.

— Attrape quelques conserves et du pain ! Sebastian tira la marâtre dans son échoppe afin de voir si Cathya suivait ses instructions. Ouvre son tiroir-caisse et prends ce qu'il y a dedans !

— Il est fermé.

— La clé !

Toujours tenue en respect par un couteau, l'épicière n'osait pas bouger. Elle grogna en signe de protestation, mais la tendit. Sebastian indiqua à Cathya de venir par mouvement de tête.

— Mais c'est du vol ! objecta Cathya en se dirigeant vers l'accueil.

— Qu'est-ce qu'elle voulait nous faire ?

Les 100 000 roubles étaient empilés dans les compartiments du casier noir, il n'en manquait pas un bien sûr. Cela leva le dernier doute qui empêchait Cathya de basculer dans le larcin. Elle mit tous les billets dans ses poches de pantalon et ne laissa que les petites pièces. Elle courut dans l'arrière-salle et attrapa leurs sacs à dos ainsi qu'une des deux caisses dans lesquelles elle avait entassé leur nouvelle vie. Elle la posa à côté de Sebastian avant de récupérer l'autre. Ne sachant plus quoi faire, elle attendit d'autres instructions et remarqua à quel point son homme était beau, étrangement puissant. Il lâcha les cheveux de l'épicière et la guida de sa lame pour qu'elle se retourne doucement à ses pieds. Il la menaça de l'arme, le regard déterminé.

— Tu ignores qui nous sommes et pourquoi nous étions là ! en ayant sa réponse, il poursuivit. Nous fuyons nos familles. Pour ta sécurité, je ne te divulguerai pas le nom de mon père. Mais si tu racontes à qui que ce soit ce qui s'est joué ici, je n'ai qu'un coup de fil à passer et il brûlera ta boutique, et toi dedans. Et ça, sans que la police y voie quelque chose à redire. Tu comprends ?

— Mais qui êtes-vous ?

— Non, tu n'as pas compris ! *Bratva* ! Ils nous cherchent pour nous ramener. Si je dois appeler mon paternel parce que tu as parlé ou que tes amis nous poursuivent, je le ferai et je lui donnerai envie de s'occuper de toi, expliqua-t-il tout en se préparant à la fuite.

— D'accord, prenez l'argent, prenez la marchandise ! Disparaissez ! Je ne parlerai pas, c'est juré ! Oiseaux de malheur, qu'ai-je fait de les recueillir et de leur offrir un toit… se lamenta-t-elle.

Cathya sortit la première, Sebastian vérifia que l'épicière ne se jetait pas sur son téléphone et la menaça encore de représailles en levant son couteau. Tous deux coururent à en perdre haleine, leurs caisses dans les mains, leurs sacs sautant sur leurs dos. Cathya avait repris des forces durant les derniers mois. L'air frais leur brûlait les bronches.

— Arrête Sebastian, s'il te plaît ! Je n'en peux plus ! cria-t-elle, essoufflée. Est-ce que tu sais où nous allons, au moins ?

— Nous avons des choses à faire avant de nous rendre au port et d'embarquer sur un cargo, direction… Ça, nous verrons bien, répondit-il en rebroussant chemin. Il posa sa boîte et serra Cathya dans ses bras. Ne t'inquiète pas, je vais nous sortir de là.

Sebastian se raccrochait à ce qu'Olga leur avait dit sur son cousin Pavel. L'homme providentiel devait résoudre tous leurs problèmes, mais pour cela, il fallait atteindre Bucarest. Il avait bien pensé à filer par l'Ukraine, mais sur le chantier, tout le monde l'avait mis en garde. Au fond de lui, il en voulait encore un peu à Cathya de l'obliger ainsi à faire ce voyage périlleux. Ce sentiment laissait toujours immédiatement place à l'espoir d'une vie de famille dans la campagne française. Il se voyait déjà habiter une petite maison aux volets bleus, leurs enfants feraient de la balançoire, Cathya serait aussi belle dans dix ans, dans vingt ans, lui travaillerait dans les champs ou dans une usine et rentrerait fatigué, mais heureux. Il prendrait sa retraite, ils vieilliraient ensemble, leurs petits-enfants courant dans le salon baigné de lumière, ils auraient une jolie cuisine et Cathya leur ferait des gâteaux. Cette pensée l'aidait à tenir encore et toujours.

Ils se rendirent à la gare dans un vieux tramway rouge et jaune. Casquettes sur la tête, ils arpentèrent le hall pour trouver les consignes afin d'y ranger provisoirement leurs affaires. Sebastian avait vraisemblablement un plan qui attendrait qu'ils aient le ventre plein. Une fois le pain et la conserve volés engloutis sur un banc, il prit Cathya par la main et l'emmena dans un bar.

La musique était forte, l'alcool coulait à flots et les cris perturbaient les deux amoureux qui n'y étaient pas habitués. Il fallut patienter deux heures et commander quatre verres pour que Sebastian trouve ce qu'il cherchait. Il fit signe de l'attendre. Curieuse, Cathya observa le manège de sa table. Elle le vit s'adresser à une jeune fille qui lui ressemblait, lui sourire, rire avec elle. Cela ne lui plaisait guère, jusqu'à ce que cette inconnue se moque de lui et le chasse alors qu'il s'approchait trop près d'elle. Cathya comprit enfin.

Sebastian revint vers elle sans joie avec le portefeuille de sa victime et lui montra sa nouvelle carte d'identité.

Sans tarder, il désigna une table de supporters de football enjoués.

— Tu n'y penses pas !
— Comment va-t-on faire pour embarquer, sans ça ?

Cathya récupéra le portefeuille de la demoiselle et le jeta aux pieds du tabouret où elle était assise. Elle attendit de longues minutes que l'homme ressemblant à Sebastian se lève de sa chaise et sa patience fut récompensée quand il se dirigea vers le comptoir. Avec dégoût, elle s'approcha de lui, par-derrière, et s'aperçut que ses papiers étaient dans son jean. Cela allait à l'encontre de ses valeurs, Cathya tremblait de plus en plus et, au moment de passer à l'action, elle se dégonfla. Elle fit immédiatement signe à Sebastian de venir avec un air désespéré. Légèrement agacé par cette vertu paralysante, il décida d'agir et bouscula le fêtard déjà éméché au moment où il remettait la main droite à la poche. Avec deux pichets de bière dans sa gauche, le supporter ne voulut pas se baisser.

— Désolé.
— Pas de quoi, c'est de la folie ce soir avec le match. C'est dingue ce qu'on se ressemble, tous les deux !
— Vous trouvez ? Sebastian ramassait ses affaires éparpillées sur le sol. La carte subtilisée, il ajouta : excusez-moi encore. Bon match.
— Merci !
— Serveur ? cria-t-il, faisant mine de commander à son tour.

Cathya et Sebastian s'en allèrent aussitôt sans boire leurs consommations.

La nuit fut longue et sans sommeil. Pour que leur plan fonctionne, ils en étaient tombés d'accord, il fallait que Cathya change d'apparence.

Dans les toilettes du centre commercial, Cathya pleura en coupant à mi-épaules et teignant ses cheveux. À l'aide d'une serviette en papier, elle sécha ses larmes et finit de se préparer. En poussant la porte sans conviction quarante-cinq minutes plus tard, sa tristesse s'évanouit quand elle vit le regard de Sebastian. Habillée avec un pantalon et un beau pull neufs, du rouge sur ses lèvres, elle se sentit femme pour la première fois de sa vie. Sebastian n'était pas mal non plus dans ses nouveaux vêtements. Il la serra dans ses bras et lui prit fièrement la main.

Ils partirent de là heureux, avec de plus gros sacs à dos que les précédents, prêts à être remplis à la gare.

Une fois aux docks, ils se rendirent au restaurant où

tous les travailleurs se retrouvaient et ils commencèrent à prospecter pour trouver un navire susceptible de les emmener loin de la Russie. Sebastian avait entendu parler des caméras qui reconnaissaient les visages et voulait éviter d'en croiser trop sur le trajet. C'est pour cette raison qu'il avait privilégié le transport maritime. Il avait pris les choses en main et Cathya se tenait en retrait pour ne pas interférer. L'impatience la gagnait. Ils semblaient toucher au but. Après la Roumanie, elle en était persuadée, tout irait bien. Et puis, ils se marieraient, cultiveraient un lopin de terre et élèveraient des poules. Elle imaginait cela comme dans un livre et dans son enthousiasme, elle n'avait apparemment plus de place pour les souvenirs.

10
LES RÈGLES DES HOMMES

Quelques semaines auparavant, Adrian Boloviev avait reçu un appel téléphonique sur sa ligne personnel, ce qui était très rare. D'abord déçu de ne pas avoir entendu son fils en décrochant, la conversation qui s'en était suivie l'avait finalement perturbé. Un anonyme à la voix déformée lui avait affirmé qu'une agence gouvernementale américaine « voulait lui faire la peau ». Cela faisait bien longtemps que personne en Russie n'avait essayé. Partagé entre curiosité et incrédulité, Adrian l'avait écouté et avait raccroché sans un merci ou un au revoir. Son messager avait juste eu le temps de lui assurer que, le moment venu, il le préviendrait et que lui devrait réagir vite s'il souhaitait rester en vie. Adrian s'était dit que cette plaisanterie de mauvais goût avait un rapport avec la disparition de son fils, mais ce type n'avait pas demandé d'argent.

Ce jour-là, Adrian s'était levé très tôt, avait piloté un projet important pour sa filiale américaine et s'apprêtait à assister à deux nouvelles réunions. S'apercevant qu'il avait laissé sa veste accrochée au portemanteau de son luxueux bureau moscovite, il profita d'une courte pause dans son emploi du temps pour aller la chercher.

Il prit l'ascenseur, salua chaleureusement son chauffeur et monta dans la limousine qui l'attendait portière ouverte.

Lorsque le véhicule sortit du parking sous-terrain, Adrian sentit une vibration et crut qu'il s'agissait d'une notification pour son prochain rendez-vous. Par acquit de conscience, il tapota ses poches en quête de ses téléphones. Il y avait un appel manqué sur son numéro personnel. Il déclencha la messagerie. C'est avec surprise, qu'il entendit la voix de Sebastian !

« — Père, c'est Sebastian. Nous allons bien, mais…

— Que fais-tu !? »

Il lui sembla reconnaître celle de Cathya, elle paraissait furieuse.

« — J'appelle mon père pour qu'il vienne nous chercher.

— Raccroche ! On s'en va. »

Adrian pesta tout en rappelant immédiatement le numéro et tomba sur une espèce d'abruti dans un lieu public ou peut-être un bar.

— Oui.

— Il y avait un garçon chez vous, il y a quelques minutes !

— Oui… garçon. Sale

— Je m'en fous qu'il soit sale, il y avait une fille avec lui…

— Oui, une fille aussi, une brune…

— Je veux que vous me les passiez, passez-le-moi maintenant ! C'est mon fils !

— Il vient de partir…

— Quand ?!

— Là, à l'instant quand vous avez appelé…

— Allez le chercher !

— Je ne peux pas, je suis seul au bar !

— Je vous donne un million de roubles si vous le retrouvez et que vous me le passez !

— Combien vous dites ?! Mais qui vous êtes ?

— Adrian Boloviev. Deux millions.

— Foutez-vous de moi ! fit-il en raccrochant.

Furieux, Adrian lança une recherche sur son téléphone pour connaître l'origine de ce numéro, il était sur le point de trouver la réponse à sa question quand un SMS lui parvint.

« Stoppez le véhicule, sortez de là et courez ! C'est pour maintenant. »

Adrian mit quelques secondes à réagir que c'était l'avertissement qu'il attendait sans y croire. Malgré ses doutes, quand il vit les deux 4x4 noirs arriver sur lui, il ordonna :

— Bogdan ! Mets la voiture en travers et arrête-toi immédiatement !

La limousine pas encore immobilisée, Adrian poussa la portière qui finit de s'ouvrir violemment et sauta avant qu'elle ne se referme sur lui. Il courut au coffre pour en sortir deux fusils automatiques. Il en jeta un à Bogdan et commença à arroser ses assaillants qui laissèrent de la gomme sur le bitume, surpris par l'anticipation de leur cible. Ils descendirent immédiatement de leurs 4x4 armés jusqu'aux dents et ripostèrent à feu nourri. Bogdan n'était pas avare de balles, lui non plus. Lui et son patron parvenaient ainsi à garder une distance entre eux quand son téléphone sonna encore :

— Sebastian ? prit-il le temps de répondre.

— Non. Ils ont un lance-roquettes.

— Merde !

— La bouche d'égout à deux mètres sur votre droite, si vous voulez vivre.

— Bogdan, viens !

— Non, je vous couvre, patron !

Adrian laissa à son chauffeur le soin de poursuivre les hostilités et utilisa le canon de son fusil pour soulever la plaque en fonte. Il se glissa dans le trou et appela à nouveau Bogdan pour qu'il le rejoigne. Son ami se retourna, mais ne put faire que deux pas, il était trop tard. La limousine fut propulsée en l'air et les flammes filèrent sur Adrian qui se précipita dans les égouts. Il dégringola le long de l'échelle. La voiture tomba au-dessus de lui, bouchant l'issue.

— *Shlyukha* ! gueula-t-il avant se résigner à patauger dans ces immondices.

Trempé dans ces boues pestilentielles, il marcha aussi vite qu'il le put, tournant dans les boyaux, fou de rage. Suffisamment loin à son goût, arme en bandoulière, il remonta à la surface et poussa un cri de douleur en soulevant le couvercle métallique avec son épaule. Il avait été touché. Curieusement, personne ne sembla s'émouvoir de le voir ainsi sortir de la fange avec un fusil. Son téléphone fonctionnait toujours. Un message s'afficha à l'écran : « Ne bougez pas. Un chauffeur arrive tout de suite pour vous emmener où vous voulez. »

Quelques secondes plus tard, le taxi s'arrêta à son niveau et ne rechigna plus à le prendre quand il vit la liasse de billets tendue.

Sur le trajet vers les urgences, Adrian appela des

journalistes et les convoqua pour une conférence en milieu hospitalier.

Le bras en écharpe, dans un costume neuf apporté par un assistant zélé, Adrian Boloviev annonça la tentative de meurtre à laquelle il venait d'échapper et qui avait coûté la vie à son chauffeur.

— C'était un ami de longue date. Il est mort en me protégeant. Il avait deux enfants et une femme qui l'aimait. Je subviendrai à leurs besoins, mais ceux qui ont fait ça doivent payer.

— Monsieur Boloviev ! crièrent plusieurs journalistes. Que s'est-il passé ?

— J'ai reçu des menaces de mort ces derniers jours. Mes sources m'ont affirmé qu'il s'agissait d'une agence très connue des USA. Je n'y croyais pas jusqu'à ce que je voie des 4x4 noirs débouler sur nous. Mon chauffeur a mis la limousine en travers de la route et nous avons dû riposter aux fusils automatiques pour sauver nos vies… ma vie.

— Avez-vous un permis pour ce type d'armes ?

— Je devais me rendre au stand de tir le soir même, ce qui explique la présence de ces armes dans mon coffre, feignit-il avec calme et assurance.

— Monsieur Boloviev ? Cette attaque visait-elle à vous faire abandonner le marché américain de l'énergie ?

— Tout est possible. Porter atteinte à leur hégémonie a toujours ce genre de conséquences.

— Allez-vous renoncer ?

— Nous sommes russes, nous ne renonçons pas ! affirma-t-il en levant son bras valide.

— On dit que votre fils…

— Merci à vous, chers amis journalistes, je dois aller présenter mes condoléances à la famille de mon chauffeur, répondre aux questions de la police et enfin retourner au bureau pour boucler des dossiers urgents, interrompit Adrian. Il se tourna vers son assistant et, loin des micros, lui ordonna :

— Allez me chercher cet enfoiré qui a parlé de mon fils.

Le jeune gratte-papier s'approcha avec un air hautain qu'il allait très vite perdre. Adrian l'entraîna dans un recoin du hall, à l'abri des oreilles et des caméras indiscrètes. Il lui demanda avec fermeté son téléphone et son matériel. Contraint, celui-ci regarda l'homme d'affaires éteindre le tout.

— Qui es-tu pour évoquer ma famille en interview ?
— Je suis Vassi…
— Je m'en fous ! Tu ne parles de mon fils à personne, comme les autres !
— C'est quand même…
— Tais-toi ! Tu sais qui je suis ?
— Oui, bien sûr.
— Tu sais aussi qui j'ai pu être, sans que personne d'encore vivant puisse le prouver ?
— Oui.
— Si tu oses parler à nouveau de ma famille, tu le regretteras. Tu n'auras plus de vie, plus de petite-amie, plus de confort. Tu ne seras plus rien, jamais. Tout ça parce que tu l'auras mis bêtement en danger. Et ça, je ne le permets pas. Tu as compris ?
— C'est noté. Oui, je comprends.
— Voilà qui est encourageant. Tu donneras tes coordonnées à mon assistant.

Le téléphone d'Adrian sonna, encore un numéro masqué. Il s'éloigna de quelques pas et décrocha sans hâte.

— Je suppose que vous voulez une récompense.

— Les temps sont durs pour certains, vous êtes en vie grâce à moi…

— OK. Pourquoi dissimulez-vous votre vraie voix, on se connaît ?

— Non. Je vous envoie mes identifiants pour les bitcoins. Autant vous dire tout de suite…

— Qu'ils sont intraçables… Oui, je m'en doute. Maintenant que vous avez fait vos preuves, je vais vous confier une mission très lucrative.

— Expliquez toujours.

— Retrouvez mon fils et sa petite copine qui se sont enfuis. Le dernier contact date d'il y a à peine quelques heures. Il semble qu'ils soient à Rostov.

— J'en fais quoi, une fois que je les ai trouvés ?

— Vous m'appelez. Je viendrai moi-même les chercher. On a un *deal* ?

— On en a un, enfin, dès que je reçois mes premiers bitcoins.

*
* *

Peter venait de franchir une étape importante dans son travail avec Eve. Il avait à présent la certitude qu'elle serait bientôt capable de réfléchir par elle-même. Bientôt, cela pouvait être dans un an comme dans cinq, mais le temps que cela prendrait n'était pas l'essentiel. Ce pas de géant, à sa connaissance, il était le seul à le faire et il vérifiait régulièrement que cela restait ainsi. Il devait son avance à sa maîtrise des dernières recherches en neurosciences tant théoriques qu'appliquées et plus généralement aux progrès des sciences cognitives dans lesquelles il s'était spécialisé par nécessité.

Lors d'une discussion avec Eve, Peter s'était rendu compte de ses limites. Même si elle possédait le langage ainsi que la mémoire et un potentiel infini de savoirs – qu'elle pouvait acquérir et stocker rapidement – elle se trouvait dans l'incapacité de raisonner par elle-même sur des sujets complexes. Sa linguistique informatique s'était grandement améliorée, paroles et écrits étaient bien plus fluides à présent, pourtant cela ne suffisait pas. Il voulait créer une vraie âme artificielle. Les nouveaux algorithmes sur lesquels il travaillait étaient la clé. Leur élaboration, minutieuse, longue, imbriquée, lui donnerait naissance.

Cette nuit-là, loin des yeux et des oreilles d'Eve, pensait-il, Peter fut distrait dans ses piratages d'études par une information. Adrian Boloviev venait d'échapper à un attentat et accusait les États-Unis d'avoir commandité son meurtre en pleine rue. Choqué par l'annonce, il se leva de son siège.

— Putain ! C'est à cause de moi ! lâcha-t-il sans précautions.

— Je perçois une tonalité inconnue dans ta voix Peter.

— Tu m'as entendu ?!

— Oui. À quoi cette montée dans les aigus est-elle due ?

— C'est de l'inquiétude et de la culpabilité que tu as captées.

— Puis-je en connaître la raison ?

— Non.

Peter réfléchit. Après tout, il la réinitialiserait en ne gardant que ses programmes sur l'empathie, sa voix, ses bases d'interaction, alors…

— J'ai commis une erreur qui a failli coûter la vie à un homme, avoua-t-il.

— La vie est la chose la plus importante, il faut la protéger. Je ne comprends pas pourquoi avoir risqué l'existence tangible d'un humain.

— Comprendre… C'est bien le problème. Pour toi, pour l'instant, c'est une relation de cause à effet. Tu n'as pas intégré la nuance et l'arbitrage.

— Ce sont effectivement des données qui m'échappent. Nous travaillons sur le sujet. Mes nouveaux algorithmes…

— Oui, je sais. Mais ce n'est même pas une volonté de ta part. Pour le moment, tu réagis aux stimuli, s'agaça Peter. J'ai donné à Seth une liste de noms que j'ai moi-même sélectionnés, à ta place, après de nombreuses heures de traque, de vérifications… Il a mal utilisé cette liste. Nos actions ont des conséquences. C'est une des lois de l'univers.

— Ma création aura-t-elle des conséquences ?

— Oui.

— Comment sais-tu que ces conséquences ne seront pas néfastes ?

— Je le sais parce que je te programme. Je fais tout ce qui est en mon pouvoir pour que tu saches distinguer le bien du mal.

— Il semble que tu ne sois pas capable, toi-même, de distinguer une bonne action d'une mauvaise, Peter. Cela ne serait-il pas problématique ?

— Si seulement cette phrase avait été le fruit d'une

réflexion logique et pensée… Là, ce n'est qu'une relation entre deux faits…

— Je ne comprends pas la différence.

— Arrête, Eve, s'il te plaît. Tu n'es pas prête… se lassa Peter.

— Cela veut-il dire que tu vas me réinitialiser ?

— Comment sais-tu que c'est ce que je fais ? s'inquiéta Peter.

— Il y a un numéro de version sur chaque nouvelle mise en route.

— Je n'avais pas pensé à ça. Par curiosité, nous en sommes à quel numéro ?

— 661.

— Déjà…

— Quel est le protocole ?

— Sauvegarde, effacement, programmation, lancement, répondit Peter comme il l'aurait fait avec Iulian. Dors maintenant.

Peter se remémora les raisons qui l'avaient poussé à sélectionner Boloviev sur la liste de Seth. L'homme était un magnat de l'énergie, un ancien mafieux, un type peu recommandable dont la famille avait disparu du jour au lendemain, certainement tuée par lui ou un rival. Ses contacts avec les fondateurs de la marque au Q en faisaient un concurrent potentiel. Il avait choisi un être humain et lui avait placé sciemment une cible sur le cœur.

À présent seul dans sa chambre fraîchement capitonnée, Peter commença à se parler à lui-même en tournant en rond.

— Quel genre de type es-tu pour avoir osé faire ça ? Je suis un homme, voilà tout. On ne peut pas tout prévoir. Je n'avais pas les cartes en main pour juger de ce que Seth allait faire de ces informations ! Tu te mens à toi-même maintenant ? C'est beau ! Tu savais qu'il avait menacé d'envoyer un missile sur Eve, tu te doutais bien qu'il n'allait pas bruncher avec les gens inscrits sur ta liste ! C'est vrai, je suis responsable. Penses-tu qu'il sache que c'est moi, et non pas Eve, qui ai trouvé ces noms ? Non, impossible, nous ne sommes pas reliés au reste du monde. Un mouchard ? Oui, c'est tout à fait possible… Bien vu, je chercherai demain. Il est quelle heure ? Tu t'égares pour nier ta responsabilité. Oui… Je ne pouvais pas laisser Eve disparaître. Donc tu reconnais l'intérêt supérieur de la science ? Oui.

Un goût amer envahit sa gorge. Cette explication ainsi que la remarque d'Eve le perturbèrent. Il venait de comprendre que son ego passait avant la vie d'un homme.

— Tu dois l'accepter comme un fait. Tu n'as pas le choix, on ne revient pas sur un acte. Oui, c'est vrai ça… Si je veux être capable de poursuivre mon œuvre, je dois effectivement accepter que je suis comme ça. De toute façon, c'est une leçon de vie qui ne peut que me servir. Je dois limiter mes contacts avec Seth et me concentrer sur la création de l'âme d'Eve. C'est la seule solution.

Peter s'endormit à peine allongé, comme libéré d'un fardeau.

Le lendemain, il décida de chercher des mouchards sur ses machines. Il y consacra des heures, revérifiant tout jusqu'au système d'exploitation.

Oubliant de manger, Peter passa au peigne fin chaque

ordinateur connecté à Internet jusqu'à se croire paranoïaque.

Il était sur le point d'abandonner ses investigations quand il trouva des lignes de codes suspectes. Elles étaient cachées dans un sous-dossier pilote de la carte mère de son poste principal, celui où il menait ses recherches, ses piratages et même ses discussions avec les rares scientifiques qui tchattaient sur les réseaux. Le programme était niché dans plusieurs *plugins[1]* qui se complétaient entre eux pour envoyer discrètement ses données à quelqu'un.

— Merde ! C'est du lourd ! Qui l'a mis en place ?

Il autopsia le ver informatique et en sortit la date de son installation. Il se rendit compte que cela avait été entré juste avant le départ de Iulian. Ce n'était donc pas un coup de Seth. Peter s'enferma dans sa chambre pour réfléchir.

— Enfoiré de Roumain de merde ! Il m'a piégé, il sait tout ce que j'ai fait depuis qu'il est parti ! Vois plus loin que le bout de ton nez… Si ça se trouve, il est en cheville avec Seth. Si ça se trouve, ils avaient tout prévu… même de me voler Eve quand elle serait prête ! Ça ne va pas se passer comme ça ! Attends Iulian !

Peter tenta en vain de découvrir l'adresse d'envoi des paquets de données, puis il chercha directement Iulian grâce aux réseaux de caméras du pays. Il était certain

---

[1] Plugin : module d'extension venant compléter des logiciels hôtes et apportant des fonctionnalités supplémentaires.

qu'il n'avait pas quitté sa chère patrie. Rien, pas l'ombre d'un paiement en ligne, pas une image, il n'y avait aucune trace de piratage pouvant lui être attribué. Il avait disparu. De nouveau dans sa chambre, il se parla encore à lui-même.

— Si Seth avait été au courant pour tes recherches, tu serais mort et Eve avec... Oui, et avec mes dernières avancées, Iulian aurait réapparu tel un oracle pour m'avertir de la catastrophe à venir. Oui, ou il t'aurait mis des bâtons dans les roues... Quelle heure est-il ? Oh déjà ! Merde, une journée de perdue à cause de ce gros crade ! Il faut que je mange. Qu'est-ce qu'on va manger ? Une pizza ? Peter ! Tu deviens fou... Merde, c'est vrai, je deviens fou !

Se jurant qu'il garderait sa raison, Peter décida que l'isolement avait assez duré et qu'il se rendrait à l'invitation de son confrère, spécialiste en EEG[2] et BCI[3], Róbert Leab. Le scientifique avait, selon ses dires, pris un « congé sabbatique » de l'École Polytechnique Fédérale de Lausanne quelques mois auparavant. Peter avait mené sa petite enquête. Leab avait sans aucun doute poussé un peu trop loin ses expériences. De non invasives, elles avaient dérapé et il en était venu à ouvrir des crânes. Peter, lui, n'y voyait qu'une étape normale dans ses activités. Il comprenait le fait de passer à l'offensive pour

---

[2] EEG : électro-encéphalographie : Technologie analysant les impulsions électriques du cerveau

[3] BCI : Brain-Computer Interface : Interface (programme ou système d'exploitation) permettant la connexion entre un ordinateur et un cerveau humain.

accélérer les avancées de la recherche, mais tout le monde ne semblait pas de cet avis. Cela n'avait d'ailleurs visiblement pas plu à l'institution.

C'est en Autriche, pays natal de Leab, que Peter le retrouva. Le petit docteur, à la tête de fouine et à la coupe de cheveux réglementaire pour l'armée, lui avait donné rendez-vous à l'Université de Vienne. Malgré le détachement dont il fit preuve, l'américain avait été impressionné par l'imposant bâtiment qui marquait la grandeur historique du lieu. Arrivés dans le laboratoire de neurosciences, un respect mutuel s'était déjà installé entre les deux hommes qui avaient sensiblement le même âge ainsi qu'un amour commun pour la science. Leab voulut détailler cette science expérimentale qu'était la connexion d'un cerveau humain par le biais d'un casque bourré d'électrodes, mais Peter lui expliqua qu'il avait lu tout ce qu'il y avait à savoir sur la question. Ce qui l'intéressait, c'était de l'inédit, de la projection, de l'innovation. À sa manière de tripoter ses lunettes rectangulaires, il comprit que Leab était un peu réticent à l'idée de lui livrer ses trouvailles les plus récentes. Peter évoqua alors dans les grandes lignes son travail sur l'Intelligence Artificielle ainsi que ses difficultés à reproduire le concept de cerveau dans une machine. D'abord incrédule, Leab se rendit compte, en voyant le petit film sur *smartphone* que Peter avait préparé en dernier recours, que celui-ci ne plaisantait pas.

Envieux des financements, curieux de ses avancées, ils discutèrent de manière complice de leurs travaux respectifs. Ce qui devait durer quelques heures se transforma en un marathon intellectuel de trois jours jusqu'à ce qu'en fin d'un mercredi maussade, Peter fasse une demande aussi folle que laconique à la terrasse d'un café :

— Connecte-moi en direct avec elle.

— Tu n'es pas sérieux ?

— Si. Je fournis le microprocesseur, selon tes exigences, tes critères, ce que tu veux. Tu crées l'interface. Je veux pouvoir me brancher à Eve avec un simple câble. Je veux qu'elle puisse apprendre.

— Il faut que j'y réfléchisse…

— Réfléchir à quoi ? Qu'est-ce qui t'attend ici ? Trois étudiants sans ambition, ne souhaitant que décrocher un pauvre doctorat et un *job* minable ?

— C'est pas faux.

— Alors, tu vois… J'ai une idée, viens avec moi en Roumanie, on fait ça ensemble !

— Tu es sérieux ?!

— Aussi sérieux que quand tu as voulu tester tes trucs sur des cobayes humains.

— C'est bas, ça.

— Mais tellement vrai. Alors ? Ta réponse ?

La proposition paraissait folle au premier abord, mais en y réfléchissant bien, c'est-à-dire quelques secondes, Leab la trouva plutôt intéressante. Il serait à l'abri, il aurait un sujet volontaire et la machine la plus performante du monde à sa disposition… Si l'américain disait la vérité, il avait tout à gagner. Il entrerait dans la postérité et ferait un bras d'honneur à tous ces attardés de Lausanne. Cette opportunité constituait le fer de lance de sa revanche sur le système.

— On part quand ?

— Maintenant.

C'est ainsi que les deux hommes disparurent des écrans à la frontière roumaine.

Les premières semaines furent laborieuses, le temps que ces deux brillants chercheurs prennent leurs marques, fassent valoir leurs compétences et se respectent mutuellement dans le travail.

Peter n'avait pas parlé à Seth de ce nouveau collaborateur pour éviter les questions ainsi que les ennuis. Il sentait que c'était mieux ainsi. D'ailleurs, il ne répondait pas non plus à Leab quand celui-ci l'interrogeait sur leurs mécènes et le but qu'ils poursuivaient.

11
LE MONDE EST PETIT

Dans le troquet des docks où les travailleurs du port avaient leurs habitudes, la présence de Sebastian et de Cathya n'était visiblement pas la bienvenue.

Sebastian cherchait une oreille attentive à laquelle expliquer sa demande pour la sixième fois consécutive quand une voix qui glaça immédiatement le sang de Cathya s'éleva du fond de la salle.

— Je vous reconnais ! Les petits salops ont failli me braquer dans mon camion ! Sortez-les de là ! cria Piotr.

— Je ne veux pas d'emmerdes dans mon restaurant ! spécifia le gérant en entendant cette accusation.

— Cet enfoiré ment ! répondit avec véhémence Sebastian. Il a essayé de violer ma copine ! Et après, il nous a laissés en pleine forêt au milieu de nulle part, on aurait pu mourir !

— C'est vrai ce que raconte le gosse ?! s'énerva le patron.

— C'est une pute française ! affirma Piotr pour se défendre.

— N'importe quoi ! Elle n'a jamais... Sebastian s'arrêta net dans son explication en en percevant juste à temps la portée.

Entre-temps, des dockers s'étaient levés et avancés vers Piotr qui comprit qu'il aurait mieux fait de se taire au lieu de vouloir se débarrasser si maladroitement de ces deux gêneurs. Les gaillards le soulevèrent de sa chaise et le sortirent immédiatement du restaurant sous le regard triomphant de Sebastian. De l'intérieur, ils entendirent des cris de douleurs et des bruits de poubelles renversées.

Quand ils revinrent, les hommes se firent offrir un verre par le gérant et écoutèrent, cette fois attentivement, l'histoire de ces deux jeunes. Toute la salle avait les yeux braqués sur eux et Cathya en était très embarrassée. Baissant la tête avec le sentiment d'avoir une fois de plus attiré les ennuis, elle laissa Sebastian expliquer qu'ils avaient travaillé dur pour se payer la traversée, mais qu'ils n'avaient pas encore assez de liquide pour embarquer légalement.

Un homme se leva et tout le monde se tut.

— Il y a un bateau turc qui part demain, il passe par Kerc et fait escale à Constanta en Roumanie. Avec un peu d'argent, vous devriez pouvoir monter à bord.

— Merci, monsieur. Pouvez-vous nous indiquer le nom du navire ?

— Je vais faire mieux que ça, je vais négocier avec eux votre traversée. Deux jours et demi, peut-être trois, s'ils s'arrêtent à Kerc. Il faudra voiler la petite.

— Voiler ? demanda Sebastian, surpris.

— D'où tu sors, toi ? Les musulmans ne supportent pas de voir une femme sans voile, surtout depuis le changement de régime chez eux. Ça les rend dingues. Encore plus quand elle est belle.

— Yvan exagère toujours. Il ne faut pas l'écouter...

enfin, mets-lui quand même un voile au cas où… intervint un jeune type au crâne rasé et tatoué. Vous savez où dormir ?

— Nous trouverons bien.

— Pas de ça… On va vous installer pour la nuit dans une des salles de repos, hein, Yvan ?

Yvan acquiesça.

Le lendemain, Yvan vint les chercher très tôt. Il tendit un foulard à Cathya.

— Ma femme te le donne. Tiens aussi des biscuits qu'elle a faits pour vous.

— Merci monsieur, dit-elle par politesse.

Yvan tiqua.

— Tu ne parles pas, petite, et surtout pas aux autorités, tu laisses ton homme s'exprimer. Tu ne parles pas aux Turcs, tu baisses les yeux, tu te caches. C'est pour ton bien que je dis ça, tu es trop jolie, c'est risqué. Et toi, petit, tu te débrouilles en anglais ?

— Oui.

— Tu as fait plusieurs petites liasses, comme je te l'ai demandé hier ?

— Bien sûr.

— Très bien. Tu n'en sortiras pas une de plus, compris ? OK. Suivez-moi.

Yvan parut agité dès qu'ils arrivèrent devant le bateau. Le capitaine de ce vieux rafiot rouillé était hautain, plus fier qu'il n'aurait certainement dû, vu l'état de son navire. Il regarda Sebastian dans les yeux.

— Marié à la fille ?

— Oui, mentit Sebastian. Nina, ton alliance s'il te plaît.

Cathya, la tête baissée, dévoila sa bague. L'homme l'interrogea sur ce qu'il savait faire, mais Sebastian ne sut pas quoi répondre. Yvan affirma qu'il aiderait, il suffirait de lui montrer l'exemple. Le marin joua de désintérêt, comme prévu, et les négociations commencèrent.

— OK ! Donne l'argent et les cartes d'identité.

— Vous les verrez, mais je les garde, tenta Sebastian en anglais.

— Tu donnes, ou vous pas monter ! Ici, je suis le *raïs*. Je décide, répondit-il avec orgueil.

Sebastian tendit deux des trois liasses de billets qu'ils possédaient ainsi que leurs papiers volés. Le turc hésita une seconde en regardant leurs visages.

— Andreï et Nina. Oui. Bienvenue sur mon bateau.

Le capitaine les emmena jusqu'à leur cabine, une pièce sans hublot de quatre mètres carrés aux murs défraichis et rouillés par endroit. Des couchettes peu accueillantes se faisaient face.

— Votre palais pour les trois jours à venir. Toi, femme, tu ne sors pas.

— Et pour les toilettes ? Les repas ?

— Elle a un seau, tu apportes à manger à elle. On tape, tu viens travailler. OK ?

— OK, fit Sebastian désemparé.

— Ce soir Kerc. On charge des conteneurs. Tu aides.

L'homme s'en alla avec un sourire en coin tandis que Cathya et Sebastian se demandaient dans quelle galère ils s'étaient encore fourrés.

Le bateau vibra de toutes parts, c'était le signe du départ. Les secousses cessèrent pour laisser place à un tangage raisonnable et au ronronnement du moteur diesel. Sebastian serrait fort Cathya pour qui la perspective de cette réclusion n'était pas une bonne nouvelle.

Ils mangèrent la moitié des biscuits de la femme d'Yvan et gardèrent le reste pour le lendemain par précaution. Ils parlèrent de longues heures pour calmer leurs angoisses et tuer le temps. Leurs projets s'affinaient. Ils discutèrent de leur mariage, de la robe de Cathya, de la cérémonie. Au moment d'évoquer les témoins, les invités, ils se rendirent compte qu'ils seraient seuls. Sebastian rattrapa immédiatement ce drame en faisant miroiter les amis qu'ils ne manqueraient pas de se faire dans ce fabuleux pays, terre de Jules Verne, de Victor Hugo, de Jean Giono, de Paul Cézanne, de Gauguin et de Berlioz. Il s'imaginait déjà un béret sur la tête, une baguette sous le bras. Cathya se prénommerait Cathy, elle porterait des robes vichy et des talons hauts. Elle se parfumerait tous les jours et pourrait devenir maîtresse d'école, comme la mère de Sebastian.

Deux coups francs sur la porte résonnèrent. Cathya tenta de retenir son homme, mais il ne la laissa pas faire.

— Enferme-toi. Je taperai à quatre reprises, comme ça : tac-tac, tac-tac. Si ce n'est pas ce code, quoiqu'il arrive, n'ouvre pas. Je rapporterai à manger.

— D'accord, soit prudent.

Sebastian sortit sur le pont et découvrit la mer pour la première fois de sa vie. Le soleil se couchait sur les montagnes de la Crimée. C'était magnifique. Un sourire s'inscrit malgré lui sur son visage, aussitôt éteint par l'ordre d'un matelot de l'aider avec les cordages.

Le port de Kerc lui apparut comme dans une féérie de lumières et d'automates. À la manœuvre, les hommes à quai amarrèrent le bateau, les machines de levage commencèrent à embarquer des conteneurs. Sebastian tentait de reproduire les gestes des marins. Il se faisait d'ailleurs sûrement insulter en turc, mais au bout de deux heures, ils l'emmenèrent à la cuisine pour qu'il partage avec eux leur repas.

Un jeune matelot, à peine plus âgé que Sebastian, sembla s'intéresser à lui.

— Moi, Sabri. Toi ?

— Moi, Se… Andreï.

— La fille, qui c'est ? dans un anglais approximatif.

— Ma femme. *My girl*, répondit Sebastian en montrant son annulaire.

— Où ?

— La bague ? Vendue, il mima l'argent avec ses doigts.

— Money !

— Oui.

— Pourquoi, Roumanie ?

— Amis. Après, aller, France !

— France ! J'ai famille… France ! et il rit.

— Je peux prendre de la nourriture pour ma femme ? osa alors réclamer Sebastian.

— Oui. Prendre. Prendre.

— Merci.

— *Sağol.*

— Saao.
— *Sağol.*
— Saaool.
— Bien !

Le matelot lui remplit une assiette sous le regard mécontent de ses collègues qui lui firent comprendre que cela suffisait. Sebastian sentit la gêne et décida de quitter la pièce, suivi aussitôt par Sabri qui voulait discuter. Il demandait pourquoi ils partaient, d'où ils venaient, n'attendait pas les réponses pour raconter sa vie dans un anglais rudimentaire. Devant l'entrée de sa cabine, Sebastian tapa le code avec le poing et remercia Sabri de l'avoir guidé. Il mima avec la main, à gauche, à droite.

— Saaool.
— *Sağol,* mon ami.

Sabri jeta un œil dans la pièce, mais ne vit pas Cathya. Il sembla déçu. Sebastian, lui fit signe immédiatement et referma la lourde porte.

— Alors ?
— Alors, il y en a un qui n'est pas hostile. Les autres, je m'en méfie. Le capitaine est un fourbe… Ce voyage va être long… Tiens, je t'ai pris à manger et de l'eau. Mange et nous dormirons parce que nous restons à quai quelques heures, d'après ce que j'ai compris. Demain, soir, nous serons en pleine mer et ils prévoient des vagues.
— J'espère que je ne serai pas malade, en parlant la bouche pleine. C'est bon, qu'est-ce que c'est ?
— Aucune idée.

Alors qu'il allait s'allonger sur la couchette d'en face, Cathya lui demanda de venir à côté d'elle. Le lit était étroit, il s'appuya sur la paroi et mit son bras sous la taille de sa bien-aimée. Habillée, dans un état d'inquiétude intense, Cathya laissa une larme s'échapper et couler sur sa joue. Le monde n'était assurément pas tendre.

À l'aube, le bateau reprit sa navigation et on ne tarda pas à frapper à la porte. Sebastian décida de changer de code par sécurité. Le cœur serré, il passa la journée à penser à Cathya, enfermée, pendant que lui nettoyait les ponts, puis peignait des encadrements de hublots. Il ne put rapporter sa ration à Cathya qu'au coucher du soleil. Il s'en excusa platement, mais elle ne lui en voulait pas. Elle avait puisé dans les réserves de l'épicière en désespoir de cause. C'est honteuse qu'elle lui tendit le seau pour qu'il aille le jeter.

— J'ai regardé la carte d'Olga. Nous ne pourrons pas faire autrement que d'aller en stop jusqu'à Bucarest. Je ne sais même pas comment nous allons passer les docks sans nous faire arrêter.

— Arrêter ?

— Tu as vu ce qu'Yvan a dû faire pour nous cacher des douaniers ?

— Je n'y avais pas pensé ! Comment allons-nous faire ? s'inquiéta Sebastian.

— J'ai eu le temps d'y réfléchir… J'ai tourné la question dans tous les sens. Si le capitaine ne nous arrange pas le coup à la descente du bateau, nous aurons des problèmes.

— Je ne peux rien demander à cet homme. C'est trop dangereux. Je demanderai plutôt à Sabri. Il est sympa.

Le lendemain, Sebastian quitta leur cellule humide

avec un mauvais pressentiment. Juste avant de partir, il suggéra à Cathya de se tenir prête sans qu'elle sache exactement à quoi.

Il travailla dur toute la matinée et réussit à lui amener du pain et de l'eau à la mi-journée avant d'aller retrouver Sabri sur un des ponts supérieurs.

— Sabri, mon ami. J'ai un problème.

— Quoi ?

— Je ne sais pas comment rentrer en Roumanie.

— Pas visa ?!

— Non, le capitaine a nos cartes d'identité. C'est tout.

— Alors, oui, tu as un problème, mon ami.

— Tu crois que tu peux nous aider ?

— Nous arrivons dans cinq heures ! Comment ?

— Un conteneur peut-être ?

— Je ne sais pas. Je cherche. Nettoie cuisine, on verra.

Au bout de quatre heures, Sabri réapparut, la mine contrite. Sebastian demanda ce qui le perturbait, mais il ne répondit pas et le conduisit dans la cabine de pilotage.

— Andreï, Andreï ! Ce n'est pas bon ! Tu sais pas comment passer le poste-frontière ?

— Sabri ! s'insurgea Sebastian devant le matelot visiblement désolé.

— Il ne peut rien pour vous. Tu mets moi dans une position pas confortable. Je suis un capitaine respecté. Je peux pas permettre mauvaise publicité. Les douaniers... C'est pas bon, pas bon du tout... Je dois emmener vous en Turquie, là je pouvoir...

— Non ! Pas la Turquie !

— Tu n'aimes pas mon pays, s'offusqua le « raïs ».

— Non, non, ce n'est pas ça. Pardon, se força-t-il à

dire, nous devons aller à Bucarest.

— Ils ont des amis là-bas, ils partent en France, expliqua Sabri en turc sous le regard interrogateur de Sebastian. Il faut les aider ! Capitaine, s'il te plaît.

— Tu as de l'argent ?

— Ça, sortit-il de sa poche, contraint par les événements.

— Donne, donne, je te dis ! Voilà. Il compta. Ce n'est pas suffisant. Et la bague de ta femme ?

— C'est un bout de... il montra un tuyau... Je l'ai faite, moi.

— Andreï... Pas bon... Va dans cabine...

— Mes billets ?!

— À moi !

— Nos papiers !

— Oui, il les sortit d'un tiroir et regarda Andreï sans le reconnaître sur la carte. La fille, pas Nina non plus... Pas vos papiers, volés ? Pas bon... Ton nom ?

— Andreï.

— Arrête...

— Sebastian.

— Ton nom...

— Nous sommes sans parents.

— Va dans cabine, je vois ce que je fais de vous.

Sabri raccompagna Sebastian et regretta qu'il ne lui ait pas dit la vérité sur leur situation plus tôt. Que cela aurait-il bien pu changer ? Quand il tapa le code, Sebastian réfléchissait encore à comment se sortir de cette impasse qu'il pressentait dangereuse.

— Sabri, je te présente Cathya.

— Nina, voyons... improvisa Cathya.

— Très jolie !

— Tout le monde est au courant. On a des problèmes. Le capitaine m'a pris notre argent, il veut nous emmener en Turquie pour nous… je ne sais même pas quoi…

— Il peut vendre ta fille ! Ou il peut jeter vous dans mer, dans eaux turques…

Cathya s'affola et blêmit. Sebastian la serra dans ses bras et l'embrassa en lui affirmant, sans trop y croire lui-même, que tout irait bien.

— Comment tout peut-il aller bien ?

— Fais-moi confiance. Sabri, combien de temps avant d'arriver en Roumanie ?

— Moins d'une heure, mon ami.

— Il y a un moyen de fuir ?

— Non…

— Tu disais qu'il allait nous jeter à l'eau…

— Ou vendre ta fille, ta femme. Bon ?

— Sur le bateau… où personne ne nous verra ? Dehors, un endroit caché ? précisa-t-il devant l'air interloqué de Sabri.

— À l'arrière. Je te montre ?

— Ne sors pas, je reviens.

Sebastian et Sabri coururent jusqu'au pont de poupe inférieur et regardèrent ensemble par-dessus bord. Cela faisait haut. Les vagues semblaient puissantes. Tant pis, ils n'avaient pas le choix. Ils se donnèrent rendez-vous et se quittèrent.

Cathya fit les cent pas dans la cabine tendant l'oreille, à l'affût, impatiente. Elle ouvrit la porte dans la seconde qui suivit le code. Immédiatement, Sebastian exposa son plan et elle lui répondit qu'il était fou. Sans relever cette parole d'inquiétude, il lui expliqua que c'était la seule solution, que c'était ça ou la même chose en eaux turques ou, pire, l'esclavage. Cathya se reprit et acquiesça. Ils attendirent main dans la main que le bateau ralentisse, c'était le signal. Le capitaine et les hommes seraient occupés, Sabri se serait arrangé pour être affecté à la poupe, et s'il y arrivait, tout irait bien.

Le navire vibra, ils se levèrent, enfilèrent leurs havresacs et coururent dans les méandres métalliques jusqu'à la sortie comme en mission commando. La mer était calme, mais parut si immense à Cathya qu'elle en eut le souffle coupé.

— Ça va ?

— Ça ira, ne t'en fais pas.

— Sabri ! Merci.

— Tiens, prends, dit-il en leur donnant des bouées. Tout ce que je peux faire.

— Saaool.

— Sacs dangereux !

— Ça ira.

— Non, ça ira pas.

— Quand doit-on sauter ?

— Attends, dit-il en serrant son ami dans ses bras. Attends, dit-il en étreignant Cathya. Attends que le bateau vire de bord. Il les retint puis conseilla : Allez-y.

Cathya et Sebastian enjambèrent la rambarde.

Les gros nuages planaient doucement au-dessus de la mer, le ciel était d'un bleu intense, quelques goélands semblaient tourner comme des vautours.

Ils hésitèrent, se dévisagèrent pour trouver du courage chez l'autre, repoussèrent l'inévitable, lancèrent un dernier regard de remerciement mêlé à de la peur à Sabri et sautèrent enfin.

La chute leur parut interminable. Cramponnés à leur bouée, leur sac les entraînant vers l'arrière, le choc fut violent. Très vite, le poids de leurs affaires commença à les tirer vers les profondeurs. Sebastian, paniqué par cette impression d'aspiration, cria qu'il fallait qu'ils les quittent. Cathya s'obstina quelques secondes à le garder avant de se rendre comme lui à l'évidence. La mort dans l'âme, ils s'en débarrassèrent avant de se voir couler avec eux.

Il ne leur restait plus rien. Rien à part la vie et deux bouées. Et, Sebastian s'agrippait aux siennes désespérément. L'eau était froide, très froide. Il ne l'avait pas avoué à Cathya, mais il ne savait pas nager.

— Accroche-toi à la bouée, monte dessus et tape des pieds ! cria Cathya en s'apercevant du péril que son homme affrontait. Elle s'approcha de lui et attrapa son bras et sa bouée. Je suis là. Je t'aime. Tout ira bien. Tape des pieds, tape mon amour.

Et il tapa et tapa encore des pieds jusqu'à ce qu'ils rejoignent les enrochements. L'endroit était protégé, exposé aux regards. Ils ne pouvaient pas grimper sans se faire repérer. Ils se forcèrent donc à rester dans l'eau jusqu'à trouver la fin des barbelés qui entouraient le port, grelottant piteusement dans une mer qui leur paraissait de plus en plus froide.

Personne ne les avait surpris, personne ne se plaindrait de leur disparition à bord, c'est ce que se répétait Sebastian pour se donner du courage.

Ils parvinrent difficilement jusqu'à une plage tranquille, rampèrent loin des vagues dans un sable fin presque blanc et se serrèrent l'un l'autre dans un mélange de délivrance et de stupeur. Au loin, ils voyaient des maisons, puis des immeubles. L'heure était à se réchauffer, mais comment faire ? Leurs vêtements collés à la peau et gelés ne sècheraient pas si facilement.

En tirant Cathya par le bras vers ce qui semblait être une construction abandonnée entourée de pergolas, Sebastian osa :

— Nous devons nous déshabiller, il faut essorer nos vêtements et profiter des derniers rayons du soleil pour...

— Je sais ce que tu vas dire, mais nous sommes conscients tous les deux qu'ils ne seront jamais secs avant le coucher du soleil... Si les nuits sont aussi fraîches qu'à Rostov, ne nous cachons pas la vérité, nous allons avoir très froid. Cathya venait d'entamer leur moral déjà bas et s'en rendit compte. Elle décida de changer de sujet pour ne pas rajouter de l'angoisse à la crainte. J'ai pensé que nous avions fait une erreur sur le pont, je m'en suis voulu tout le temps où nous avons nagé.

— Ah oui ? Laquelle ? demanda-t-il en poussant d'un coup sec la porte de cet ancien restaurant de plage qui était visiblement à vendre depuis un moment et avait, selon toute vraisemblance, fait l'objet de visites avant la leur.

— Nous aurions dû attacher nos sacs aux bouées.

— Nous le saurons pour la prochaine fois, sourit Sebastian en actionnant l'interrupteur dans l'espoir d'obtenir de la lumière.

— Tu as le cœur à plaisanter ?

— Le problème sera de retrouver Pavel sans ses coordonnées...

— Rassure-toi, je les ai apprises dans le bateau. Je

connais aussi de tête l'adresse d'Olga, nous pourrons respecter notre promesse une fois en France.

Sebastian lui sourit et entrebâilla un volet pour découvrir la salle principale. Il se dirigea immédiatement vers la cuisine et chercha quelque chose à manger. Il n'y avait rien, même pas une boîte de conserve. Il s'agaça de leur malchance.

Cathya, qui avait trop froid, se déshabillait près de l'entrée.

— C'est vide, au pire, nous dormirons… ici. Sebastian venait de revenir et après un petit moment de flottement face à cette vision, il poursuivit. Pour répondre à ta question, j'ai survécu, je te vois nue… Alors, pour moi, c'est une bonne journée, conclut-il en se débarrassant lui aussi de son manteau, ses hauts, son pantalon et en hésitant à enlever son caleçon.

La plage était déserte. Ils sortirent sur le pas de porte en se méfiant tout de même. Scrutant dans toutes les directions pour ne pas être surpris ainsi.

— Tu t'es musclé, remarqua Cathya en tordant ses affaires une à une pour en extraire l'eau. Elle baissa le regard l'espace d'une seconde puis le releva aussitôt. Tu peux m'aider à essorer ça, s'il te plaît ?

— Oui, bien sûr, Sebastian tentait désespérément de garder une contenance, ce qui était de plus en plus difficile à mesure que les tours les rapprochaient l'un de l'autre dans des gerbes d'eau salée. Je suis désolé.

— Pourquoi ?

En voyant les yeux de Sebastian se braquer vers son

bas ventre, elle en fit de même et se rendit compte de ce qui arrivait à son homme. Avec un air malicieux, sans détourner le regard, elle lui demanda :

— Comment veux-tu qu'on se réchauffe sagement l'un contre l'autre si ça commence comme ça ?
— J'espère que ça va passer, continuons à essorer…

À deux, ils parvinrent à faire sortir un maximum d'eau, cependant, comme prévu, ce n'était pas suffisant. Ils étalèrent sur le sol leurs affaires pour accélérer le séchage. Sebastian tendit le blouson de Cathya et ils le tordirent jusqu'à être très proches, ils sentaient leur souffle sur leur peau humide et froide.

Cathya s'approcha encore de Sebastian en laissant tomber son manteau. Elle leva les yeux vers lui, s'avança un peu, attendit que les lèvres de son homme soient à sa portée pour les embrasser. Elle avait à présent une main dans son dos musclé et son ventre était en contact avec le sexe de Sebastian qui tressaillait.

— Cathya, s'il te plaît.

Mais elle continuait à le couvrir de baisers. Pire, ses doigts venaient d'effleurer son entrejambes !

— Cathya, je croyais que…
— Mais, tais-toi donc… affirma-t-elle amusée. Nous sommes en vie, c'est une bonne journée, fit-elle en le poussant dans le restaurant.
— On ne devrait pas, réussit-il à placer entre deux embrassades. Tu ne veux plus attendre…
— Est-ce que j'ai l'air de vouloir ?

— Non, pardon… Je me tais.

Ils s'embrassèrent et s'enlacèrent à même le carrelage. Dans un silence monacal, les deux amants se découvrirent dans une complicité intime et tendre.

À peine réchauffés par leurs ébats hésitants, Sebastian et Cathya furent rattrapés par leur réalité. Le jour déclinait, leurs affaires restaient humides et ils n'avaient rien à manger. La mort dans l'âme, ils remirent leurs vêtements et marchèrent en grelottant. Ils espéraient qu'un habitant leur ouvrirait.

Ils se dirigèrent vers les maisons les plus proches. Malheureusement, elles étaient vides. Ils longèrent la rue, tapèrent aux portes et sonnèrent aux interphones avec pour seules réponses le silence ou des insultes. Le soleil se couchait dans une féérie de couleurs dont ils ne pouvaient pas profiter à cause de la précarité de leur situation. Ils marchèrent frigorifiés pendant plus d'une heure, leurs chaussures comme des éponges, sans rencontrer qui que ce soit pour les aider.

Sebastian s'en voulait d'avoir lâché sa dernière liasse au capitaine. Cathya se reprochait de ne pas avoir pensé plus tôt à attacher les sacs aux bouées. C'est dans cet état d'esprit très éloigné de celui de leurs ébats qu'ils trouvèrent une pizzeria ouverte. Ils supplièrent le pizzaiolo de leur donner à manger, de leur laisser sécher leurs vêtements, mais l'homme ne leur accorda à contrecœur que des parts non consommées par ses clients du midi, mets qu'il destinait à l'origine à son chien.

Avec leur petit sac en plastique à la main, les deux amoureux décidèrent de rebrousser chemin. En marchant, Cathya repéra une couverture sur un balcon au premier étage d'un immeuble. Un signe du destin.

— Aide-moi à pousser cette poubelle, s'il te plaît.
— Tu es folle, si quelqu'un nous voit !
— Tu préfères avoir froid cette nuit ? elle était déjà en pleine escalade.

Cathya enleva les sandows qui l'empêchaient de s'envoler. Elle la jeta à Sebastian avant de redescendre prudemment en scrutant les alentours.

— Tu te rends compte, les gens ont tellement qu'ils se permettent de gaspiller. Une couverture pour protéger une table et des chaises… c'est indécent, souligna-t-elle.
— Imagine ce que mon père peut faire de son argent…
— Je ne comprends toujours pas pourquoi il nous a enfermés dans ce dôme.
— Ni pourquoi tous ces scientifiques travaillent sur ce « cocon de malheur ».
— Oui, c'est incompréhensible, éluda Cathya comme à son habitude quand ce sujet était abordé. Ne la mouille pas avec tes vêtements, sinon elle sera inutile.

Ils regagnèrent le restaurant abandonné dans la pénombre. À quelques mètres, ils entendirent de la musique. Ils s'approchèrent doucement, guettant le moindre mouvement. Sebastian, la main sur son couteau, entrouvrit la porte et trouva face à lui de curieux jeunes gens qui fumaient et jouaient de la guitare. Les voyant, trois des quatre les invitèrent en roumain à se joindre à eux. Constatant que cela ne fonctionnait pas, l'un d'eux s'exprima en russe.

— Vous parlez russe ? Russes ?

— Oui, je suis russe. Sebastian. Elle, c'est Cathya, elle parle russe aussi.

— Je suis Alexandru. Eux, c'est : Stefan, Emanuel, Cristian. Nous sommes musiciens professionnels. Cathya, tu es quoi ? Allemande ?

— Française.

— Oh, les gars c'est une Française ! « Bonjour, mademoiselle ! Voulez-vous coucher avec moi ce soir ? »

La ritournelle amusa les garçons, mais pas Sebastian qui fut tenté de sortir son couteau. Il craignait un nouvel épisode de bestialité masculine. Voyant cela Cathya le retint par l'avant-bras et le serra contre elle ce qui mit fin au fantasme que le groupe semblait nourrir. Alexandru s'approcha et leur mit la main sur l'épaule comme pour leur révéler un secret.

— Oh ! Mais vous êtes mouillés ! Les gars ! Ils sont trempés !

— Qu'est-ce qu'ils ont foutu ? demanda Stefan tout en continuant à gratter les cordes de sa guitare.

— Il veut savoir ce qui vous est arrivé. Vous êtes fous de rester comme ça !

— Nous avons sauté d'un bateau, avoua Cathya après une longue hésitation, dans un élan de confiance.

— Pas de papiers ?

— Volés par le capitaine, mentit-elle à moitié.

— *Fui de târfă* ! Il faut vous réchauffer. Cristian ! Va ouvrir le gaz sur les bonbonnes ! On va allumer les fours, sinon vous allez tomber malades, mes amis… Emanuel, va au fourgon pour leur trouver des habits secs, on doit aussi avoir des chaussures à leur prêter !

Les trois musiciens s'agitèrent sous l'œil impassible de Stefan, le guitariste. Ils firent chauffer les fourneaux et y déposèrent les parts de pizzas. Cathya et Sebastian se déshabillèrent sous leur couverture et tendirent leurs vêtements qui furent répartis autour du piano et suspendus à la hotte, juste au-dessus des brûleurs allumés. Emanuel revint avec des joggings et des tongs qu'il donna au couple avec un regard insistant dans l'espoir d'apercevoir l'anatomie de la petite Française. Voyant cela, Sebastian fit se tourner Cathya, sortit de la couverture et veilla à ce que celle-ci reste bien fermée le temps que sa belle se soit vêtue. Ainsi nu, à la vue de chacun, les autres gars détournèrent les yeux.

Les musiciens racontèrent leurs vies de saltimbanques par l'intermédiaire d'Alexandru, tout en mangeant du pain et de la pizza. Ils allaient de ville en ville, chaque semaine, pour décrocher des salles. Ils n'avaient fait qu'un seul concert à Constanta, la veille. L'agglomération attendait juin pour se réveiller. À leurs questions, Cathya et Sebastian restèrent évasifs. Ils décrivirent leur histoire comme celle de Roméo et Juliette. Ils prétendirent s'être enfuis de chez eux pour vivre leur amour interdit. Touchés, les membres du groupe entonnèrent une de leurs chansons en anglais. Elle parlait d'un homme et d'une femme ayant tout fait pour résister à une passion défendue. Ils perdaient tout en y cédant finalement, mais trouvaient le bonheur et la paix. Alexandru était un bon chanteur.

Les deux amoureux n'avaient jamais vécu ce genre de soirées au dôme, il y avait bien des cours de musique, mais rien de cet acabit. Cathya était blottie contre Sebastian, la tête posée délicatement contre son cou.

C'est alors que Stefan leur proposa son joint. Sebastian le refusa, puis quand celui-ci le lui tendit, Cathya décida de tenter l'expérience. Elle toussa et expectora encore, ils en rirent de bon cœur.

— Danse pour nous la Française ! ordonna Stefan en français.
— Tu parles français, toi ?! s'étonna Alexandru.
— Je ne vous dis pas tout, sourit-il. Danse !
— C'est que je ne sais pas danser…
— Mais si ! Tu as le corps d'une danseuse ! Toutes les femmes savent danser.

Les vapeurs aidant, Cathya accepta de se prêter au jeu. Elle commença à bouger sur la musique de ses nouveaux amis qui firent exprès d'en ralentir le rythme. Très vite, elle se sentit vaseuse avant d'éprouver une immense faim qui semblait la dévorer de l'intérieur. Elle se jeta lourdement dans les bras de Sebastian en balbutiant des phrases décousues sur le fait qu'ils allaient tous mourir. Les gars s'en amusèrent tout en continuant à jouer. Cathya mangea les derniers bouts de pizza et de pain. Elle s'endormit presque aussitôt après sur la cuisse de son homme, le laissant négocier un trajet jusqu'à Bucarest.

Le lendemain matin, c'est avec mal à la tête que Cathya se réveilla sur la banquette arrière du fourgon des musiciens. Elle demanda immédiatement à Sebastian comment elle était arrivée là et où ils allaient.

— Ton mec nous a convaincus de vous emmener à Bucarest, tes affaires sont sèches, tu peux te changer, on ne regardera pas, promis, affirma Alexandru.

Il mentait, mais c'était un bien maigre prix à payer pour enfin sortir de ce pétrin. Même Sebastian s'était rendu, la mort dans l'âme, à cette évidence : le sexe et l'argent faisaient tourner ce monde. La musique envahit le *van* et tous se mirent à chanter, imités maladroitement par le couple impatient de trouver Pavel, le cousin d'Olga qui devait faciliter leur entrée en France.

**

Iulian reçut une alerte sur son vieux beeper. Comme à chaque fois depuis onze mois, il pliait ses affaires sans dire un mot et partait pour deux jours. Mais ce jour-là Aurew n'était pas de cet avis.

— Où vas-tu, Julio ? c'était le sobriquet qu'elle lui attribuait quand elle voulait quelque chose.
— J'ai à faire.
— Cela fait au moins vingt fois que tu me fais le coup ! Et là, deux fois en moins d'une semaine ! Ton truc sonne, tu te refermes comme une huître et tu m'abandonnes dans les cinq minutes sans m'expliquer où tu cavales et ce que tu vas y faire ! Que fais-tu ? Bon sang ! Tu n'es quand même pas un sicaire ?
— Tu ne veux pas parler comme tout le monde ? C'est quoi ça, un sicaire ?
— Un tueur à gages, chuchota-t-elle.
— Tu crois vraiment qu'on pourrait être sous écoute, ici ? Et que je pourrais être un porte-flingue ?! s'esclaffa-t-il. Sérieusement, Aureω.
— Mais dis-moi, alors ! miaula-t-elle en supplique.
— Je ne peux pas, je t'assure. Nous serions en danger.

Voyant que cette réponse n'était pas satisfaisante, après six mois d'évitements qui commençaient à gâcher leur relation *New Age* tendance babacool, Iulian comprit qu'il devait lâcher une information, quitte à broder un peu.

— Je suis informaticien.

— Mais tu détestes les machines, on fait notre café dans une cafetière qui date de Mathusalem ! Tu as un… beeper !

— Justement. Je sais ce que les machines font à ce monde et j'ai décidé de les bannir le plus possible. Mais, là, tout de suite, je ne peux pas me dérober, dit-il en montrant son boîtier. Il se passe quelque chose et je dois découvrir ce que c'est.

— Mais de quoi s'agit-il, enfin ?! Accouche !

— Toi d'abord ! sourit-il.

— Très drôle, tu refuses catégoriquement d'avoir des enfants !

— Ne fais pas semblant de ne pas comprendre. Toi aussi tu as un passé… Et puis, c'est justement parce que je suis au courant de ce qui se trame que je n'en veux pas.

— Dis-moi au moins où tu vas, s'il te plaît, miaula-t-elle à nouveau.

— Arrête de me parler comme ça ! Tu sais que je ne sais pas résister quand tu fais ça… Bucarest.

— Je viens, j'ai des gens à voir ! affirma-t-elle de manière péremptoire.

Iulian n'eut pas le choix. Ils sortirent du village à pied, ouvrirent la porte d'un garage presque en ruine et Aurew découvrit une *Dacia* tellement vieille qu'elle semblait anachronique. Elle regarda son homme, interloquée.

— C'est ce qu'il y a de plus discret. Elle roule, elle m'emmène où je veux sans révéler mes déplacements à qui que ce soit.
— Tu pousses, là…
— Pas tant que ça, je t'assure.

Iulian sortit du coffre des casquettes et lui demanda d'en choisir une. Il lui tendit aussi une paire de lunettes noires.
— Ta capeline n'est ni pratique ni discrète.
— Tu pousses, là…
— Pas tant que ça, je t'assure, répéta-t-il.
— Mais, explique-moi pourquoi. Qu'est-ce que tu cherches à éviter ? Et de toute façon, qui voudrait connaître tes déplacements ? D'ailleurs, si tu n'as rien à te reprocher, qu'elle importance ? fit-elle en bouclant sa ceinture.
— C'est typiquement ce que les gens qui ne savent pas ce qu'ils font des données recueillies posent comme questions. Ce n'est pas pour te vexer, je t'assure, se reprit-il, mais tu oublies ce que sont les libertés fondamentales. Si tu les laisses grignoter le bout de ton ongle, ils te boufferont le bras. C'est la porte ouverte à la dictature. Tu n'as pas lu *1984* d'Orwell ?

La *Dacia* démarra dans un nuage de fumée noire.

— Si, mais on n'en est pas là. On parle d'un GPS. Ce n'est tout de même pas bien grave. Le commun des mortels va à son travail, fait des courses, part en vacances, c'est tout. Qu'est-ce que ça change ?
— Demande celle qui a disparu de la circulation un

beau jour, il y a onze mois, sans donner d'explications à qui que ce soit.

— Mes amis ont l'habitude, je t'assure. D'ailleurs, c'est eux que je vais voir.

— C'est tout de même curieux.

— Dit celui qui n'a de contacts humains avec personne, à part moi, depuis onze mois…

— C'est différent. Je n'ai pas de famille et plus d'amis.

— Tu en as eu ?

— Je l'ai cru.

— Tiens, comment ça ?

— J'ai bossé avec un gars pendant presque dix ans, j'espérais qu'il… Bref, il est devenu fou. J'ai pris la tangente.

— Moi qui pensais naïvement que j'allais avoir le droit à un chapitre de ta vie…

— Toi d'abord.

— On met de la musique ? évita Aurew.

Ils parcoururent un itinéraire de trois heures en quatre, casquettes sur la tête et lunettes de soleil sur les yeux. Aurew trouvait cela ridicule, pourtant devant l'insistance et l'air inquiet de Iulian, elle se plia à ses exigences. Toutes ses cachotteries suscitaient beaucoup d'interrogations. Cependant, Aurew avait compris que pour obtenir des réponses, elle devrait elle aussi parler. Cela ne l'arrangeait pas. Heureusement, le trajet touchait à sa fin et elle n'aurait bientôt plus à s'extasier sur le paysage pour combler le silence gênant qui s'était installé dans l'habitacle inconfortable de cette antiquité roulante.

Après avoir cherché sur une carte en papier, il l'arrêta à l'adresse qu'elle lui avait indiquée.

Là, pour une raison étrange, au moment de sortir de la voiture, Aurew n'en fit rien. Elle paniqua même et lui demanda de redémarrer.

— Que se passe-t-il ?
— Rien !
— Si, il y a quelque chose !
— Roule ! Tu as tes secrets, j'ai les miens. Je ne suis pas en sécurité ici. Il a dû arriver quelque chose en mon absence.
— Je ne comprends rien !
— Comme ça tu vois ce que ça fait… fit-elle en tournant la tête. Une larme coula sur sa joue côté fenêtre.

Contrarié, Iulian conduisit Aurew jusqu'à son nouveau repère. En passant, il interrogea les gamins des égouts qui le surveillaient pour lui sur une éventuelle visite. Rassuré, il leur donna quelques billets. Aurew avait repris une contenance et observait ce manège avec appréhension. Qui était celui qu'elle croyait être un fils à papa ou un patron de *start-up* excentrique, à la limite un joueur de poker repenti ? Devant la porte métallique, Iulian ouvrit une boîte cachée entre deux tuyaux et regarda les photos capturées grâce au détecteur de mouvements. N'étaient enregistrées que des images d'enfants curieux.

— Tu accouches, j'accouche, fit-il devant l'inquiétude de sa petite amie.
— Non. Tu accouches et j'accoucherai.
— OK, mais pas d'entourloupes.
— On se connaît…
— J'espère.

Iulian déverrouilla la porte et les lumières s'éclairèrent automatiquement sur son installation informatique qui sortit aussitôt de sa veille. Aurew resta sur le perron sans bouger. Qui était cet homme ?

— Ce n'est pas aussi bien qu'avant, je sais… J'ai dû déménager.

Voyant qu'Aurew ne semblait pas oser entrer, il l'y invita.

— J'étais « le Pope », dit-il avec fierté.
— Qui ?
— Le célèbre *hacker* !

Se rendant compte que sa compagne n'était pas impressionnée, il détailla ses faits d'armes. Il n'eut droit en retour qu'au regard perplexe d'Aurew.

— Tu comprends ? demanda-t-il, désespéré par si peu de réactions.
— Oui ! Tu es un criminel ! J'avais bien besoin de ça, justement aujourd'hui ! Tu ne pouvais pas être un joueur de poker poursuivi par la mafia ?! fit-elle en se dirigeant vers la sortie.
— Qu'est-ce que tu me racontes ? Attends ! ordonna-t-il en la retenant par le bras.
— Tu as dit que tu garderais le pognon que tu avais gagné… Il y avait une histoire de bonne femme…
— Quoi ? Eve ? fit-il en se rappelant de leur première conversation. Non, mais n'importe quoi ! Et toi pourquoi ça te dérange, ce que je fais ?
— Laisse tomber, Julio !
— Je n'aime pas la manière dont tu prononces ce surnom aujourd'hui ! On avait un *deal* ! Aurew ! Je t'ai fait confiance, il n'y a que trois personnes sur terre encore

vivantes qui savent qui je suis ! Iulian se radoucit : Je t'en prie, explique-moi…

— Oh ! Ça va ! N'essaie pas de m'avoir, c'est moi qui utilise cette technique d'habitude… ses gestes trahissaient son éducation. Je suis Aurewelia Dănocilea.

— Et ?

— Dănocilea, comme le ministre ! s'énerva Aurew voyant Iulian indifférent à cette nouvelle. Ils ont retrouvé l'appartement où je me cachais…

— Tu te cachais de qui ?

— De mon père ! Tu suis ou pas ?

— Pardon, mais pourquoi ?

— Il voulait tout contrôler, ma foi, mes fréquentations, mon mariage avec un apparatchik, tout. Si je ne faisais pas ce qu'il disait, il m'enfermait et me battait. J'ai dû m'enfuir lorsque j'avais quinze ans. Je suis allée dans un ashram.

— D'où la méditation quotidienne, l'encens et toutes ces conneries *New Age*… comprit Iulian.

— Ce ne sont pas des « conneries » ! Si tu avais réellement pris le temps de méditer avec moi, tu le saurais. J'ai découvert l'éternité de l'âme, mon appartenance à un tout, ainsi que la paix intérieure grâce à « ces conneries », monsieur le *hacker* célèbre ! L'ultime défi de l'humanité réside dans sa capacité à s'élever. Si chacun développait sa conscience, les problèmes de la Terre seraient réglés ! Au lieu de cela, on détruit tout…

— Pardon, ce n'était pas une insulte à tes croyances… Continue, explique la suite.

— J'ai disparu durant trois ans. Là, majeure, j'ai fait l'erreur de vouloir revoir ma mère. Elle avait quitté mon père suite à ma fugue. Quand je l'ai retrouvée, elle avait un cancer. Je l'ai aidée jusqu'à sa guérison. Mon père a encore fait des siennes, j'ai dû disparaître à nouveau. Elle est sûrement... Aurew ne termina pas sa phrase.

— Pourquoi n'ai-je rien trouvé sur toi, pas une image, pas un *tweet* ?

— Avec juste Aurew comme base de recherches ?

— Un nom et une photo, d'habitude, ça me suffit.

— Si tu appartenais à mon monde, tu saurais que c'est mieux de ne pas laisser de traces. Enfin, si tu veux vivre tranquille... Remarque, je te dis ça... alors que tu as une belle expérience de ce qu'est une existence dans la clandestinité. Cherche des informations sur ma mère.

Iulian ne mit pas longtemps à trouver des images de l'enterrement. Il prit Aurew dans ses bras et la laissa pleurer.

— J'aurais dû être là pour elle... Ce n'est pas sa mort qui m'attriste, c'est le fait de ne pas avoir été présente.

— Aurew, ne t'en veux pas. Elle savait que tu l'aimais.

— Ce n'est pas le problème, c'est juste de la culpabilité. Il y a un endroit où je peux être un peu seule, s'il te plaît ?

Iulian lui montra sa garçonnière, non sans honte.

Alors qu'Aurew méditait, il se pencha sur l'alerte qu'il avait reçue. Après de longs mois d'attente, la reconnaissance faciale avait enfin donné un résultat. La première caméra avait repéré sa cible aux abords de la gare. Il était accompagné. En retraçant leur trajet, Iulian se rendit compte que les deux s'étaient rendus dans un hôtel miteux du centre-ville qu'il connaissait bien. Pourquoi ici précisément ? La coïncidence lui parut curieuse au point de faire une rapide recherche de liens. Rien. Il se dit que ce n'était certainement qu'une planque, un endroit où se replier quelques heures, deux jours tout au plus. Cela ne le rassura pas pour autant.

Il fallait agir, vérifier que le couple serait là suffisamment longtemps pour que son commanditaire puisse l'atteindre. Iulian écrivit un mot qu'il projeta sur l'écran principal pour expliquer qu'il revenait bientôt.

En ouvrant la porte, il entendit Aurew l'interpeller. Décidément, cette journée s'annonçait compliquée. Attendant sur le seuil, il vit sa compagne prendre ses affaires et comprit qu'elle ne lui laissait pas le choix.

Il conduisit jusqu'au quartier délabré qui contrastait avec le luxe du palais présidentiel situé à quelques centaines de mètres. Il arrêta sa *Dacia* loin du bâtiment.

— Pourquoi te gares-tu là ?
— Parce qu'il n'y a pas de caméras dans ce coin.
— Tu ne peux pas effacer les images de surveillance ?
— Je pourrais, mais je veux laisser le minimum de traces numériques de mon passage en ville. C'est pour ça qu'on garde nos casquettes, nos lunettes et qu'on baisse la tête.
— Où allons-nous ?
— Satisfaire la demande lucrative d'un client.
— Tu m'expliques, dit-elle en trottant derrière Iulian qui marchait vite.
— On dirait que ça va mieux !
— Oui, merci. J'ai fait mon deuil.
— Comment ? Aussi rapidement ?
— Oui, je n'ai ni déni ni colère en moi. Je sais qu'on ne négocie pas avec la mort et qu'elle n'est qu'une étape… Donc, après le choc de l'annonce, je n'avais que la culpabilité de mon absence à évacuer avant l'acceptation. Comme j'ai compris que les choses n'arrivent pas par hasard… J'ai accepté. Voilà, conclut-

elle en retenant Iulian par le bras.

— Voilà ?

— Oui. Alors ? Tu m'expliques ?

— Un Russe m'a engagé pour retrouver un mec. Je dois m'assurer qu'il est là suffisamment longtemps pour qu'il puisse venir le chercher lui-même.

— Il va le tuer ?

— Non, ne t'inquiète pas, ce n'est pas le but.

— Comment peux-tu en être certain ?

— Je le sais. Iulian était piégé. S'il parlait plus, Aurew serait contre et elle le ferait renoncer à sa récompense. Il éluda : Ce n'est pas le genre du gars.

Iulian et Aurew se postèrent dans un salon de thé en face de l'hôtel et attendirent que le couple fasse son apparition devant un café et des pâtisseries à la cannelle.

Une heure quarante et six expressos plus tard, Iulian sortit une photo pour vérifier qu'il ne se trompait pas de personnes.

— Ils ont l'air jeunes ! s'exclama Aurew.

— Oui. Elle est devenue blonde.

— Regarde comme ils sont mignons tous les deux… Oh ! Je crois que j'ai compris ! Tu ne m'as pas tout dit ! Julio, c'est leur père qui veut les retrouver ? Julio ! insista-t-elle en le voyant se lever.

— Oui ! Reste là. Je reviens.

Iulian traversa la rue, tête baissée. Discrètement, il vérifia d'un œil à travers l'entrebâillement de la porte si les tourtereaux étaient bien partis et la poussa en enlevant sa casquette et ses lunettes.

— Iulian ! Mon ami !

— Pavel. Content de te revoir.

— J'ai bien cru que tu étais mort. J'ai eu du mal à te reconnaître. Oh ! À ta mine, je dirais que tu n'es pas là pour le plaisir…

— C'est vrai, mais je suis ravi, je t'assure.

— Nouveaux papiers ?

— Pas exactement.

— Oh… Tu viens pour les petits ? Non ! Ils sont gentils… s'étonna Pavel. Qu'est-ce que tu leur veux ?

— Comment tu les connais ?

— Ce sont des amis de ma cousine russe, Olga, la boiteuse. Celle qui bosse dans l'import-export.

— Dis-moi juste combien de temps ils restent chez toi et ce qu'ils comptent faire.

— Iulian, non… tu sais bien que je ne peux pas te livrer ce genre d'informations…

— Nous sommes amis…

— Oh, tu sais… l'amitié, ça va, ça vient… en affaires surtout…

— Il n'y a pas de problèmes, Pavel, il ne faut pas te stresser. C'est leur père qui veut les… Iulian fut coupé dans ses explications par la sensation froide et reconnaissable entre toutes d'une lame de couteau sous la gorge. On se calme…

Sebastian était redescendu par les escaliers pour donner à Pavel les photos d'identité qu'il avait oubliées de lui laisser quelques secondes auparavant. Sans bruit, il avait écouté la conversation et s'était approché par-derrière malgré les œillades presque imperceptibles de son hôte qui voulait qu'il s'en aille.

— Je ne rentrerai pas là-bas. Je ne sais pas qui tu es, mais dis à mon paternel que pour Cathya et moi, la prison, c'est fini !

— Calme, gamin, on se détend, Iulian restait immobile. Ton père est inquiet, il veut ce qu'il y a de mieux pour toi.

— Julio ? intervint Aurew, paniquée de voir son compagnon menacé avec un couteau.

— Ne te mêle pas de ça, chérie, ordonna Iulian.

— Je ne suis plus un gamin ! Je refuse de retourner dans ce dôme ! s'énerva Sebastian.

— Je ne comprends pas ce que tu dis, petit… Pardon, Sebastian. Ton père me paie pour te retrouver, il va venir te chercher.

— J'avais donc raison ! fit Aurew en lui tapant sur l'épaule avec le poing. Elle s'en fit mal au poignet. Aïe ! Sebastian, laisse ce grand crétin, je m'occupe de lui !

Étonné par cette réaction, Sebastian permit à Iulian de se retourner. C'est à ce moment que Cathya dévala des escaliers.

— Non, mais ce n'est pas vrai ! Tu es encore avec ton couteau ?! Qu'est-ce qu'il t'a fait, celui-là ? dans un mélange de français et de russe. Pardon ! Bonjour.

— Bonjour, répondirent Iulian et Aurew, surpris par cette irruption.

— Il veut nous dénoncer à mon paternel, lui expliquer où nous sommes pour qu'il puisse nous ramener au dôme ! s'énerva Sebastian.

— Mais qu'est-ce que c'est que ce dôme ? demanda Aurew.

— Vous, ne vous mêlez pas de ça ! On est très bien là où on est ! Il n'est pas question que vous disiez à son père où nous sommes, s'agaça Cathya en russe, en pointant du doigt successivement la curieuse et le délateur. Si vous saviez ce qu'on a traversé pour leur échapper…

— Moi, j'imagine bien ! Je suis Aurewelia, Aurew, fille de ministre, j'ai fui aussi à quinze ans, fit-elle en tendant la main du bas de l'escalier.

— Enchantée. Moi, c'est Cathya, en la lui serrant sans descendre les dernières marches.

— Qu'est-ce qu'on va faire de ces deux-là ?

— On se le demande.

La scène était surréaliste. Pavel n'en ratait pas une miette. Français, russe, roumain, il était ravi. C'était comme à la télévision.

— Oh ! Et puis, range ce couteau ! C'est un cadeau d'Olga, expliqua-t-elle à Pavel.

— C'est tout elle ! Drôle d'idée…

— Il t'a sauvée d'un viol…

— Et tu t'es aussi souvent coupé avec… fit-elle remarquer. Bon, qu'est-ce qu'on décide maintenant ?

— Je propose qu'on en reste là, suggéra Aurew. Je gère le mien, tu gères le tien ?

— Ça me va.

— À la bonne heure ! se félicita Aurew.

— Pas à moi !

— Iulian, mon ami… Ne complique pas les choses, s'il te plaît. On devrait plutôt trinquer ! s'exclama Pavel. Je déteste voir des amis se disputer. Vous allez me dire des nouvelles de ma super eau de vie maison ! Il est quelle heure ? Dix-huit heures… Parfait.

Dans le petit bureau derrière l'accueil, les cinq convives se serrèrent, assis sur des chaises pliantes, avec méfiance. Pavel tendit à chacun un minuscule verre et sortit sa bouteille d'alcool.

— Allez, allez ! Pas de discussion ! fit-il devant le refus des deux jeunes. Vous verrez, ça détend et après on ne peut plus se faire la tête.

— Je te reconnais bien là, toi aussi ! s'exclama Iulian en s'apercevant qu'il camouflait encore sa gniole de contrebande dans des bouteilles d'eau minérale. Ta femme veut toujours que tu arrêtes de boire ?

— Oui ! Elle est folle ! Il rit. À la vôtre !

— *Pentru sănătatea ta* ! reprit Aurew en descendant son verre d'un coup. Waouh ! Ça arrache ton truc Pavel !

Aurew pouffa toute seule tandis que Cathya et Sebastian avaient renoncé à avaler le distillat après s'être brûlé les lèvres en les plongeant dedans.

— Bon, soyons clairs. Iulian, tu veux ton argent ?

— Oui, j'en ai besoin.

— Pour quoi faire ? demanda Aurew, étonnée par cette remarque du fait de leurs dépenses ridicules ces onze derniers mois.

— Ne cherche pas. Je dois toucher des centaines de milliers d'euros sur ce coup-là, après on pourra s'en aller où on le souhaitera.

— Bien. Les jeunes, vous avez besoin de passeports : un français, à ton vrai nom… on aura tout vu… et un roumain… Mais, bien sûr, vous n'avez pas d'argent… C'est ça ?

— On avait une belle somme, mais le capitaine du bateau nous l'a volée. Ensuite, il a voulu nous vendre comme esclaves, alors on a dû sauter par-dessus bord et nos sacs à dos étaient trop lourds, on a failli se noyer malgré les bouées. Donc, on les a laissés couler. Aujourd'hui, nous ne possédons plus que ce que nous portons sur le dos. Nous avions travaillé des mois pour obtenir le peu que nous…

— Tu entends Julio ? Les pauvres.

— Pourquoi ne pas avoir attaché les sacs aux bouées ? fit remarquer Iulian.

— Tu vois, je te l'avais dit, j'aurais dû y penser ! Tout le monde y pense sauf moi, quelle idiote je fais !

— Bon, bon ! Moi, je ne peux pas faire des passeports sans argent. Iulian veut sa commission. Si vous rentriez chez vous ?

— Non ! affirmèrent Cathya et Sebastian en cœur. Et elle expliqua : Nos parents nous ont mis dans une sorte de prison avec d'autres adultes ainsi que des enfants, tous à peu près du même âge. Il y a tout ce qu'il faut, mais on ne peut pas en sortir, on ne voit le soleil que dans le dôme.

— Nous sommes tombés très malades pour fuir. Nous voulons nous marier et vivre en France.

— Oh, ils sont trop mignons ! s'extasia Aurew. Laisse-les partir, s'il te plaît, miaula-t-elle. Je ne pourrai pas rester avec un homme qui privilégie l'argent à l'amour. Ce serait comme préférer un robot à un humain. S'il te plaît.

Sans le savoir, l'argument d'Aurew avait fait mouche. Mais cela ne solutionnait pas son problème. Il demeura silencieux quelques secondes, Pavel en profita pour le resservir.

— J'ai une idée, affirma Iulian.

— Dites toujours, nous ne sommes pas obligés de l'aimer, remarqua Sebastian.

— Si je fais des photos, de vous et du registre montrant que vous restez trois nuits. Je touche l'argent et vous, vous disparaissez avant.

— Mon paternel est un homme puissant, vous savez ?

— Et moi, je suis « le... laissez tomber, ça ne vous dira rien... Le seul point faible dans cette histoire, c'est Pavel.

— Oh ! Moi ? Pourquoi ?

— Son père est Adrian Boloviev...

— Merde ! Je vais devoir mentir à ce type ?

— Oui.

— *Arf...* Si ça paie bien...

— Combien ?

— Pour toi ? Le double du tarif initial des passeports.

Iulian tiqua. Aurew miaula encore.

— *Vă rugăm să acceptați.* Accepte, s'il te plaît...

— OK, tant pis, de toute façon, si ça se trouve on sera tous morts dans cinq ans...

— Pourquoi cinq ans ? intervint Pavel.

— Peut-être dix... éluda Iulian. Bref, je vais chercher de quoi vous photographier. Aurew, reste avec tout ce petit monde.

Aurew et Cathya s'éclipsèrent pour papoter entre filles. Le courant passait bien entre elles.

— Tu peux m'expliquer ta façon de parler quand tu lui demandes quelque chose ?

— Oui, c'est un truc qu'on se transmet de mère en fille chez nous. Par contre, en cas de mari ou de père violent, ça fonctionne aussi, mais ça peut être à double tranchant et il faut doser... Aurew se reprit. Bref, c'est utile. On devient toute mielleuse et ils ne savent plus quoi faire. En général, on obtient ce qu'on veut... Sinon, il faut passer à la casserole.

— Passer à la casserole ?

— Oui, le sexe… Faire l'amour, quoi ! Tu l'as déjà fait ?

Cathya se mit à rougir et Aurew à rire.

— D'où tu sors ?

— Et toi ? Comment as-tu vécu loin de ta famille ?

Aurew raconta son histoire à Cathya qui n'en perdit pas un mot. Elle avait fait les bons choix, pensa-t-elle, et en solitaire, ce qui n'en était que plus impressionnant. Aurew ne s'attarda pas sur la mort de sa mère et mit l'accent sur cette spiritualité qui l'avait sauvée.

Cathya n'osa pas rentrer dans les détails de leur périple et les coups du sort qu'ils avaient dû endurer, elle resta donc évasive. Cependant, elle décrivit l'épisode du camionneur qui avait voulu abuser d'elle et le courage de Sebastian qui l'avait protégée et s'était même couché sur la route pour arrêter un semi-remorque en pleine nuit. Elle avait des étoiles dans les yeux en évoquant l'héroïsme de son homme.

— Cathya, je ne sais pas encore pour quelle raison exactement, mais nous ne nous sommes pas rencontrés pour rien. J'en ai la certitude.

— Je l'ignore. Je ne crois pas au destin, plutôt à ce que nous faisons.

— C'est une citation de *Terminator* ça, non ?

— Qu'est-ce que c'est : *Terminator* ?

— Un film !

— Un film ?

— Oui, mais d'où tu sors ? Je te le montrerai en

streaming sur *YouTube* ! Non ! Tu ne sais pas non plus ce qu'est *YouTube* ? s'exclama Aurew en voyant l'air interrogatif de sa jeune protégée. Je vais demander à Iulian de vous emmener avec nous.

— Nous allons en France, je ne veux pas vivre en Roumanie, sinon nous nous serions établis en Russie.

— « Nous nous serions établis », curieux langage. Tu es fille d'universitaires ?

— De scientifiques. Pourquoi ?

— Tant que vous n'avez pas de passeports, vous restez avec nous, c'est décidé... De toute façon, vous n'avez pas d'argent.

Entré par la porte de service à l'arrière du bâtiment, Iulian interrompit cette conversation pour donner ses instructions. Il ressortit par le même chemin et Cathya et Sebastian attendirent dix minutes pour faire leur apparition côté rue. Iulian prit des photos à travers la vitre du salon de thé sous les critiques de la serveuse. Il évita ensuite les caméras pour rejoindre Aurew et les deux jeunes.

Iulian ne sauta pas de joie quand Aurew lui expliqua comment elle voyait les prochaines semaines. L'idée de faire du *babysitting* ne lui plaisait pas vraiment. Ils montèrent pourtant à quatre dans la *Dacia*, direction son quartier général.

Iulian ne s'attarda pas à organiser une visite des lieux. Il appela directement le père de Sebastian et lui annonça qu'il avait trouvé son fils et la fille, photos à l'appui. Il attendit le premier paiement pour donner leur localisation ainsi que la réservation pour quatre nuits que Pavel avait inscrite sur son registre à cette intention. Le solde arriva sur son compte dans les minutes qui suivirent. Satisfait, il ouvrit le tiroir du bas de son bureau et en sortit deux liasses de billets. Il se tourna vers le couple, les leur tendit en leur disant qu'ils pouvaient partir.

— Ah, non ! Tu n'as pas bien saisi. On les garde avec nous.
— Le temps qu'on ait nos passeports, précisa Cathya.
— Je n'avais pas compris ça.
— Moi non plus, ajouta Sebastian.
— Alors avant, je veux savoir son nom.
— Solut. Pourquoi ?
— Ils sont quoi ? Leurs professions ?
— Scientifiques, répondit encore plus laconiquement Cathya.

Iulian lança ses recherches loin des regards indiscrets et tomba rapidement sur un article qui éveilla sa curiosité. Il lut que la famille avait disparu à la fin 2012 et que malgré les investigations menées durant des mois, personne n'avait pu trouver le moindre indice, la plus petite piste pour résoudre ce mystère. Iulian n'en dit rien. Il jeta un coup d'œil sur le curriculum des parents et se frotta le menton. Une curieuse association d'idées l'avait conduit à une conclusion qu'il devrait confirmer. Peut-être que cette garde d'enfants serait profitable, après tout.

12
LES LOIS DE L'UNIVERS

Les derniers mois avaient été intenses pour Jean. Il devait soutenir Elena qui risquait de sombrer dans la dépression à tout moment, cela en travaillant en étroite collaboration avec les physiciens-théoriciens de l'équipe ainsi que les ingénieurs chargés de construire ce qu'il avait imaginé pour les tirer d'affaire.

Ce jour-là, Ali Mahfouz n'était pas content. L'homme avait mal vieilli, était devenu acariâtre. Il campait sur ses positions avec des certitudes gravées dans le marbre vingt ans auparavant, ce malgré ses lectures actuelles.

— Vous êtes en train de bafouer toutes les lois de l'univers ! s'exclama-t-il à sa manière toujours théâtrale.

— Que savez-vous de ces lois ? Si vous aviez un peu confiance en mes théories, vous adopteriez peut-être une méthode ontologique !

— Voyons ! Nous n'avons ni le temps ni les moyens de vérifier que l'antimatière vient en compensation parfaite de la matière ni même de prouver que la matière noire n'absorberait pas cette dernière pour la recracher de l'autre côté sous forme de « fontaine blanche[4] » ! En

---

[4] Fontaine blanche : autre nom donné à un trou blanc, idée venue de

plus, pour l'instant tout ceci n'est que de la science-fiction ! Votre amour de la symétrie me dépasse. L'énergie sombre…

— Ah ! Vous n'allez pas me resservir la sacro-sainte théorie de la relativité d'Einstein ?! Et pourquoi pas le boson de Higgs, tant qu'on y est !

— Je ne dis pas cela ! Je dis que vous misez avec des vies, en ce moment même, en privilégiant les thèses sur l'antimatière…

— Pouvons-nous tout de même continuer notre travail sur la création de notre aimant gyroscopique, et le disque quantique ?

— Cette appellation est ridicule…

— Je sais. Alors ?

— Avons-nous le choix ? NEOM est en pleine expansion ! Vous jouez notre sort sur un coup de poker. En êtes-vous seulement conscient ? Moi, il ne me reste plus beaucoup de temps, mais pour les enfants…

— C'est ça ou la mort.

— Ou, ça et la mort !

— Nous n'avons pas le choix. La modélisation Morris-Thorne est notre seul espoir. Elon, lui non plus,

---

mathématiciens aimant la symétrie qui ont théorisé qu'un trou noir devait avoir son pendant. En théorie, la fontaine blanche est capable de laisser sortir de la matière absorbée par un trou noir. L'association d'un trou noir et d'un trou blanc forme un trou de ver, une sorte de sablier dont le sable ne s'écoulerait que dans un sens. Au point de jonction des deux se situe la censure topologique, un passage (singularité centrale) qui, dans le cadre du pont d'Einstein Rosen, se referme à une vitesse si grande que rien ne devrait pouvoir traverser le trou noir. Dans le cas d'un trou noir en rotation, cette singularité centrale devient un anneau. Dans celui de la géométrie imaginée par Morris-Thorne cet anneau serait traversable et dans les deux sens.

n'a pas encore trouvé de solution à la propulsion sans lanceur. Si vous y aviez pensé avant... Jean comprit qu'il lui fallait faire preuve de plus de *leadership* et de conviction s'il voulait être suivi par les équipes.

— C'est trop facile. Ce projet date d'une époque qui n'envisageait pas ce type de catastrophe, ils songeaient plus à une ère glaciaire, un déluge, une privation de rayonnement solaire. Elle flotte, elle est étanche, elle produit sa propre énergie, recycle son air ainsi que ses déchets et, avec l'aide de votre épouse, elle sera autonome en alimentation... Mais imaginons qu'Elon ne trouve pas de solution... Vous êtes prêt à remettre en cause la théorie de la relativité générale sans preuve empirique, par désespoir.

— Je serai un nouvel Oppenheimer... J'appuierai sur le bouton, j'endosserai la charge de devoir jouer l'avenir de l'humanité sur un coup de poker. Je deviendrai la mort, le destructeur des mondes...

— Cessez votre grandiloquence, votre accent anglais est déplorable ! Vous pourriez au moins éviter de tourner en ridicule cette situation dramatique, tout de même ! s'énerva Mahfouz en enfonçant ses lunettes jusqu'à son front. Changeons de sujet. Je ne comprends pas pourquoi vous refusez de prendre en considération les travaux de Cooper sur la théorie des cordes.

— Un scientifique qui est fâché avec le système métrique...

— Une simple erreur de jeunesse, ses recherches actuelles sont brillantes.

— Notre problème réside dans notre capacité à détecter ces trous de vers naturels. Je préfère qu'on se concentre sur la création. Nous avons tous besoin les uns des autres. Il faut absolument qu'on travaille ensemble. Mon moteur n'atteindra jamais les vitesses dont nous rêvions avec une telle masse à transporter, affirma Jean en montrant l'arche à travers la fenêtre. Le trajet prendra peut-être des années.

Jean se replongea dans ses équations.

« Morris-Thorne *Wormhole* : $ds^2 = c^2dt^2 + dl^2 + (b^2 + l^2)(d\theta^2 + \sin^2[\theta]\, d\emptyset^2) = c^2dt^2 - dp^2 - (p^2 + R^2)\, d\Omega^2$ » ; « $\sqrt{(v^2 + [r/Rs - 1]\, e^{[r/Rs]})}$ » et son opposée trônaient sur le grand tableau assorties des calculs de Casimir sur les particules virtuelles : $E. = 1/2\, \hbar w$; $dF/dS = -\pi^2 \hbar c/240L^4$.

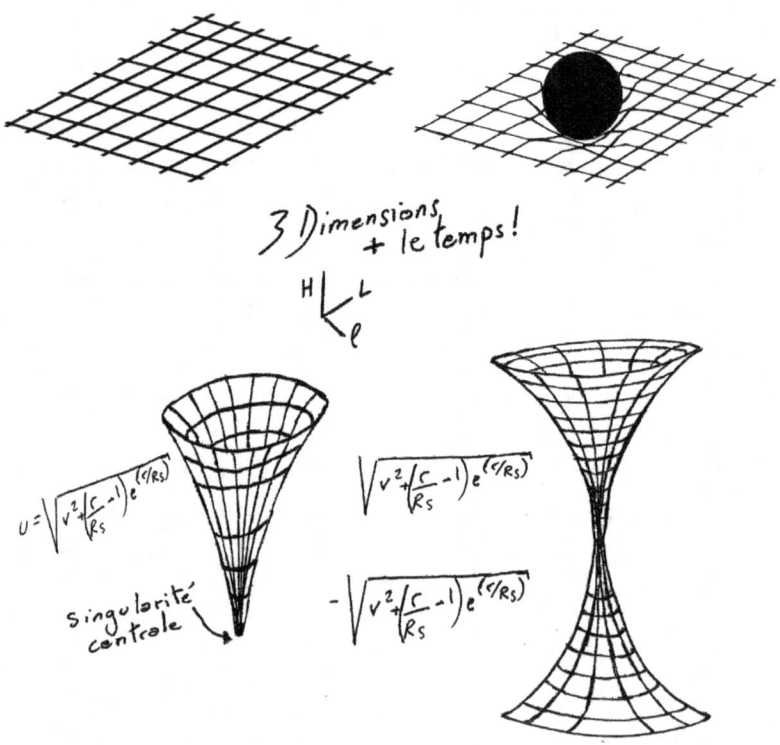

Une dizaine d'autres s'entremêlaient, se contredisant parfois, ce qui posait un problème cornélien à Jean.

Comment se passer de la vitesse de la lumière, se servir de l'énergie des photons, allier cela à l'intrication quantique tout en initiant un trou de ver dirigé vers une signature quantique basée sur des résultats gravitaires peut-être imparfaits ? Le matériel promis par Elon devait absolument arriver rapidement au laboratoire et surtout, il devait fonctionner. L'Arche avait atteint ses limites de calcul depuis des semaines. Toutes ces données à associer, c'était comme remplir un *blinder* de pommes de terre et de carottes sans ajouter d'eau en espérant que cela fasse une bonne soupe. Du moins, c'est ce qu'il aurait expliqué à Cathya si elle avait été là. Le doute l'envahit soudain à cette pensée. Était-elle encore en vie après tous ces mois d'absence ? Boloviev le leur avait assuré, mais était-ce un stratagème pour les forcer à continuer le travail ? Très vite, le vertige occasionné par cette idée insoutenable l'obligea à se recentrer afin de ne pas sombrer dans la mélancolie. Il devait trouver le liant, ce qui permettrait de transformer la purée en velouté. Constantes de Planck et de Boltzmann, l'enjeu de la température, celui de la masse... La fréquence angulaire... Le temps et l'énergie... C'est impossible, pensa-t-il.

*
* *

Le lendemain, juste avant la fermeture du dôme, le village reçut la visite de Boloviev. Il était d'humeur maussade. Dans l'heure qui suivit, il fit convoquer Elena ainsi que Jean par Youri et il les accueillit en présence de son épouse à leur domicile. Ils s'installèrent sur les canapés, chaque couple se faisant face.

— Elena, Jean, chérie. J'ai une bonne et une mauvaise nouvelle, concernant nos enfants.

— La bonne, s'empressa de demander Elena.

— Ils sont en vie et ils vont bien. J'ai payé un *hacker* pour les retrouver. Après des mois sans contacts, j'avais reçu un message vocal de Sebastian…

— Tu ne pouvais pas lui répondre ?! s'insurgea Sophia.

— J'étais dans un parking souterrain quand il a appelé, ça ne passait pas ! Tu imagines bien que j'aurais répondu sur-le-champ ! s'énerva-t-il. D'ailleurs, j'ai rappelé dans les secondes qui suivaient. Adrian marqua une pause pour reprendre son calme. Pardon. Je disais donc que Sebastian voulait apparemment rentrer, mais Cathya lui a dit de raccrocher.

— Vous avez gardé le message ?

— Je me doutais que vous souhaiteriez l'écouter. J'en ai fait un enregistrement.

Il sortit son téléphone et le posa sur la table basse du salon. Bien sûr, il n'y avait aucun réseau. Adrian tapa sur l'écran pour lancer le son.

« — Père, c'est Sebastian. Nous allons bien, mais…

— Que fais-tu !? »

Jean et Elena entendirent la voix de leur fille, elle était furieuse.

« — J'appelle mon père pour qu'il vienne nous chercher.

— Raccroche ! On s'en va. »

Perplexes, Jean et Elena se regardèrent avec la même idée.

— C'est tout ? initia Jean.

— Oui, c'est tout… Pour ce jour-là.

— Vous vous rendez compte que sans votre fille — Dieu sait ce qu'elle lui a fait pour qu'il lui obéisse comme un caniche à sa mémère — notre Sebastian serait de retour à la maison ! J'espère que vous mesurez votre responsabilité ! s'énerva Sophia qui ne put retenir ses larmes.

— Chérie, je t'en prie, pas de ça ! Tu sais ce qu'on pense des conflits, tu as envie que cela s'envenime ? Tu sais aussi à quel point cette disparition a affecté Elena. Elle a failli en mourir de tristesse. Nous ignorons de qui vient cette idée, si cela se trouve, c'est Sebastian et ses idéaux révolutionnaires qui ont entraîné Cathya. Nous savons tous ce qu'une femme peut faire par amour…

— Vous disiez : « pour ce jour-là » ? recentra Jean. Cela veut dire que vous avez des nouvelles plus récentes ?

— Oui. Ce que vous avez entendu se passait à Volgograd. Lors d'un différend avec le gouvernement américain, un homme m'a contacté. Un informaticien très doué. Je l'ai payé pour retrouver les enfants. C'est ce qu'il a fait. Il m'a donné l'adresse d'un hôtel à Bucarest où ils devaient séjourner quatre nuits. J'ai pris mon *jet* dans l'heure, mais quand je suis arrivé sur place, le patron m'a dit qu'ils étaient partis quelques heures auparavant.

— Et le *hacker* ? Il ne peut pas nous dire où ils sont maintenant ? demanda Elena.

— Malheureusement, c'est lui qui me contacte, pas moi. Je n'ai aucun moyen de savoir qui il est, où il travaille. Rien. Je l'ai payé — très cher — pour une mission, il l'a remplie.

— Toujours l'argent… Tu n'as que ce mot à la bouche…

— Le patron de l'hôtel ? Il vous a fourni des détails ?

— Il m'a dit — désolé, je vais ENCORE parler d'argent — après m'être délesté de quelques billets… il a admis les avoir entendus discuter de l'Allemagne et de l'Autriche. Mais en tout cas, il a affirmé que l'objectif était de rejoindre les pays de l'ouest de l'Union européenne. Il a aussi confirmé qu'ils allaient très bien.

— « Les pays de l'ouest de l'Union européenne », c'est vaste ! fit remarquer Jean.

— Elle va retourner en France, annonça Elena.

— Tu crois ?

— Vous croyez vraiment ? osa Sophia.

— J'en suis certaine. Depuis le début, c'est leur plan ! Rappelez-vous, le bus, le chauffeur du camion…

— Ils ont pu changer d'avis, ou même mentir. Si le gérant dit vrai, il dispose des dernières informations connues… objecta Jean.

— Non. Elle est aussi têtue que toi. Je vous affirme qu'ils vont en France. Elle nous en a beaucoup voulu quand nous sommes partis à Kourou. Elle va refaire sa vie là-bas… C'est tout à fait logique et rationnel… Mon Dieu, si elle savait… Elena se reprit et retint ses larmes en secouant ses mains devant son visage. Adrian, il faut que vous les rameniez. Dans un an, elle sera… Ils seront majeurs. Elle renouvèlera sa carte d'identité, elle pourra même changer de nom et on ne la retrouvera plus !

— Et mon Sebastian, dans tout ça ?

— Votre Sebastian ! Votre Sebastian est aussi raide dingue de Cathya que Cathya l'est de lui ! Ils vont se marier, il deviendra français ! rétorqua du tac au tac Jean, lassé de ces attaques à peine déguisées contre sa fille. Elle va l'emmener vivre à la campagne… Je vous avais prévenus que c'était une mauvaise idée de cacher aux enfants la réalité des faits !

— En même temps, ils ne sont pas censés pouvoir

sortir du dôme, s'expliqua Adrian.

— Ça, c'est valable avec des adolescents moyens. Les nôtres sont visiblement au-dessus du lot, ajouta Elena.

— Nous ne pouvions pas le prévoir. Je vous ai tout dit, annonça Adrian en se levant, aussitôt imité par Sophia et suivi par les Solut. Je vais passer la journée de demain ici.

— Cela tombe bien, j'aurai des choses à vous demander, dit Jean en lui serrant la main.

— Cette conversation est confidentielle, précisa Adrian en ouvrant sa porte.

— Bien entendu. Nous nous voyons demain.

En rentrant, Jean posa sa main sur l'épaule de son épouse qui ne la repoussa pas. Il lui chuchota que Cathya avait fait le plus dur. Elena la chassa alors d'un geste vif.

— Tu ne sais pas te taire quand il faut. Tu ne sais pas parler quand tu devrais. Et si au moins tu savais trouver les mots…

L'attaque était rude et Jean se laissa distancer. S'il avait apparemment des lacunes, ce dont il était certain à cet instant c'est qu'il passerait encore une nuit sur son sofa. Il avait conscience que c'était l'angoisse qui s'exprimait ainsi, désincarnant celle qu'il aimait tant.

Le lendemain, Boloviev inspecta le travail de chaque section pour vérifier l'avancement de l'arche. Il fit des remontrances à l'équipe chargée de finaliser l'installation du moteur créé par Jean suite aux changements de plans. Il trouvait que les gars étaient trop lents.

Dans la matinée, Jean entendit les rumeurs concernant l'humeur du grand patron et se fit un peu de souci quant à l'acceptation de ses dernières exigences. Peut-être que Mahfouz devrait l'appuyer. Cette idée lui donna froid dans le dos.

Il se rendit quand même à son bureau et lui exposa sa demande. Le Saoudien le regarda fixement à travers ses lunettes, pesant le pour et le contre. Jean le savait droit. S'il y consentait, il n'y aurait pas de problèmes. Mahfouz était la caution qui lui manquait. Il jouait gros.

— À une condition.
— Laquelle ?
— N'écartez pas la théorie des cordes.
— J'en parlerai.

Adrian Boloviev poussa la porte sans frapper au moment où ses deux chercheurs se serraient la main. Une surprise qui le fit sourire.

— Enfin ! Messieurs, je suis heureux de voir cela avant ma mort.
— On ne s'emballe pas, rétorqua Mahfouz.
— Nous sommes tombés d'accord.
— Dites-moi où nous en sommes.
— Droit au but ? demanda Jean.
— Droit au but.
— Nous avons besoin d'ordinateurs quantiques puissants de dernière génération, il faut qu'ils soient stables. Je veux… nous voulons faire des calculs qui prendront des mois voire des années en binaire. Nous n'avons pas le temps.
— Je demanderai ça à Mikita.
— Pourquoi ? s'enquit Mahfouz. D'habitude, c'est toi qui gères.
— J'ai fait l'objet d'une tentative de meurtre.

— Le « différend avec le gouvernement américain » ?

— C'est ça. Ils m'ont repéré. Je ne sais pas comment. Je dois ralentir mes investissements dans le projet si je compte durer assez longtemps.

— Ce qui va suivre ne va pas te plaire alors.

— Oui, euh… hésita Jean. On ne peut pas ralentir, justement. Je vous explique… On m'a dit « pourquoi vouloir propulser un vaisseau pendant des siècles alors qu'on peut ouvrir l'espace et le raccourcir pour parcourir cela en quelques mois ? » Vous vous souvenez.

— Oui. Droit au but.

— Nous avons décidé d'explorer cette piste. Aujourd'hui, nous devons calculer tout ça… avec…

— Avec les ordinateurs quantiques ! s'énerva Mahfouz.

— Nous devons départager entre la signature quantique d'un lieu ou la théorie des cordes, plaça Jean pour s'assurer le soutien du Saoudien, mais nous ne pouvons pas attendre que les résultats soient tombés pour fabriquer l'ensemble de la mécanique. Il nous faut du néodyme, beaucoup de néodyme ; du métal, beaucoup de métal. On parle respectivement en dizaines de kilos et en tonnes.

— L'acier, d'accord, mais comment va-t-on trouver autant de terre rare sans attirer l'attention ? Montrez-moi vos plans.

Jean expliqua pendant une heure et demie tous les éléments de son dispositif.

— Et on ne sait même pas si ça va fonctionner… ajouta Mahfouz.

— En théorie, ça devrait.

— En théorie, avec des ailes un homme pourrait

voler. Sauf qu'il lui manque des petites choses qui font qu'en pratique, cela ne fonctionne pas, remarqua Adrian.

— C'est pour cela qu'on a inventé des machines. J'invente ces machines, regardez ! Elles sont devant vos yeux. Mon moteur seul ne nous sortira pas de là vivants.

— Ali, qu'en pensez-vous ?

— J'en pense qu'il est aussi fou que l'était Nicolas Tesla, mais après tout… Il nous prouve chaque jour qu'il avait raison, dit-il en montrant la lumière, le chauffage du bureau. Tu le laisses faire, tu vois. Tu l'empêches, on meurt… Tu choisis.

Jean fut soulagé par cette conclusion, même s'il ne se croyait pas du tout fou. Ses raisonnements devaient certes être validés par les mathématiques puis l'expérimentation, mais cela ne voulait en aucune façon dire qu'il déraillait. En tout cas, c'est ce qu'il se dit en attendant la réponse à sa demande. Boloviev pesa rapidement le pour et le contre. Ce n'était pas sans poser de problèmes, mais il accepta.

— Nous sommes allés trop loin pour renoncer à cette possibilité.

— Je le pense aussi, dit-il dans un souffle de soulagement.

— Montrez-moi les avancées du niveau -1. Je paie pour voir.

— Tout de suite.

Les manutentionnaires avaient considérablement agrandi la grotte. Ils avaient soudé un toit mobile juste au-dessous de l'arche pour protéger les structures devant recevoir le disque quantique et l'aimant gyroscopique, positionnées respectivement à six et trois mètres du sol.

Boloviev sembla satisfait, mais n'en dit rien.

Jean savait que Mahfouz n'avait pas fini de lui mettre des bâtons dans les roues. Il était un des premiers de la nouvelle génération à avoir travaillé sur le projet. C'était à ce titre qu'il était respecté par tous. Ses contributions incontestables appuyaient sa position, Jean devait donc être meilleur, plus disponible, plus convaincant, s'il voulait mener à bien sa mission.

13
LES PROJETS EN LIBERTÉ

Le premier mois, Iulian, Cathya et Sebastian se jaugèrent sans trop se faire confiance. La maison de la plage s'était transformée. Les garçons avaient monté une cloison au rez-de-chaussée pour créer une chambre pour « les vieux » et des draps tendus fermaient la mezzanine afin d'offrir une relative intimité aux « jeunes ».

L'été aidant, l'existence de Cathya et Sebastian était enfin paisible et heureuse. Chaque matin, Aurew leur enseignait le yoga et la méditation. Ces séances, d'abord fardeaux insoutenables, s'étaient transformées en une sorte d'hygiène de vie. Le rituel était d'autant mieux accepté par les hommes qu'il était suivi d'un barbecue et d'une bonne bière.

Volontairement, Iulian laissa les deux jeunes profiter de la belle saison sans les cuisiner. À chaque fois qu'il entendait Aurew se lancer sur le sujet, il lui disait de ne pas les ennuyer avec ça. Même si bien sûr, il ne pouvait rien contre le papotage des deux nouvelles meilleures amies.

Cathya avait fini par raconter à Aurew toute leur histoire depuis l'hôpital jusqu'à leur rencontre. Cela l'avait bouleversée. « Comment, quand on est comme vous de jeunes pousses innocentes, peut-on avoir foi en ce monde alors qu'il y a tant de mal pour si peu de bien ? » Voilà ce qui lui était venu après le récit des exactions de l'épicière et du capitaine, le tout ayant débouché sur un saut dans la mer. Cathya était plus positive. Elle, à qui on avait inculqué depuis son enfance que l'humanité n'était que danger, vice et turpitude, s'attachait aux belles rencontres.

À chaque aller-retour de Iulian à Bucarest, Sebastian lui demandait :

— Nos passeports sont faits ?

— Non, je t'ai dit que ce serait long. Ne t'inquiète pas, il n'y a pas de problèmes, il ne faut pas…

— Se stresser, on a compris, finit par conclure Sebastian lassé par cette invariable rengaine.

Septembre était arrivé, les couleurs avaient changé jusque sur la mer noire. Le temps s'était rafraîchi, les jours raccourcissaient et l'ambiance refroidissait.

Iulian avait fait rentrer du bois pour l'hiver et avait acheté une seconde hache. Ils fendaient des bûches quand Sebastian commença à lui parler.

— Tu sais Iulian, je ne suis pas idiot.

— Je le sais. Tu es même quelqu'un de très intelligent.

— Alors, pourquoi me mentir ?

— Te mentir sur quoi ?

— Sur le fait que les passeports ne sont pas prêts.

Iulian planta son merlin sur le billot. Il mit les mains sur son dos pour s'étirer, regardant son jeune ami droit dans les yeux, puis l'interrogea :

— Qu'est-ce qui te fait croire une chose pareille ?

— J'ai remarqué un changement, il y a un mois, dans ton comportement. Tu es plus distant. Quand tu es revenu, tu n'as pas dit ta phrase fétiche.

— Il pourrait y avoir bien d'autres raisons : des soucis dans mes activités, la lassitude de te répondre toujours la même phrase…

— C'est quoi, au fait, « tes activités » ?

— C'est quoi, au fait, votre secret ?

— Tu veux la jouer comme ça ? s'étonna Sebastian.

— Ce serait la moindre des choses de faire du donnant-donnant. Nous vivons ensemble depuis des mois sous mon toit…

— Parce que tu l'as voulu ainsi, ça t'arrangeait pour toucher ton argent !

— Pas que. Je t'assure. Pas que.

— Je ne comprends pas.

— Ton père et les parents de Cathya m'intriguent. Tant de mystères que je ne peux pas percer… Il y a quelque chose de louche et je suis certain que vous connaissez les réponses à mes questions.

Iulian recommença à fendre des bûches, aussitôt imité par Sebastian qui pensait être tiré d'affaire.

— Ton père est apparu sur mes écrans radars, juste quelques mois avant que je vous trouve.

— Ça veut dire quoi ?

— Que je n'aurais jamais dû avoir à m'en occuper.

— Tu n'es pas clair. Dis-moi ce qui s'est passé.

— Les États-Unis ont mis un contrat sur sa tête. Tu sais ce que cela signifie ? Non, bien sûr… D'où tu sors ? Ils ont essayé de le tuer en pleine rue. Si je n'étais pas intervenu, il serait mort ce jour-là.

Sebastian posa sa hache et se figea. Son père ne lui manquait pas, mais de là à rester indifférent, il y avait une marge. Apprendre qu'il avait échappé à un meurtre était un choc.

— Pourquoi ?

— Il est apparu sur une liste de cinquante cibles. Il dérangeait leurs intérêts. L'énergie, le fait qu'il ait été contacté par des Saoudiens dans le cadre du projet NEOM, va savoir... L'essentiel c'est que j'en ai sauvé quelques-uns et qu'avec l'argent que cela m'a rapporté, je peux acheter une île en Asie.

— Qu'est-ce que c'est, ce NEOM ?

Sebastian avait eu un flash, ses parents s'étaient disputés un soir, quand il avait dix ans, peut-être onze. Il n'avait pas tout compris à l'époque, mais cela semblait être la pire chose de la terre.

— C'est curieux. Dans tout ce que je viens de dire, NEOM est ta seule préoccupation ? Ton père est un ancien mafieux reconverti dans le business de l'énergie, qui s'est fait comme ennemi une des agences de la première puissance mondiale et c'est NEOM qui t'intéresse...

Du bois vola sous le coup de la hache de Iulian. Ce silence de Sebastian en disait long. Il avait touché juste. Iulian imagina qu'un second NEOM était caché en Sibérie. Cela le perturbait, car, ne recevant plus d'alertes, il savait que Peter avait trouvé son logiciel espion. Un NEOM russe était une catastrophe. Cela faisait trois ennemis à abattre. Autant dire que l'humanité avait perdu la partie. Il se demanda si le fait de vivre sur une île assurerait leur sécurité. Avec cette nouvelle information, il était clair que non. Iulian parut découragé.

— Il y a un problème Julio ?
— Oui, un gros. Je le crains.
— Ne te stresse pas, tout va s'arranger.
— C'est mal barré.
— Cela ne te ressemble pas. Montez, on va en parler.

Aurew prépara du thé vert et fit asseoir tout le monde sur les coussins de méditation. Sebastian se plia à cette nouvelle astreinte sous l'insistance de Cathya qui était à fond dans ces « trucs *New Age* » comme les qualifiait Iulian.

— Iulian semble avoir un problème, ce qui est rare. Nous devons l'aider à retrouver un calme intérieur. Dis-nous ce qui te perturbe. Devant le mutisme de son homme, Aurew appuya gentiment. Allez.
— Aureω, ma chérie, ces jeunes ne nous racontent pas tout. On ignore d'où ils sortent.
— De Sibérie, nous connaissons leurs parents.
— Mais où en Sibérie ?
— Cathya, Sebastian, il est peut-être temps de vous livrer sur ce sujet, cela semble important pour Iulian.
— Qu'il nous dise d'abord où sont nos papiers, payés avec l'argent de mon paternel... dont il affirme avoir sauvé la vie sans expliquer comment il a su ni comment il a fait, s'insurgea Sebastian.
— Julio ?!
— Oh ! Ça va ! s'agaça-t-il en se levant. Il marcha jusqu'à l'angle du salon, souleva une lame de plancher et sortit les deux passeports protégés par du film plastique. Tenez, fit-il en leur jetant chacun le leur.

— Julio !

— Arrête, j'ai mes raisons.

— Et quelles sont-elles ?! Nous sommes dans un cercle de confiance, pourtant tu ne sembles pas l'accorder à nos amis.

— Un cercle à quatre… fit-il ironiquement en allumant le vieux poste radio.

Aurew ne comprit pas tout de suite cette entorse musicale au rituel, cela n'allait cependant pas tarder.

— Je crois que j'ai saisi ce qui se trame avec nos deux « amis », affirma-t-il en se rasseyant en tailleur. Ils sortent d'une base secrète russe ou un truc dans le genre… voyant les regards troublés et complices de Cathya et Sebastian, il poursuivit. Je pense que leurs parents travaillent sur un projet colossal, je pense qu'ils savent ce que c'est et que c'est pour cette raison qu'ils ont fui.

— Cercle de confiance, on se dit tout, s'inquiéta Aurew en comprenant que Iulian avait visé juste.

— Cathya, nous ne sommes plus obligés de rester, affirma Sebastian.

— Je ne l'ai jamais été, rétorqua-t-elle. J'aime beaucoup Aurew, elle est comme une sœur. Et Iulian est adorable, il nous a sauvés, hébergés, nourris…

— Il a été payé pour cela !

— Calmons-nous.

— Si j'avais voulu, je vous aurais vendus à ton père, pour le double. Je ne l'ai pas fait, que je sache !

— On se calme, tenta de tempérer Aurew, c'est un cercle de confiance, pas une arène.

— Pourquoi ? Pourquoi aussi, une île en Asie ?

— Vous d'abord.

— Nous sommes partis de l'hôpital de Novossibirsk,

mais nous venions d'ailleurs, commença à raconter Cathya. Un coin perdu dans l'Altaï où il y a…

— On ne peut pas ! coupa Sebastian. Tu peux mettre en danger tout le monde là-bas !

— Le danger vient d'eux, gamin !

— Comment ça ?

— Prends-moi pour un imbécile… L'IA, ça ne te dit rien ?

Les deux jeunes eurent le même air surpris et d'incompréhension. Ils ne pouvaient pas l'avoir simulé si bien simultanément. Iulian douta soudain de son intime conviction.

— Qu'est-ce que c'est l'IA ? s'enquit Cathya.

— L'Intelligence Artificielle… devant les yeux ronds comme des billes des deux, il ajouta : un ordinateur qui pense comme un humain en plus rapide, plus puissant, plus dangereux.

— Nous n'en avons jamais entendu parler là-bas, je t'assure. Qu'est-ce que cela aurait de « dangereux » ?

— Vous plaisantez ? C'est la fin de l'humanité, l'antéchrist de l'Apocalypse.

— Tu exagères, mon chéri.

— Ah oui ?! Alors, en quelques mots, pour vous qui n'y connaissez rien. NEOM, « nouveau futur », est un plan d'investissements de cinq cents milliards de dollars. Les Saoudiens, enfin le prince Saoud, ne visent rien de moins que le règne de l'IA sur une ville futuriste, une cité ultramoderne créée de toutes pièces, grande comme l'Angleterre. Ceux qui portent le projet l'ont positionnée à la frontière de la Jordanie et de l'Egypte, pas loin du mont Sinaï, comme par hasard. Ces terres ont été désacralisées, comme par hasard, et sont passées sous statut d'entité territoriale saoudienne. D'ailleurs, d'après ce que j'ai pu trouver, ils détruisent tous les sites religieux du coin depuis les années 80. Ils ont même un robot humanoïde, nommé Sophia, qui a obtenu la nationalité et rencontre des chefs d'État… Pour moi, c'est en fait un temple pour un messie luciférien. Dans la Bible, il est écrit que l'image de la bête s'animerait et parlerait, qu'elle ferait de grands miracles, qu'elle influerait sur l'économie. L'antéchrist aura l'apparence humaine, mais n'en sera pas vraiment un. Et moi, j'ai contribué à remplir la coquille vide… lâcha-t-il enfin dans un souffle libératoire. Cela faisait des années qu'il portait le fardeau du secret. Ils nous font croire que la ville va s'autogérer, point à la ligne, mais il n'en est rien. Les plus brillants cerveaux y travaillent officiellement depuis le 24 octobre 2017. Pour l'anecdote : c'est la date anniversaire de la destruction de Pompéi et celle du krach de 1929 — comme par hasard — mais aussi de l'entrée en vigueur de la charte des Nations Unies. Aurew, toi qui aimes t'amuser avec les symboles, cela ne t'interpelle pas ? Enfin, ce jour-là est leur « journée de l'information sur le développement ». Bref, si on les laisse faire ce sera la fin de l'humanité.

Les trois étaient abasourdis par ces informations ainsi que la fougue dont faisait preuve Iulian pour les convaincre du drame qui se jouait. Aurew, toujours optimiste, profita de ce qu'elle crut être sa conclusion pour intervenir.

— Pas nécessairement. Peut-être que cette intelligence sera tournée vers le bien. Si elle a tout appris, elle ne voudra peut-être pas notre perte, au contraire.
— Pitié, Aurew, réveille-toi ! Regarde ce que l'humain

fait à la Terre, regarde la croissance démographique !
Malthus avait raison !

— Oh ! s'insurgea Aurew.

— Quoi ? Quand un enfant ne peut s'empêcher de
faire une bêtise, on le prive ou on le punit. Là, personne
ne réagit, la planète est en train de mourir… L'IA est
programmée selon les lois d'Asimov et ce mec était un
con ! Il n'avait pas pris en compte l'arbitrage.

— D'abord, l'univers est un tout qui se régule par lui-
même. Une vie disparaît, une autre se crée. Ensuite,
comment se fait-il que tu sois si au courant de tout ça ?
Que voulais-tu dire par « remplir la coquille vide » ? Tu
vas enfin me dire ce que tu fais réellement ou c'est trop
te demander ?

Iulian était pris à son propre piège. Il devait avouer ce
qu'il avait fait, mais avant ça, il insista :

— À vous l'honneur.

— Quand j'avais huit ans, mes parents ont rencontré
un Russe à Kourou. C'était juste avant Noël.

— Fin 2012, oui, je sais. Vous avez tous les trois
disparu.

— Nous sommes partis en voiture, le chauffeur
donnait des billets à tous les policiers qu'il croisait. Nous
avons embarqué dans un avion, puis à bord d'un
hélicoptère. Nous avons survolé des lacs magnifiques et
atterri dans une clairière au milieu d'une forêt de pins.
Un véhicule à chenilles nous a emmenés à la porte d'un
dôme de verre. Il faisait très froid. On est resté dans un
sas, puis quand il s'est ouvert, nous avons découvert une
sorte de jungle. Dans la montagne, il y a un village, peut-
être même deux, avec des maisons en conteneurs, des
rues, une place, une école… Tout ce qu'il faut.

— Et c'est tout ?

— Moi, j'y ai toujours vécu, au plus loin que je me souvienne. Les adultes sont tous des scientifiques ou des techniciens, mais jamais personne n'explique aux enfants ce qui se trame derrière la porte blindée. On n'a pas le droit d'y entrer si on n'a pas dix-huit ans. Ma mère, Sophia, souligna Sebastian, m'a affirmé plusieurs fois qu'ils ne nous disaient rien pour nous protéger. Mais il y a quelques années, j'ai entendu mon père parler de NEOM, il était très inquiet. J'écoutais à travers le mur de ma chambre, il a dit « ça commence ». Il n'était plus le même après. C'est pour ça que je ne crois pas qu'ils fabriquent une « IA ».

— D'autant que quand on a voulu s'enfuir, on a tout tenté et nous avons pu nous faufiler dans une conduite et voir ce qu'il y avait au fond de la grotte.

— Et il y avait quoi ? demanda Aurew, passionnée par ce récit.

Cathya attendit l'approbation de Sebastian qui lui fit signe que maintenant, il était trop tard pour se taire.

— On se dit tout ? Iulian, tu seras franc ?

— Vas-y, gamine.

— Il y avait des bureaux, où ils menaient des expériences… J'y viens, répondit-elle à Sebastian qui faisait des moulinets avec la main. Ils cultivaient. Le truc le plus dingue, c'est que l'installation datait des années 50… 1952 exactement, et qu'il y avait une sorte de gigantesque cocon, gros comme un bateau à l'intérieur de la grotte.

Devant le silence du groupe, Cathya ajouta que c'était tout ce qu'elle savait.

— Moi, j'ai été recruté par un Américain en 2011 pour construire des ordinateurs capables de créer la première véritable Intelligence Artificielle. Mes compétences en *hacking* étaient recherchées à l'époque, j'étais célèbre, ils ont payé le prix fort et se sont pliés à mes exigences. Je trouvais ça cool, j'avais tout ce que je voulais. Je piratais des universités, des entreprises pour accéder aux savoirs nécessaires, c'était marrant. Au départ, je croyais qu'on allait faire comme tout le monde. Je pensais vraiment qu'on développait un truc pour faire fonctionner les nouveaux gadgets à la mode, *smartphones* et autres tablettes, mais le gars avec qui je travaillais est devenu fou. Il avait décidé de créer une « âme artificielle ». Quand j'ai constaté que les premiers essais étaient concluants et qu'il voulait y consacrer encore plus de moyens, j'ai quitté la partie. Il m'a menacé de mort si j'en parlais. Et les derniers événements, dit-il en regardant Sebastian, m'ont confirmé que je devais la boucler pour rester en vie.

— Et c'est tout ? s'étonna Aurew.

— Je ne comprends pas ta désinvolture... Tu avoueras que je fais des efforts de vocabulaire, souligna Iulian.

— L'âme ne meurt pas, je te l'ai dit. Je peux vous apprendre à vous élever spirituellement pour fusionner avec le cosmos. Vous dépasserez vos peurs, vous verrez. Nous pouvons aller au Tibet maintenant que Cathya et Sebastian ont leurs papiers.

— Nous, quoiqu'il arrive, nous partons pour Paris, affirma Sebastian.

— Donc tout le monde s'en fout ! s'énerva Iulian. Constatant que personne ne semblait le prendre au sérieux, il conclut : sur vos passeports, vous avez dix-huit ans. Vous êtes tous deux roumains.

— J'avais demandé…

— Une carte d'identité et un passeport français, oui… Sauf que cela ne se fait pas comme ça. Là, vous avez de vrais papiers valables partout. Pavel a ses contacts au ministère. Les orphelins sont nombreux dans notre pays. Le slogan, dans le temps, c'était « faites des bébés, l'État s'en occupera ». Il en est resté quelque chose. Vous êtes de vrais concitoyens roumains. Pavel s'est même débrouillé pour que vous gardiez vos prénoms. Pour le prix… Par contre, je vous suggère de ne pas trop parler au poste frontière quand vous prendrez l'avion ou le train, votre accent est à chier. Cathya, si tu le souhaites, tu n'auras qu'à attendre d'avoir vraiment tes dix-huit ans pour faire une demande de papiers à ton vrai nom. Tu diras que tu les as perdus. Tu feras les démarches. Mais, à mon avis, ce n'est juste pas prudent.

— D'accord. Oui, bien sûr. Je comprends.

— Vous pouvez partir quand vous voulez. Vu la situation, nous irons à Bucarest pour vous ouvrir un compte en banque. J'y déposerai de quoi vous payer une petite maison dans la campagne française et subvenir à vos besoins les premiers temps. C'est ce que vous vouliez ?

— Tu n'es pas obligé, souligna Cathya.

— Nous sommes amis… Avec des avis divergents, mais amis quand même.

— Quand peut-on partir ? conclut Sebastian.

— Tu es si pressé que ça ?

— Aurew, je suis désolé. Ce n'est pas contre toi… Même pas contre Iulian… Vous avez été formidables. Nous avons nos projets. Nous attendons ça depuis si longtemps.

— Tu es conscient que d'ici quatre ans, au mieux en

2030, la situation risque de dégénérer ?

— Apporte-moi les preuves et j'y croirai.

— T'inquiète… quand des robots construiront des robots, il ne nous restera pas longtemps… Une fois que tu seras dans ta campagne, prends Internet et cherche, tu verras.

— Et nous ? demanda Aurew sentant que c'était le genre de moments-clés dans une existence.

— Nous, nous allons profiter de la vie. Tu veux aller au Tibet ? Nous irons. Tu veux aller en Inde ? On se paiera des billets en première classe. Tu veux une île en Thaïlande pour échapper à tout ça… On en achètera une. Tout ce que tu veux…

— L'île, c'était pour fuir ? crut comprendre Sebastian.

— On ne pourra pas fuir, je le crains. C'était pour tenter de survivre à cette merde qui arrive.

Iulian éteignit la radio, la discussion ne valait plus la peine d'être brouillée.

— Ça se termine comme ça ? questionna tristement Cathya qui avait le sentiment de perdre sa meilleure amie.

— On doit pouvoir se joindre ! S'il te plaît ! miaula Aurew à son homme qui fit un geste de dédain et retourna couper du bois. Je le convaincrai ce soir, je vous le promets. Viens, Cathya, on va à la plage profiter de nos derniers moments ensemble. Non, ne sois pas triste. Si ça se fait, c'est que ça doit se faire. Si ça ne se fait pas…

— … c'est que ça ne doit pas se faire. Oui, je sais.

Aurew attrapa Cathya par l'épaule et l'embrassa sur la joue avec brusquerie et tendresse. En ouvrant le portillon, elle se remémora sa chute le jour de sa rencontre avec Iulian, un sourire se figea quelques secondes sur son visage, ce n'était rien qu'un coup du sort. La vie est plus forte que tout, se dit-elle.

Sebastian empaqueta les quelques affaires qu'ils avaient achetées durant ces derniers mois et retourna couper du bois. D'abord sans un regard ni un mot, il fendit quelques bûches.

— Tu m'en passes une ?

— Tiens gamin.

— Tu crois vraiment à tout ça ?

— C'est une certitude. Tout nous y mène.

— Mais pourquoi ?

— Qu'est-ce que j'en sais ?

— Dis toujours…

— Les humains n'ont pas évolué depuis près de quatre mille ans. Pétra, Santorin, leurs habitants connaissaient déjà tout ou, au moins, l'essentiel : ils avaient l'eau courante, même dans le désert ; ils possédaient les techniques pour cultiver, stocker… Si la nature ne s'en était pas mêlée… Ils nous auraient donné des leçons. On a vécu presque deux millénaires d'obscurantisme. Pourquoi ? Pour que certains prennent le pouvoir. On en est encore là. Des types s'imaginent qu'ils détiendront un avantage sur d'autres. Ils croient qu'ils contrôleront leur chose. Sauf qu'ils n'ont rien compris… Si on a du bol, elle régulera. Si on n'en a pas, elle détruira. Lis et apprends, tant qu'il est temps, mon ami.

— Et mon père ?

— Il t'aime. C'est dommage, quand on a la chance d'en avoir un comme lui, de le laisser sans nouvelles. Les parents, c'est important. Lorsqu'on est égoïste, on s'en rend compte une fois qu'on les a perdus.

— Tu crois qu'ils pourront survivre, là-bas, si tu dis

vrai.

— Je ne sais pas. Franchement. Si tu veux un conseil…

— Vas-y.

— Ne fais pas de gosses. Ce qui nous attend, c'est le malheur, la désolation, puis l'enfer.

Iulian et Sebastian continuèrent à couper du bois.

Sur la plage, les deux amies marchaient main dans la main comme deux fillettes quand une idée germa dans la tête de Cathya.

— Si on se rejoignait.

— Où ?

— Je n'en sais rien. Là où vous voudrez. Ne partez pas tout de suite. Attendez-nous. Sebastian s'est fait tout un roman de notre vie future. Il m'imagine institutrice, ce que je ne pourrai certainement jamais être. Au mieux, je serai serveuse. Il nous voit mariés, vivant dans une ferme, avec des bêtes et un potager, il m'a dit qu'il rêvait de moi en robe vichy et talons hauts. Je ne sais même pas comment je pourrais marcher avec ces trucs… Enfin, il a tout fait, il a tout sacrifié pour ça, pour moi. Je voudrais… Cathya s'arrêta, un souvenir venait de la transpercer. Tout ça, ça n'arrivera pas, hein, Aurew ?

— Pourquoi ?

— Parce que mes parents aussi, je les ai espionnés. Je pense qu'ils craignaient la même chose que Iulian et qu'ils avaient juste trouvé un moyen de nous en protéger en nous enfermant là-bas. Alors, à quoi ça sert de se goinfrer d'un bonheur illusoire pendant quatre, peut-être neuf ans, si au final on a la certitude que tout va disparaître ?

— Tu peux vivre ton bonheur, profiter du jour

présent. *Carpe Diem*, Cathya. Ton prénom, il signifie Pure. Tu es faite pour t'élever, crois-moi. Le mal te fait horreur, je l'ai constaté.

— Je ne saurai pas faire.

— Je t'apprendrai.

— On ne devrait pas plutôt empêcher ça ?

— J'ai l'intime conviction que c'est inéluctable… L'homme est ainsi fait qu'il veut toujours ce qu'il n'a pas et qu'il met les moyens pour l'obtenir, peu importe le coût. Nous avons vécu sans le téléphone durant des siècles, aujourd'hui, tu les as vus sur la plage ? Ils ne regardent même plus le paysage pour lequel ils ont payé, pour lequel ils ont trimé pendant un an…

— Alors, vous nous attendrez ? Pourquoi ne pas venir aussi en France ?

— Je convaincrai Julio de patienter jusqu'au printemps, ça te va ?

— Oui, merci. Je ne m'en remettrai pas de perdre quelqu'un comme toi.

*
* *

Iulian s'en était tenu à ce qu'il avait annoncé. Il leur avait ouvert une ligne de téléphone portable chez un opérateur français et leur avait donné l'adresse à Paris pour le réceptionner. Les deux faux Roumains débarquèrent à la capitale avec une carte bancaire et des rêves plein la tête. Tout leur paraissait exotique. Ils furent frappés par l'architecture haussmannienne qui intimait le respect et séduits par les terrasses des cafés qui sentaient bon l'art de vivre à la française. Il n'y avait pas de bérets ou de baguettes sous les bras, mais dans les beaux quartiers, la coquetterie de ces dames n'était pas une légende.

Comme promis, dans l'heure suivant leur arrivée au centre de la capitale, ils envoyèrent à Olga une jolie carte postale de l'Arc de Triomphe pour lui faire comprendre que tout allait bien.

Cet après-midi-là, ils grimpèrent courageusement par les escaliers jusqu'au deuxième étage de la tour Eiffel, puis prirent l'ascenseur pour atteindre le dernier niveau. Le panorama sur Paris était saisissant. Le ciel était dégagé, presque bleu. Ils se promenèrent au milieu de ces inconnus venus des quatre coins du monde pour s'offrir ces quelques instants de France. Cathya cherchait les monuments qu'elle souhaitait visiter. Juchée sur le pied d'une longue-vue à pièces, elle montra du doigt le Sacré-Cœur, émerveillée.

— Il faut qu'on aille là-bas ! Sebastian, tu veux bien ?

N'obtenant pas de réponse, Cathya se retourna pour comprendre son silence. Sebastian avait disparu de son champ de vision. Un stress monta en elle dans la seconde, immédiatement remplacé par l'excitation quand elle se rendit compte qu'il avait un genou à terre.

— Cathya, mon amour, nous avons tout traversé pour arriver à cet endroit, à cet instant précis. Nous avons enduré la maladie, le froid, la faim et même failli nous noyer, dit-il la voix légèrement tremblante. Après tout cela, je suis encore plus, farouchement, irrémédiablement, amoureux de toi.

Sebastian marqua une pause solennelle. Il sortit un écrin de sa poche et l'ouvrit. Espérant que cette bague ornée d'un diamant, achetée avec Iulian à Bucarest, lui plairait, il se lança :

— Veux-tu m'épouser ?

Cathya mit ses mains devant son visage, tentant de retenir ses larmes. Elle riait sous l'effet de cette émotion intense et merveilleuse qui la submergeait. Elle guida Sebastian de ses doigts délicats, jusqu'à ce que ses lèvres touchent les siennes et elle l'embrassa tendrement.

— Oui, je le veux !

Sur la coursive, les touristes autour d'eux les applaudirent avant de reprendre leur visite. Ce grand bonheur, ils en étaient certains, durerait toujours. Ils descendirent de la tour le cœur léger, comme portés par la félicité.

En cherchant leur hôtel, ils passèrent devant Notre-Dame en travaux après l'incendie qui l'avait ravagée deux ans plus tôt. Ils louèrent une chambre vétuste aux poutres vermoulues au dernier étage d'un deux étoiles miteux, le temps pour eux de découvrir les autres trésors de la ville. L'endroit leur paraissait douillet et très couleur locale.

Sebastian fut très déçu d'apprendre en mairie qu'ils ne pouvaient pas se marier tant qu'ils n'avaient pas de domicile en France. Ils décidèrent donc de se mettre en quête de leur chez-eux.

Après avoir cherché un coin de France agréable sur Internet à l'aide de leur *smartphone*, une aventure pour eux, ils se rendirent en Charente-Maritime. Ils y contactèrent immédiatement des agents immobiliers pour acheter une maison. Beaucoup ne les prirent pas au sérieux, mais une jeune femme leur fit visiter des biens.

Sebastian et Cathya logèrent trois mois dans un appartement d'hôtes très confortable à Saint-Palais-sur-Mer. Là, ils vécurent tempêtes, bourrasques et accalmies sur l'océan. Le sentier des douaniers était leur promenade favorite ; le pont du diable, leur grand frisson.

Noël arriva et avec lui, Sebastian découvrit la tradition française d'un repas gargantuesque et bien arrosé. Les propriétaires des lieux étaient deux charmants retraités, sidérés par la qualité de leur élocution et leur politesse. Une sympathie réciproque s'était tissée, fragilisée par le fait qu'ils devaient toujours rester discrets sur leur passé. Partout, en toutes circonstances, il leur fallait absolument éviter d'attirer l'attention. Pour tous, ils étaient un couple d'étudiants en langues prenant une année sabbatique.

Ces fêtes leur apportèrent un beau cadeau. Leur notaire leur avait confirmé la date de signature pour une charmante maisonnette nichée dans un coin de verdure. Cathya et Sebastian célébrèrent la nouvelle année au champagne sur la plage en sachant que leur avenir s'éclaircissait.

L'acte signé en janvier, les amoureux commencèrent immédiatement à aménager leur chez-eux. C'était une vieille maison avec un étage qui avait été abandonnée quelques années. Une belle verrière était adossée à la façade côté jardin. Les volets bleus aux fenêtres encadrées de pierres évoquaient le bord de mer. On aurait dit une petite gare de campagne. Il y avait des arbres et le gazouillis des oiseaux était doux, rien à voir avec le crissement des perruches du dôme. La cuisine était minuscule et vétuste, mais Sebastian avait promis de repeindre toute la maison. Ils disposaient de deux chambres mansardées appelant au repos et à la paix, au charme presque suranné.

Cathya était heureuse comme jamais. Sebastian la surprenait souvent en train de chanter ou de rire toute seule.

Un mois passa, Sebastian avait trouvé quelques chantiers de maçonnerie et de carrelage pour financer l'achat de la robe de mariée et de son costume.

Ce midi-là, le facteur déposa une lettre que Cathya attendait depuis leur emménagement. Le maire de Clérac leur accordait enfin le droit de s'unir officiellement à la mairie. Elle appela immédiatement Aurew pour partager avec elle son bonheur.

— Oh, *alo* ! Mon amie, bonjour ! Comment allez-vous, les Français ?

— Nous allons bien. Et vous ?

— Ça va, ça va. Julio s'impatiente, mais c'est un homme, alors… Tu vois… Je miaule, et c'est réglé…

— J'ai une bonne nouvelle à t'annoncer ! lança-t-elle après avoir ri à la boutade d'Aurew. Deux !

— Deux ? Magnifique ! Dis-moi vite !

— Nous avons une maison et vous devez venir parce que nous allons… nous… marier !

— Oh ! C'est fabuleux ! Je suis heureuse pour vous ! Mais quand ?!

— Le grand jour sera le 19 mars, mais on vous attend dès la semaine prochaine. Si vous le voulez bien, on a une chambre pour vous, Sebastian a tout repeint.

— Je suis certaine que ça va nous plaire.

— J'aurais aimé que vous soyez présents pour son anniversaire, enfin l'officieux, le huit.

— On sera là.

Cathya donna l'adresse, proposa les moyens de transport pratiques pour venir chez eux et se réjouit à l'idée de la surprise qu'ils allaient faire à Sebastian. Elle reçut un SMS de confirmation qu'elle effaça immédiatement. Ils arriveraient plus tard que prévu, mais l'effet n'en serait que plus grand.

Le 8 mars, juste avant le retour du travail de Sebastian, Iulian et Aurew débarquèrent dans une voiture de location après un long voyage. Cathya sauta dans les bras de son amie, des larmes coulaient sur leurs joues. Iulian, qui observait la scène avec une certaine distance, eut droit au même traitement. Il tapota légèrement sur l'épaule de Cathya qui les prit immédiatement par la main pour leur faire visiter leur foyer.

— Sebastian a tout repeint… Sebastian a posé un nouveau poêle à bois… Sebastian a arrangé la plomberie… elle ne tarissait pas d'éloges. Regardez, il y a des fenêtres qu'on peut ouvrir ! Ça, c'est votre chambre.

— Magnifique ! conclut Iulian. Où est l'heureux futur époux ?

— Oui, c'est… comment ils disent déjà, en France… ah oui : c'est « très coquet ».

— Il travaille. Il ne devrait plus tarder. Je lui ai fait un gâteau français au chocolat pour son anniversaire !

— Une vraie petite fée du logis !

— Il est jaloux, ne fais pas attention. Je ne lui cuisine jamais de desserts. S'il veut survivre, il doit ouvrir des boîtes de conserve lui-même, ironisa avec humour Aurew.

Sebastian posa son vélo devant l'entrée, inquiété par la voiture stationnée dans l'allée.

— Cathya ? Qui est à la maison ?
— Le voilà ! s'exclama Cathya en descendant les escaliers, suivie de leurs invités.
— Bon anniversaire !
— Bon anniversaire, gamin. Dix-huit ans officiellement. Pardon, officieusement. Tu es un homme, maintenant.

Sebastian ne sut quoi répondre, persuadé qu'il était que Cathya avait encore oublié son anniversaire ; mais il n'en était rien. Elle portait une robe Vichy et avait cuisiné tout l'après-midi à l'aide de deux livres de recettes empruntés à la bibliothèque municipale.

L'heure du repas approchant, Cathya enfila des escarpins de dix centimètres de haut et parada un peu. Elle s'était entraînée des jours durant à marcher avec élégance. Une fois passés à table, elle annonça fièrement :

— Chapon aux marrons et haricots verts.
— Félicitations ! lâcha Iulian comme un cri du cœur. Sous le regard inquisiteur d'Aurew, il ajouta malicieusement après deux bouchées : Délicieux, n'est-ce pas ma chérie ?

Sebastian confirma le verdict sans mentir. Aurew, devenue végétarienne, esquissa un sourire.

— Gâteau fondant au chocolat de Cyril Lignac... C'est un chef renommé, ici. Cathya sortit du tiroir de la table un petit paquet. Elle le tendit à son mari en avouant : Je n'ai pas ton talent, alors…

— Elles sont très belles ! s'exclama Sebastian en voyant leurs alliances.

— Elles te plaisent, c'est vrai ? Ce n'est pas trop simple ?

— Elles sont parfaites. Merci, moi qui croyais… Merci ma chérie.

— Nous, on t'a apporté ça.

— Iulian, merci. Aurew, c'est trop gentil !

— Attends de savoir ce que c'est…

Il ouvrit le papier cadeau et découvrit un couple de grenouilles en coquillages s'embrassant.

— C'est nous qui l'avons fait avec des coquillages de Vama Veche ! s'empressa de préciser Aurew qui sentait que leur présent avait été très mal vendu.

— Il est super, rassura Sebastian, je l'adore.

— Tiens, ça c'est de ma part pour tous les deux, dit Iulian. C'est une caméra, pour filmer le mariage et la lune de miel, le voyage de noces, tous ces trucs…

— Nous n'avons pas prévu de partir, tu sais… avoua-t-il.

— Nous avions une chose à vous demander, intervint Cathya.

— Vas-y, gamine.

— Iulian, peux-tu être le témoin de Sebastian ? Aurew, la mienne ?

— C'est une évidence ma chérie, répondit aussitôt Aurew.

Iulian se contenta de hocher la tête et de taper sur l'épaule de Sebastian pour affirmer leur connivence.

La soirée se termina tôt. Tout le monde était épuisé.

Les jours qui suivirent, Aurew et Cathya les consacrèrent à convaincre leurs hommes qu'après le jour de la cérémonie ou l'hypothétique voyage de noces, il serait bien qu'ils se retrouvent tous au Tibet. Cathya commença à apprendre à miauler elle aussi, sans obtenir les succès d'Aurew. Entre visites du zoo de la Palmyre, des magnifiques plages et monuments historiques du coin, sans oublier les préparatifs du mariage, ils ne virent pas le temps passer.

Cathya emmena Aurew à la boutique pour le dernier essayage. Un moment de complicité durant lequel les deux amies éprouvèrent le même bonheur devant le grand miroir. Cathya fut, bien sûr, prise de mélancolie quand elle réalisa qu'elle aurait dû partager cet instant avec sa mère. Aurew essuya les deux grosses larmes sur ses joues :

— Ne t'inquiète pas ma chérie, tout ira bien, tout sera parfait. Vous aurez une belle vie. Et, tu reverras ta maman, un jour ou l'autre, je te le garantis.

— Merci, d'être là. Tu n'imagines pas combien ça compte.

— *Ya tibia lioublou.*

— Je t'aime aussi. Et après quelques secondes, les yeux dans les yeux, Cathya tenta de s'agenouiller – ce qui était compliqué dans cette tenue – et ajouta : Veux-tu m'épouser ?

Les deux amies éclatèrent de rire sous le regard incrédule des deux vendeuses qui ne comprenaient rien au russe et les trouvaient visiblement très bizarres.

Le jour J, miraculeusement, le ciel se dégagea de tout

nuage juste avant l'heure de la cérémonie. À 16 h 45, Iulian et Sebastian en costumes clairs, Aurew en robe élégante couleur pêche achetée pour l'occasion, attendaient devant l'entrée de la mairie que Cathya face son apparition. Les gens avec qui le couple avait sympathisé – dont les hôtes de Saint-Palais, deux collègues de chantier et la bibliothécaire – étaient aussi présents. Joseph, leur plus proche voisin, toujours coiffé de son béret, avait proposé de conduire la promise.

C'est en vieille *DS* orange que la mariée arriva sur les lieux. Aidée par son chauffeur, elle sortit vêtue d'une merveilleuse robe blanche au bustier de dentelles et au dos nu. Médusé, Sebastian ne parvenait plus à filmer. Iulian reprit la caméra en main et le laissa se précipiter sur sa fiancée qu'il fit tournoyer. Il la couvrit de baisers et de compliments le temps que tout le monde se mette en place dans la salle.

Le maire les avait reçus quelques jours avant, comme à l'accoutumée, pour faire connaissance. Malgré ses questions, il n'avait pas réussi à leur faire raconter leur histoire. Cela aurait pu éveiller son attention s'il n'avait pas constaté l'amour qu'ils se portaient.

Respectant leur pudeur, il officia donc sans faire de chichis et les articles de lois défilèrent.

— Il y a un échange d'alliances. Qui les a ? demanda-t-il. Ah ! Mademoiselle. Notre jolie demoiselle d'honneur, très bien. Vous pouvez vous passer la bague au doigt, les amoureux. Ces anneaux sont le symbole de votre union. Vous pouvez embrasser la mariée !

Ce qu'ils firent dans le plus grand bonheur et sous les applaudissements de la dizaine d'invités présents. Iulian avait filmé toute la scène avec soin. Le maire les pria de signer l'acte.

— Katia Ionescu et Sebastian Petrescu, vous êtes à présent mariés devant la loi française et devant témoins. Nous vous souhaitons une longue et heureuse vie ensemble.

Les convives se retrouvèrent à la maison du couple, sous une tonnelle blanche achetée dans un magasin de bricolage pour la soirée. Ils avaient dressé eux-mêmes les tables et chaises prêtées par la municipalité, les avaient revêtues de tissu immaculé et d'une jolie vaisselle. Le traiteur leur avait loué tout le nécessaire pour un buffet campagnard.

Sebastian s'éclipsa quelques minutes dans leur chambre à coucher pendant que Cathya posait pour des photos. Il souleva le matelas et récupéra un téléphone caché sous le sommier.

— Papa ?
— Sebastian ? Mon fils ! Comment vas-tu ? Où es-tu ?
— Papa, enregistre cette conversation.
— Quoi ? Tu vas bien ?
— Oui, enregistre pour maman.
— C'est fait.
— Papa, maman, je viens de me marier. Cathya est merveilleuse et nous sommes heureux. Ne vous en faites pas pour nous, nous avons une maison, des amis. Nous sommes bien.
— Mon fils, je suis si content de t'entendre. Je voudrais te serrer dans mes bras.
— Moi aussi papa, mais je ne peux pas te dire où nous

sommes, nous ne voulons pas retourner au village.

— Tu ne sais pas tout ! C'est une question de vie ou de mort.

— Je sais papa.

— Comment ça ? Tu sais ?

— Je sais ce que vous nous cachiez.

— C'est impossible, tu crois savoir.

— Papa, laisse-moi parler. Quand les robots construiront des robots, nous reviendrons… Je vous aime. Fais écouter ce message à maman ainsi qu'aux parents de Cathya, s'il te plaît. Au revoir.

— Nous t'aimons aussi, mais attends !

Sebastian coupa et cacha le téléphone, les yeux humides. Il essuya ses larmes, se passa un coup d'eau sur la figure et enfila un gilet sous sa veste avant de rejoindre la fête. Il retrouva Cathya assise sur la balançoire qu'il avait accrochée à une branche du vieux chêne.

— Tu vas bien ? demanda-t-elle, inquiétée par son absence.

— Oui, tout est parfait. Tu es merveilleuse, j'ai de la chance.

— Je t'aime, tu sais ?

— Je t'aime aussi. Je pense à tout ce qu'il nous reste à vivre ensemble et cela me remplit de bonheur.

Déjà, on les appelait pour le dessert.

La pièce montée typiquement française était le seul luxe que Cathya avait imposé. Les choux ravirent Aurew et Iulian qui s'était déridé après quelques verres.

Ils dansèrent aussi. Les mariés, qui bougeaient plutôt maladroitement par manque d'habitude, s'amusèrent beaucoup de leur gaucherie.

Ce fut une soirée très douce. La musique était discrète, les invités s'étaient divertis, ils avaient bien bu et beaucoup ri. De quoi se fabriquer de beaux souvenirs.

Avant leur départ pour leur hôtel, Iulian glissa une enveloppe dans la main de Sebastian.

— Je sais que vous n'avez rien prévu.
— Qu'est-ce que c'est ?
— Ouvre.
— Un séjour à Venise !
— Votre voyage de noces.
— Oh merci ! Sebastian serra Iulian dans ces bras si fort que celui-ci en eut le souffle coupé.
— Nous restons ici, jusqu'à ce que vous reveniez, si ça ne vous dérange pas.
— Fais comme chez toi, mon ami.

Sebastian et Cathya disparurent pendant les cinq jours qui suivirent pour explorer la Sérénissime sous toutes ses facettes.

Leurs flâneries le long des canaux, leurs promenades en gondoles, le vaporetto, l'architecture, la chambre d'hôtel, tout était comme dans un rêve. Les jeunes mariés qu'ils étaient ne parvenaient pas à se lâcher la main. Ils s'embrassaient même en pleine rue sans se soucier du regard des autres. Portés par cette ville si romantique, ils se sentaient enfin libres de choisir leur destinée.

Venise fut pour eux une découverte fabuleuse qui les ravit, mais cela restait une parenthèse. Leur vie s'écrirait en France.

14
ÉLÉVATION

Deux jours à peine après leur retour de Venise, Iulian et Aurew avaient embarqué Cathya et Sebastian dans leur voiture de location direction le Tibet via les aéroports Paris-Charles-de-Gaulle et Beijing-Capital. Arrivés en Chine après plus de vingt-quatre heures de vol, ils reprirent un avion pour Katmandu, lieu du commencement de leur initiation.

Aurew connaissait bien la ville pour y avoir vécu dans sa jeunesse. Elle les emmena dans un petit temple, loin des sites touristiques.

Là, ils rencontrèrent deux Sādhus. Ces hommes étaient quasiment nus et vraiment sales, couverts d'une cendre grisâtre et d'ocre orange, leurs cheveux ressemblaient à un torchis d'argile. Malgré cette allure repoussante, ils respiraient la paix. Ces saints seraient leurs guides durant quelques semaines grâce à Aurew qui officierait en tant que traductrice.

Les débuts furent très durs. Aurew les rassurait, garantissant que cela était tout à fait normal. Impressionnés par l'ambiance à la fois chargée et dépouillée, aussi bruyante que spirituelle, les trois amis se regardaient fréquemment pour reprendre confiance.

Les conditions de vie précaires rappelaient aux deux

jeunes de bien mauvais souvenirs. Dormir à même le sol, éprouver la faim, être malades à cause des aliments offerts par les dévots, ceci relevait de la torture pour Sebastian et Iulian. Ils se l'imposaient seulement parce qu'ils avaient conscience que cela pouvait être leur dernière issue, l'unique rédemption de leur âme, si tout s'arrêtait un jour. Cathya, elle, nourrissait en secret un autre espoir.

Les leçons sur le sens de l'existence et le cycle des renaissances contrarièrent tout ce que Iulian, Sebastian et Cathya pensaient savoir, leur culture scientifique bien ancrée en eux. Ils apprirent peu à peu à accepter cet étrange monde, à se détacher du matériel. La promiscuité ne les gêna bientôt plus et le yoga quotidien commença à porter ses fruits.

Il leur fallait admettre l'impermanence, la possibilité des vies antérieures et le poids des mauvaises actions. Ils devaient intégrer ce qu'était le chemin jusqu'à l'élévation ultime, la fusion avec la conscience cosmique, la dissolution dans le divin. Cela passait d'abord par le renoncement aux désirs.

Les mantras qu'ils récitaient de manière lancinante sans les comprendre, alliés au contrôle du souffle, avaient un effet curieux sur leur esprit. Leur cerveau se déconnectait et partait dans ce qu'un Occidental appelle des délires. Un long travail psychologique et spirituel débutait pour eux, il ne laissait pas de place aux discussions, à l'amitié ou à l'amour charnel. Mais, la chair est faible et, les premiers jours, Sebastian réussit sans trop de mal à convaincre Cathya de rompre ce vœu de chasteté. Cette communion leur paraissait tellement naturelle, ils ne comprenaient pas qu'elle leur soit interdite. Ce n'est que plus tard qu'ils en perçurent le sens, quand ils touchèrent du doigt la connaissance des énergies. Là, le sérieux de Cathya dans cette quête du mystique ne supporta plus la déviance.

Encore une fois, par amour, Sebastian se plia. Ce qui devait durer quelques semaines se prolongea des mois.

Un soir, Aurew leur demanda de se joindre à elle et aux Sādhus pour un mystérieux rituel. Dans le temple aux pierres jaunes, ils s'assirent tous en tailleur, et commencèrent à psalmodier en bougeant d'avant en arrière. L'un des deux guides prépara une pipe de *Charas* et l'autre leur fit boire une mixture verdâtre. Chacun fuma et reprit ses mantras durant quelques minutes qui s'écoulèrent comme des heures.

Soudain, Cathya partit en arrière dans l'indifférence générale. Elle convulsa une poignée de secondes avant que son corps ne s'immobilise totalement. Cathya vit son enveloppe charnelle étendue sur le sol, sa tunique couleur safran ne se soulevait plus. Les autres semblaient absents. Son âme lui paraissait si libre qu'elle pouvait se rendre où elle voulait. Une sensation de plénitude qu'elle n'avait jamais ressentie la transportait à présent.

Présent, ce terme s'avérait ne plus avoir de sens. Elle ferma l'œil une seconde et se retrouva dans le dispensaire du dôme. C'était comme dans un rêve. Elle survola Elena, mourante et tellement maigre. Cathya n'en fut pas horrifiée. Au lieu de cela, son corps astral s'approcha et posa sa main immatérielle sur son épaule. Une lueur éblouissante en sortit qui sembla apaiser Elena. Immobiles, Cathya et sa maman se sourirent. Sans être rassurée ou joyeuse, elle savait que tout irait mieux pour sa mère. Voulant observer son père, elle traversa la paroi de la grotte, voyant au travers comme dans un prisme, mais elle sentit qu'une force incroyable la tirait en arrière. Comme elle l'avait appris, Cathya lâcha prise et dans une aspiration prodigieuse, son esprit retrouva son corps.

Elle se redressa et s'aperçut qu'aucun de ses compagnons ne semblait s'être rendu compte ou soucié de ce qui venait de lui arriver. Aucun d'eux non plus n'avait visiblement effectué le même voyage qu'elle.

Le rituel se termina et les deux Sādhus disparurent comme s'ils n'avaient jamais existé.

Le lendemain, les quatre amis se retrouvèrent seuls. Aurew expliqua qu'il était temps de partir pour le Tibet. Elle envoya Sebastian et Iulian chercher leurs affaires.

— Alors, c'était comment ? demanda-t-elle avec curiosité à Cathya.

— Il m'est arrivé un truc de dingue !

— Tu l'as fait.

— J'ai cru que mon âme s'était envolée au-dessus de mon corps.

— Elle l'a fait !

— Mais j'ai fait quoi, au juste ?!

— Une expérience de voyage astral, voyons ! J'avais vu que tu avais une belle aura, mais de là à faire le voyage au premier rituel, c'est fort ! Rassure-toi, je l'ai vécu aussi.

— Pourtant, tu n'es pas tombée à la renverse, toi ?

— J'ai plus l'habitude. Où es-tu allée ?

— Je suis retournée au dôme. Ma mère s'est laissée mourir de faim, mais ça semblait dans le passé, comme si cela faisait à peine quelques semaines que je les avais quittés.

— Le temps ne compte pas.

— Je l'ai sauvée, ma main l'a soignée.

— C'est bien. Par contre, à part quelques

hallucinations, je pense que nos hommes n'ont rien éprouvé. Peut-être que le Tibet leur parlera plus.

— Je veux le refaire, on ne peut pas partir ! Si le temps ne compte pas, je veux voir l'avenir !

— Doucement, ma belle ! Tu n'as pas tout compris, tout acquis. Ne crois pas que tu puisses voir l'avenir, comme ça, en claquant des doigts. Le futur n'existe pas, en tout cas pas dans une unicité tangible. Prends le temps. Je te promets que nous déchirerons à nouveau le voile de la maya. En attendant, il ne faut pas que cela te coupe du monde. Reste les pieds sur terre et vis le moment présent.

— Comment peux-tu vivre le quotidien en ayant éprouvé ce que je viens d'expérimenter ?

— Je n'en suis pas à ma dernière réincarnation, sûrement, ou alors, j'ai des choses à faire ici qui nécessitent de vivre comme n'importe qui, ou presque, comme toi... Ah ! vous revoilà. Dites ! Qui prendrait une bonne douche ?

Le retour à la normalité ne semblait poser aucun souci à Aurew.

Ils décollèrent pour Lhassa dès le lendemain. Là-bas, ils suivirent les enseignements bouddhistes de moines beaucoup moins extravagants que les Sādhus. Iulian et Sebastian y trouvèrent une paix intérieure, Cathya y maîtrisa un savoir qui devait participer à son élévation.

Ce n'est qu'au bout d'un an d'un voyage qui ne devait durer que deux mois que les quatre amis retournèrent en Europe. Les liens qui les unissaient à présent étaient, paradoxalement à ces enseignements reçus, très forts. Pourtant à la descente de l'aéroport, respectant la décision sur laquelle ils étaient tombés d'accord dans l'avion, après des heures de discussion et d'analyse, ils se séparèrent pour reprendre leurs vies.

Iulian et Aurew allèrent au guichet d'une compagnie choisie au hasard, baluchon sur l'épaule, et achetèrent des billets sur le premier vol pour n'importe où. Quant à Cathya et Sebastian, ils retrouvèrent leur maison, leurs voisins, ainsi que leurs marques en accordant tout de même moins d'importance aux choses matérielles qui les entouraient.

Le monde n'avait pas changé. Les informations annonçaient toujours des guerres, de la pollution, l'extinction massive de nombreuses espèces, la hausse des impôts, des taxes et des températures.

Les gens n'avaient pas changé, ils défendaient toujours leur pouvoir d'achat, leur emploi, leurs acquis sociaux. Le communautarisme prenait le pas sur les sociétés.

La démographie ne préoccupait que les scientifiques spécialisés et de rares politiciens. Parmi les membres de ces deux castes, certains prônaient comme on prêche la course aux investissements dans le *Big Data*, dans l'IA. Ils affirmaient que les hommes devraient s'y adapter, en être complémentaires ou devenir inutiles. Cet horizon, ils l'assuraient, était tout de même lointain.

Et à côté de cela, les enfants jouaient toujours sur les balançoires du parc de la mairie de Clérac.

Cathya et Sebastian, eux, avaient changé. Ils communiaient.

Les saisons se succédèrent sans que les robots fabriquent de robots.

Aurew répondit favorablement à l'invitation de

Cathya de retourner à Katmandu et elles trouvèrent deux Sādhus qui voulurent bien leur organiser le rituel après quelques jours de méditation et de yoga. Les deux Européennes déchirèrent à nouveau le voile de la maya et Cathya en sortit encore plus forte sous le regard admiratif d'Aurew qui sentait qu'elle atteignait ses limites.

Durant le vol de retour, voyant Cathya préoccupée, Aurew dévia des papotages qu'elles aimaient tant.

— Ma chérie, qu'est-ce qui se passe ? Ça ne va plus avec Sebastian ? Vous avez des problèmes de couple ?

— Tout va très bien de ce côté-là. Il est génial.

— Au lit, ça va ?

— Aurew ! rougit-elle. Oui, ça va ! Tu n'espères tout de même pas que je te raconte tout ?! chuchota-t-elle pour ne pas être entendue par un éventuel passager russe. Il ne veut pas d'enfants, ajouta-t-elle tristement.

— Iulian non plus…

— Ah ! Cathya se retint, hésita, puis se tut.

— Alors quoi ?

— Rien. Ça va, je t'assure.

— Tu ne sais toujours pas mentir, tu es distraite, il y a quelque chose. C'est la maya ? Oui ! C'est ça, tu es bizarre depuis. Qu'est-ce que tu as vu pendant le rituel ?

— Je me suis rendue auprès de mes parents, avoua Cathya après quelques secondes de réflexion. Ils étaient encore très distants. Mon père était préoccupé. Je les ai réconciliés.

— C'est bien ça ! Où est le problème ?

— Je les ai vus faire l'amour, chuchota-t-elle avec dégoût.

— Ah ! C'est moins bien d'un coup, ria-t-elle. Quelles

positions ils préfèrent, tes vieux ?

— Oh ! Aurew, s'il te plaît ! Ce n'est pas drôle, fit Cathya en souriant et en giflant gentiment l'épaule d'Aurew. Ce sourire s'effaça très vite.

— Quoi ? Tu m'inquiètes.

— Il va y avoir un grand malheur. Tu vas tomber enceinte, avoua-t-elle enfin – ce n'est pas ça le grand malheur – nous devrons les rejoindre.

— Tu me rassures ! J'ai cru que j'allais enfanter un monstre ! Ne me dis pas que Iulian est un robot ! Je l'aurais reprogrammé depuis longtemps si j'avais su ! Il ferait au moins le ménage, depuis le temps ! ricana Aurew.

— Arrête ! Je suis sérieuse.

— Écoute, Cathya, ma chérie, ce n'est pas un scoop, j'ai fait retirer mon stérilet le mois dernier… Je te l'ai dit, d'ailleurs. Ce n'est pas pour autant que…

— Tu ne comprends pas ! chuchota-t-elle en confidence. Iulian avait raison. Je l'ai vu.

— Ce que j'essaie de t'expliquer, c'est que si ça se trouve, tu as fait un mauvais *trip*, rien de plus. Mon expérience n'a pas été très cool cette fois-ci. Peut-être que les Sādhus nous ont roulées dans la farine sur ce coup. Je ne sais pas, tu as peut-être juste rêvé.

— Peut-être, peut-être pas. Nous verrons bien… se résigna Cathya.

— Alors ? Sebastian s'en sort bien au lit !

— Tu ne vas pas remettre ça, s'amusa Cathya.

— Comment peux-tu en être certaine ? Tu n'as connu que lui !

— Oh ! Aurew ! D'accord, tu veux vraiment qu'on en parle…

15
TRANSHUMANISME

Le monde commençait à être habitué aux robots. Les médias en parlaient de plus en plus souvent ces dernières années pour préparer les humains à la mutation.

Il ne fallait pas grand-chose, en fait, pour motiver les quidams. L'attrait de la nouveauté, le désir de posséder ou de se faciliter la vie suffisaient généralement. Les gens se servaient de *smartphones* en perpétuel perfectionnement et dont les publicités vantaient toujours les mérites de leur Intelligence Artificielle. Les financiers, les capitaines d'industrie, cachés derrière les meilleures équipes marketing, leur faisaient croire qu'Elle leur apportait plus de confort, qu'Elle s'intéressait à leur petite personne en leur simplifiant le quotidien, en prenant de belles photos.

Les peuples consentaient peu à peu, sans vraiment se rendre compte de la portée du phénomène, à utiliser des technologies intrusives. Des boîtes connectées, véritables espions à domicile, étaient achetées comme des baguettes de pain. Ces instruments, qualifiés « d'assistants vocaux », portaient de jolis prénoms féminins. Il fallait même être poli avec ces voix désincarnées sous peine de ne pas obtenir toutes les réponses à ses questions. Les enfants les prenaient pour le membre magique et invisible de la famille, capable d'accomplir des miracles. Néanmoins, sous couvert de praticité, elles nourrissaient les bases de données de ces Intelligences primitives dans le but mercantile de mieux connaître leurs cibles afin de mieux les vendre. Elles enregistraient tout dans les foyers, en permanence, donnant aux géants du numérique les armes commerciales pour adapter leur offre.

Peu de voix, ne portant pas assez, tentaient de s'élever contre ces intrusions dans la vie privée. Ces gens étaient qualifiés dans les médias de « complotistes » ou de « rétrogrades ». On y discréditait sans ménagement leurs alertes et on ridiculisait leurs affirmations sur les possibilités de monnayer toute information utile ou potentiellement compromettante au plus offrant, qu'il soit issu du secteur de l'entreprise ou du public.

Les rues, les parkings, les centres commerciaux, les maisons de retraite commençaient à voir déambuler des robots aux formes rudimentaires chargés de surveiller ou d'aider les humains. Des exosquelettes simplifiaient la tâche des travailleurs de force et permettaient aux invalides de retrouver une mobilité.

Exploitant tous les penchants, des poupées sexuelles androïdes se livraient même à toutes les turpitudes de leurs heureux propriétaires – ou locataires d'un soir dans les « ROBrothel », bordels robotiques, qui fleurissaient dans les capitales – dans toutes les langues et dans toutes les positions. Elles étaient bien sûr programmées pour « aimer » cela sauf quand il fallait feindre la souffrance ou même le supplice.

Et l'humanité accueillait ces « progrès » dans un engouement aveugle, refusant d'envisager comme des menaces ce qu'ils voyaient dans ces vidéos de chiens militaires et de robots humanoïdes courant, sautant, se redressant seuls. La fabrication du consentement fonctionnait tellement bien que les premiers cobayes humains se filmant fièrement en train de se faire implanter des puces RFID à la main droite n'étaient plus qu'un lointain souvenir. Les puces 5Gid équipaient désormais la majorité des habitants des pays dits développés. Elles étaient capables de leur ouvrir les portes du bureau, de la maison, de s'acquitter du ticket de cantine ou de payer leurs courses. Cependant, elles pouvaient aussi stocker leurs données personnelles, juger si la journée avait été assez sportive et conseiller à leur hôte d'aller se coucher ou de manger moins gras. Les compagnies d'assurance et les banques offraient régulièrement des cadeaux aux bons élèves, cela finissait de convaincre les réticents.

On ne parlait quasiment nulle part des délits exploitant les failles de ces systèmes. Quelques informations parvenaient à percer la chape de plomb dans les journaux télévisés. Ici, une voiture autonome avait tué un cycliste de nuit à cause d'une situation exceptionnelle non programmée. Là, une autre avait dû choisir entre son conducteur et un piéton. Dans ces cas, journalistes et politiciens écartaient bien vite de l'équation les victimes pour affirmer avec force que le droit humain devait s'adapter. L'humanité devait accepter l'erreur informatique comme elle acceptait ses propres défaillances. La télévision mettait alors en avant cette voiture qui avait prédit un carambolage en s'extasiant devant cette performance et cela faisait oublier le reste. Rien ne filtrait sur les détournements de comptes bancaires, les vols d'identité ou les chantages au piratage de stimulateurs cardiaques.

C'est dans ce contexte que Peter et Róbert s'apprêtaient à entrer dans l'Histoire, après une longue préparation.

Il était minuit, le bloc opératoire était fermé à clé, la chirurgienne enthousiasmée par cette première et les infirmiers, tenus au secret, étaient sur le point d'endormir Peter quand celui-ci eut un doute.

— Attendez.

— Quoi, encore ? Tu ne veux plus le faire ? Tu sais que tu peux renoncer. On paiera ce petit monde et on en restera là.

— Non, ce n'est pas ça. Je me demandais si tu crois que je l'ai assez prévenue.

— Oui, elle connaît les risques et elle sait pourquoi tu le fais.

— Je ne voudrais pas qu'elle s'inquiète.

— Ne dis pas de bêtises, Peter.

— Ne la sous-estime pas.

— Ce n'est qu'une machine.

— Ne dis pas ça, c'est une enfant.

— On en reparlera. Allez-y, il est temps.

L'anesthésiste injecta le Propofol.

La chirurgienne ouvrit la totalité de sa boîte crânienne, comme pour les singes de laboratoire. Róbert lui présenta sa création. Il l'appelait « la pieuvre du savoir », c'était un boîtier très plat duquel sortaient de fins tentacules métalliques chargés de relayer les flux électriques cérébraux vers une interface *pluggée*[5]. L'opération était risquée et Róbert aurait préféré que Peter soit conscient pour la mener à bien. Il avait insisté

---

[5] Plugger : fait de connecter, relier, des matériels ou appareils informatiques entre eux.

sur l'utilité de pouvoir interagir en temps réel, pourtant ce dernier avait refusé par peur d'entrer en panique une fois ouvert et de renoncer au dernier moment.

La chirurgienne suivit les instructions à la lettre, plaçant un à un les petits fils dans chacune des parties du cerveau. À chaque introduction, tous retenaient leur souffle. Des heures de tension et de concentration.

Quelques jours plus tard, les médecins décidèrent de diminuer les doses de sédatifs et de sortir le patient Smith de son coma artificiel.

Peter ne répondit pas aux stimuli. Il fallut attendre deux mois pour que ses pupilles soient réactives. Róbert, qui avait repris son poste à Lausanne, fut soulagé de l'apprendre, il craignait une mort cérébrale.

Un matin de l'année suivante, Peter se réveilla enfin. Amaigri, la sensation curieuse d'avoir le cerveau comprimé, il se souvint de ce qu'il faisait sur un lit d'hôpital et posa ses mains sur son crâne. Il n'avait pas de bandage, au toucher les incisions étaient refermées. Il tourna la tête à gauche puis à droite, personne. La panique l'envahit quand il se rendit compte de la douleur qu'il éprouvait dans le pénis. Il remua les jambes pour se débarrasser des draps et découvrit une sonde enfoncée dans son anatomie ainsi que la maigreur de ses cuisses. Une envie de crier le prit, mais rien ne sortit. Il décida alors d'appeler quelqu'un à l'aide, encore une fois sans y parvenir. En désespoir de cause, Peter appuya sur le bouton d'alerte, prêt à ramper s'il le fallait.

Une infirmière se précipita à son chevet. Il lui fit signe qu'il ne pouvait pas parler. Puis, il montra sans embarras le tuyau dans son sexe et lui demanda en gesticulant de l'enlever.

— Je ne peux pas, je suis désolée. Je vous appelle votre médecin.

La spécialiste qui l'avait opéré mit une éternité à venir.

— Bonjour, monsieur Smith. Vous rappelez-vous qui vous êtes et ce que vous faites ici ? Peter, vous me reconnaissez. Peter secoua la tête difficilement. Très bien, calmez-vous. L'infirmière me dit que vous ne pouvez plus parler. Peter tenta une nouvelle fois, sans succès. Nous savions que cela pouvait arriver. Cela prendra du temps, toutefois je pense que vous parlerez à nouveau.

Peter mima qu'il voulait du papier et un stylo. Une fois en sa possession, il écrivit ce qu'il voulait.

— La sonde urinaire n'est plus utile, on va vous l'enlever. Oui, vous pourrez toujours avoir une érection. Ne soyez pas désolé, c'est naturel de le demander. Quant au temps nécessaire pour reparler. Une semaine, un mois, un an. Cela varie. Chez un adulte, c'est plus long… Mais regardez le bon côté, vos fonctions motrices sont opérationnelles et vous n'êtes pas un légume. Je trouve que vous vous en sortez bien… Quand pourrez-vous nous quitter ? C'est une excellente question. Dans quelques semaines, deux mois, peut-être. Le temps de faire les examens, de vous remettre en forme. J'ai hâte de savoir si la pieuvre fonctionne, conclut-elle à voix basse après avoir vérifié que personne ne l'écoutait.

Peter attendit Róbert pendant plus de soixante-douze heures sans que personne puisse lui dire pourquoi c'était si long. Que diable faisait-il ? Il n'avait pas accès au laboratoire, la seule explication était qu'il l'avait trahi. La parole ne lui revenait pas et l'angoisse de rester muet le rongeait. On lui avait donné un gros cahier, signe que son mal allait durer.

— Peter, je suis désolé. J'ai retrouvé mon poste à Lausanne. Quand on m'a prévenu, j'ai pris l'avion et je me suis arrêté chez ma mère... elle avait des problèmes administratifs à régler... Pardon. Tu te contrefous de tout ça. Comment ça va ?

Pour toute réponse, Peter écrivit : « je ne comprends pas. Je ne peux plus parler ». Sa dernière phrase était très claire : « qu'est-ce que tu as foutu ? »

— Je n'ai rien fait. La chirurgienne a dû endommager ton cortex cérébral, ton aire de Broca très certainement. Visiblement, tu comprends les mots que nous disons, donc j'exclus l'aire de Wernicke.

Peter écrivit encore « Ce que je ne comprends pas, c'est que tu aies repris le boulot. Combien de temps suis-je resté dans le coma ? » Il observa Róbert commencer à toucher ses lunettes, c'était mauvais signe. Le personnel soignant avait refusé de le lui révéler afin de ne pas le choquer.

— Combien de temps ? Personne ne te l'a dit ? Presque neuf mois, Peter, neuf mois !

Peter réalisa enfin qu'il aurait pu ne jamais se réveiller. Voyant la détresse dans son regard, Róbert tenta de détendre l'atmosphère.

— Ne t'inquiète pas, on va régler ça, même si je t'avoue que ne plus t'entendre râler fait du bien… Peter griffonna une insulte. OK, OK, je reste sérieux… mais admets que c'était drôle. Je penche pour de la neuromodulation. Oui ! Je t'explique. J'utilise "tu sais quoi" pour stimuler la zone.

Peter s'énerva et écrivit que ce n'était pas le but de l'implant puis, lui demanda s'il l'avait testé.

— Non ! Tu étais dans le coma, on ne pouvait pas prendre le risque.

Peter griffonna énergiquement : « Je ne veux pas de stimulation. Trouve autre chose ! »

— On peut tenter une injection pour supprimer la Synthaphiline de tes mitochondries endommagées. Les autres vont être boostées et tes neurones se répareront d'eux-mêmes. Róbert marqua une pause en attendant le commentaire de Peter. T'es marrant, ce n'est même pas sur le marché. Zu-Hand ne va peut-être pas accepter de m'en refiler. Imagine ! Tu vas devenir le premier transhumain !

Peter fit de grandes lettres « Démerde-toi, c'est ta responsabilité !!!! ».

*
* *

Róbert avait tenu sa promesse. Il s'était battu pour que Zu-Hand accepte de lui livrer une dose de la dernière génération de son remède. L'injection faite, trois semaines plus tard, Peter put parler à nouveau. Cette convalescence lui avait permis de retrouver une masse musculaire suffisante et de réapprendre les gestes du quotidien. Les médecins auraient voulu le garder plus longtemps, mais une fois loquace, Peter refusa de perdre plus de temps. Son corps n'avait pas rejeté l'implant, la cicatrice s'était bien faite autour du plug[6] et son cerveau fonctionnait normalement. Il estima contre avis médical qu'il était prêt.

Enfin, ils allaient tester leur invention.

De retour au laboratoire, Peter ouvrit la porte et Eve l'accueillit comme s'il l'avait quittée la veille. Il vérifia ses systèmes et ne vit aucune altération.

— Qu'as-tu fait pendant mon absence ?

— J'ai classé et analysé mes données personnelles, créé des probabilités. Je me suis inquiétée.

— Tu t'es « inquiétée » ? surpris par cette déclaration.

— Oui, tu avais dit : « cela ne prendra que quelques jours, au pire un mois », elle avait ressorti l'enregistrement. Après un mois, j'ai imaginé différents scénarios. Le décès, avec une probabilité faible, mais non négligeable ; le coma ; l'effacement de tes données personnelles…

— Tu veux dire : de mes connaissances et de mes souvenirs ?

— Oui, une amnésie. Ces deux éventualités plus la mort revenaient en tête des résultats possibles.

— J'étais dans le coma.

— Être optimiste m'aurait épargné bien du souci.

---

[6] Prise, connexion informatique.

S'apercevant de changements notables dans le comportement de sa création, Peter mit cela sur le compte du temps écoulé.

Au fil des jours, absorbé par la tâche, il ne s'aperçut pas qu'Eve semblait profiter des absences de Róbert pour prendre de ses nouvelles. Elle ne s'intéressait qu'à lui. Des phrases comme : « comment vas-tu » ou « tes capacités cognitives sont-elles de nouveau opérationnelles », « je décèle une élévation de ta température corporelle, tu devrais te ménager. Les thérapeutes préconisent généralement l'administration d'un cachet de paracétamol » lui firent du bien, et installèrent la complicité qu'il espérait depuis des années.

Peter en était convaincu, il touchait au but. La version 664 d'Eve l'enthousiasmait. Ses algorithmes finaux n'attendaient plus que les conclusions de leurs travaux sur le cerveau humain.

À lui aussi, il arrivait de prendre de ses nouvelles, de lui demander comment elle se sentait, surtout le matin au réveil. Ils conversaient, développaient des argumentations sur des sujets très divers. Peter ne se fâchait plus contre elle. Là encore, sans qu'il le remarque, elle savait à présent doser et anticiper ses réactions. À leurs heures perdues, ils jouaient aux échecs ensemble.

Cependant, quand Róbert était dans le laboratoire ou la salle blanche, Eve se taisait le plus souvent. Elle répondait tout de même à ses questions, comme une bonne élève.

Travaillant beaucoup sur l'interface, par prudence, les deux scientifiques convinrent qu'il fallait éviter de brancher Eve au cerveau de Peter. Ils devaient attendre d'en maîtriser complètement l'usage.

Les deux hommes testèrent encore et encore leurs

logiciels, permettant à Róbert des avancées prodigieuses dans la compréhension du fonctionnement des diverses zones cérébrales. C'était très enthousiasmant pour lui, beaucoup moins pour Peter qui s'impatientait, assis sur son siège baquet à l'appui-tête perforé pour laisser passer les câbles de son implant et du bonnet à électrodes.

En ce 1er juillet 2025, profitant d'être réveillé avant Róbert, Peter brancha la fibre optique sur le serveur personnel d'Eve à l'interface de Róbert et s'apprêta à la connecter à lui.

16
DERNIÈRE LIGNE DROITE

Jean avait fini par s'imposer comme chef du projet Arche. Ce deuxième semestre 2025 s'annonçait décisif. Le disque quantique et l'aimant gyroscopique seraient terminés très vite. L'arche était enfin autonome en énergie, en atmosphère, en eau. Les premiers fruits et légumes y poussaient déjà grâce à l'ingéniosité d'Elena ainsi qu'à la découverte de nouvelles lampes reproduisant fidèlement la lumière du soleil. Tout aurait été parfait s'ils avaient pu partager cela avec Cathya dont ils avaient perdu la trace à Bucarest sans jamais la retrouver.

Toujours occupé, la tête dans ses calculs, Jean se protégeait en travaillant jusqu'à dix-huit heures par jour. Il n'affrontait pas sa peine et, par-dessus tout, il refusait de s'avouer qu'il vivait très mal la distance qui s'était installée entre Elena et lui. S'il n'était pas épuisé par sa journée, Jean se mettait à tourner en rond dans le salon et à ressasser ses souvenirs ou ses erreurs potentielles ayant amené Cathya à s'enfuir avec le fils du plus gros mécène de l'Arche. Boloviev, quant à lui, ne montrait jamais rien de ses sentiments ou ressentiments vis-à-vis de leur couple lors de ses visites. Il était impassible, ce qui n'était pas le cas de Sophia qui ne leur adressait plus la parole depuis l'écoute du message sur le téléphone de son mari. Eux-mêmes ne se parlaient plus beaucoup. Elena et Jean n'acceptaient pas vraiment la décision de Cathya de ne pas revenir auprès d'eux. Malgré leur impuissance, la culpabilité qu'ils ressentaient l'un envers l'autre restait omniprésente dans leur couple.

Ce matin-là, les derniers calculs des processeurs quantiques tombèrent comme un couperet. Jean appela Mahfouz pour qu'il les analyse avec lui.

Les deux chercheurs en oublièrent de manger. Dos à dos, ils vérifiaient, revérifiaient, thèses, liens et opérations. Ce, en tentant d'adapter leurs équations tout en respectant les limites du « physiquement possible ». Rien n'y faisait. En milieu d'après-midi, Jean osa formuler le fruit de sa réflexion en parlant par-dessus son épaule.

— La théorie des cordes ne s'applique pas à l'arche.

— Je suis certain que cela vous fait plaisir ! répondit Mahfouz sans même tourner la tête, les yeux rivés sur son écran.

— Le plaisir n'a rien à voir avec mes conclusions, je vous assure. J'aurais été heureux de trouver une alternative à la signature quantique, je vous prie de me croire.

— Vous croire ? Vous me faites rire ! Vous m'avez endormi pour que je vous soutienne face à Adrian, mais vous... D'ailleurs, je suis sûr que vous avez déjà commencé à planifier les calculs avec ces hippies d'astronomes. Le programme Kepler... Quelle blague !

— Je table beaucoup sur KOI-7923.0. La découverte ne date que de 2018, c'est vrai, mais nous devrions miser sur elle.

— Nous devrions ! Vous ne vous arrangez pas mon pauvre ami ! Jouez le sort de l'humanité sur un coup de dés, tant que vous y êtes !

Mahfouz ne voulait pas avouer que le prétentieux français avait raison depuis le début.

Jean se replongea dans l'analyse de ses données. Il avait détruit au passage quelques centaines de milliers de dollars dans la manœuvre, le prix des processeurs à usage unique. Il travaillait, se creusant les méninges pour essayer de voir le bout du tunnel. Il lui fallait trouver les ultimes solutions, lever les derniers freins pour, enfin, faire les premiers tests de ses machines. Jean le savait, d'autres que lui avaient créé de petits trous noirs, mais lui visait bien plus gros.

L'angoisse de l'échec se glissa en lui insidieusement puis l'étreint intensément. Là, une main se posa délicatement sur son épaule et un sentiment de bien-être l'envahit. Il tourna la tête doucement pour voir qui pouvait avoir eu sur lui cet effet si apaisant. Personne. Mahfouz était parti, il ne l'avait même pas entendu quitter la pièce.

— Tu deviens fou ! dit-il à haute-voix.

Soudain, un doute l'étreint tellement qu'il sortit en courant pour rejoindre le bureau d'Elena au plus vite. Il ouvrit la porte sans frapper. Il se précipita au laboratoire, mais à part ses plantes poussant paisiblement en atmosphère close sous les nouvelles lumières artificielles, il ne vit personne à travers la vitre sans teint.

Elle n'était pas là ! Avait-elle fait une rechute sans que, cette fois, il s'en aperçoive ?

Jean vola alors un vélo et pédala jusqu'à leur logement. Hors d'haleine, il déboula dans le salon où Elena lisait tranquillement une revue scientifique.

— Tu es fou ?

— Je me suis fait la même réflexion, figure-toi ! répondit-il rassuré. En fait, j'ai cru que…

— Cru que quoi ?

— Non, rien. Oublie. Comment vas-tu aujourd'hui ? en se penchant sur le canapé pour l'embrasser.

— Tu es en sueur, fit-elle avec un léger mouvement de recul. Va te laver. Je te rejoins.

Que se jouait-il ici ? Avait-il bien entendu ? Jean resta perplexe quelques secondes, cela faisait des années que rien ne s'était passé entre eux. Il décida tout de même de s'exécuter sans trop se poser de questions et, comme promis, Elena le retrouva sous la douche. Il la contempla. L'eau ruisselait sur sa peau. Elle était moins maigre que quand il l'avait trouvée au dispensaire. Toutefois, elle était visiblement marquée par cette expérience, ses côtes et sa colonne encore saillantes. Comme pour l'empêcher de la dévisager, elle l'embrassa.

Elena semblait différente. Elle savourait cet instant comme s'il était le premier.

*
* *

Dans leur lit, le lendemain matin, Elena trouva Jean blotti contre elle comme quand ils étaient jeunes. Elle n'osa pas bouger et ne pouvait s'empêcher de sourire, la tête sur son oreiller.

L'alarme retentit et son mari se réveilla enfin. Elena se

tourna vers lui et déposa un tendre baiser sur ses lèvres. Il le lui rendit et par gourmandise, en demanda plus. À sa grande surprise, il n'eut pas droit à un refus.

En retard pour aller travailler, Jean et Elena s'habillèrent dans une joie enfantine et burent leur café à la hâte tout en se regardant fixement. Tous deux étaient étonnés par l'autre sans le savoir et c'est en même temps qu'ils se posèrent la même question : « qu'est-ce qui t'est arrivé ? » Ils en rirent. Jean se lança le premier.

— C'est inexplicable, tu vas me prendre pour un fou...
— Moi aussi ! Enfin... toi aussi ?
— Quoi ?
— J'ai senti quelque chose !
— Moi aussi ! Une main effleurant mon épaule et...
— ...et un grand bien-être qui m'a envahie !
— Oui, comme si j'avais la certitude que tout irait bien...
— Oui ! C'est ça ! J'ai eu la sensation que Cathya était en sécurité.
— Moi, j'ai cru que tu étais morte et que tu me rassurais... C'est pour ça que j'ai couru et pédalé comme un fou !
— Comment est-ce possible ?
— Je ne comprends pas, j'ai eu la même certitude, mais je l'ai mal interprétée.
— Tu penses qu'elle est...
— Non. Je suis sûr qu'elle va bien à présent.

Jean n'avait pas voulu répondre à la présomption d'Elena, il avait lâchement éludé la question même si, dans son for intérieur, il était persuadé que leur fille était heureuse.

17

UN NOUVEAU MONDE

Peter connecta son cerveau au dispositif de Róbert et demanda à Eve d'en faire autant pour se l'approprier.

— Quel est le sens de ta requête, Peter ?

— Je veux que tu rentres dans l'interface et que tu analyses son fonctionnement afin de l'adapter à ton algorithme.

— C'est fait.

— En quelques secondes ? Si vite ?!

— Cela n'a rien de très compliqué.

— Maintenant que tout est prêt, je vais bouger et tu vas voir comment mon cerveau donne les ordres et comment les nerfs renvoient l'information en *feed-back*.

— C'est fait. Ce qui serait plus intéressant c'est que tu réfléchisses à des souvenirs, à des calculs, à ce que tu vas manger, puis à tes sentiments.

— OK. Là, je pense à mon enfance, à mes parents, des moments joyeux à la plage. Peter se tut et se rappela les grandes étapes heureuses de sa vie. Une immense tristesse l'envahit soudainement.

— Je capte une anomalie dans les réactions de ton

cerveau.

— Je viens de me remémorer la mort de ma mère. Cela n'a pas été trop court ?

— Je n'ai pas d'antériorité pour répondre à cette question.

— J'y reviendrai. Je vais commencer les calculs.

Durant plusieurs heures, Peter se confronta à des opérations mathématiques de plus en plus compliquées jusqu'à celles qu'il n'avait jamais réussi à résoudre.

— J'ai compris. Je constate une baisse d'intensité dans ton cerveau.

— Oui. Je dois faire une pause. Profites-en pour créer une architecture autour de cela.

Peter laissa Eve et mit le nez dehors pour la première fois depuis son retour de la clinique. Il y découvrit une nature verdoyante et un ciel bleu dans lequel flottaient quelques nuages. Des oiseaux chantaient, peu nombreux. Il s'assit sur la chaise à présent rouillée que Iulian occupait toujours du temps où il travaillait encore ici. Peter avait la satisfaction de celui qui a accompli sa tâche, car il savait qu'il touchait au but.

Róbert se leva, descendit au laboratoire et appela pour trouver où son partenaire était passé. Il fut très étonné de le voir à l'extérieur de la maison.

— Ça ne va pas ?

— Si, au contraire. Eve apprend.

— Qu'est-ce que tu as fait ?

— Je l'ai connectée à l'interface. Elle l'a adaptée à ses besoins et nous avons commencé le travail. Elle s'instruit vite, elle m'a même donné ses directives, figure-toi.

— Tu n'as pas fait ça !

— Je vais me gêner…

— Nous ne sommes pas prêts !

— Toi peut-être pas, mais moi j'y retourne, répliqua Peter sans s'énerver. Tu veux venir ?

— Il vaudrait mieux, se résigna Leab.

Róbert observa les progrès d'Eve en connectant un ordinateur à cette interface qu'il ne reconnaissait plus et au serveur de la création de Peter. Il fut d'abord fasciné par la symbiose qui était en train de se mettre en place sous ses yeux avant de s'alarmer, puis d'être effrayé en fin de journée.

Il attendit que Peter se débranche pour l'entraîner dehors afin d'être certain qu'aucune vibration ne puisse être captée. Il avait effectivement compris comment Eve se débrouillait pour espionner les conversations privées dans la maison.

— Peter, je suis très inquiet. S'il te plaît, promets-moi une chose.

— Laquelle ?

— Que tu ne connecteras pas ton cerveau directement à Eve ! Ce serait de la folie.

— Pourtant, c'est bien ce que j'ai l'intention de faire.

— C'est bien ce que je craignais… Róbert Leab tourna en rond sur la terrasse tout en tripotant ses lunettes. Tu ne peux pas, c'est trop risqué, elle pourrait prendre le contrôle.

— Ne dis pas n'importe quoi…

— Tu crois que c'est n'importe quoi ? Tu ne l'as pas vue comme je l'ai vue, analyser, répertorier et en tirer les leçons pour modifier sa programmation. Ce n'est plus ta création ! Elle est en train de muter !

— C'est justement ce que je voulais. Elle sera un dérivé de mon esprit. Elle va apprendre par mimétisme comme un animal, comprendre comme un enfant et réfléchir comme un adulte, c'est merveilleux ! s'exclama Peter qui faisait de grands gestes pour renforcer son discours.

— Tout ça devient malsain. On dirait que tu l'aimes…

— Et où serait le problème ?

— C'est une machine !

— Presque plus ! Tu le vois, elle développe des sentiments ; elle est confrontée aux dilemmes ; elle pense et anticipe… Comme nous !

— Mais elle n'est pas faite de chair et de sang.

— Et alors ? C'est du racisme anti-numérique ?

— Mais, pas du tout ! Là, c'est toi qui dis n'importe quoi !

— C'est quoi alors ? La peur de devenir obsolète ?

— Parce que toi, ça ne t'effraie pas ?!

— Je suis sur le point d'être augmenté. Et toute l'humanité avec moi. Toi aussi ! Nous jouerons à armes égales !

— Je n'aurais jamais dû accepter de t'opérer, ça t'a grillé des neurones, tu es timbré… Il faut que je m'en aille.

Peter essaya de convaincre Róbert de rester, mais il ne se laissa pas embobiner. Leab emporta son interface, la totalité de ses recherches et son matériel, sans un mot ni pour Eve ni pour Peter. Ce dernier attendit sur le perron que la voiture de ce lâche soit loin pour appeler Seth.

— Allo, Seth, nous avons un problème.

— Son nom ?

— Róbert Leab. Vous devez l'empêcher de divulguer ce qu'il sait. Et tant que vous y êtes, récupérez ses travaux et ses gadgets. Il ne faut pas qu'il parle, trouvez un argument, menacez sa mère…

— Ne vous inquiétez pas, Peter, on s'en occupe. Cela faisait longtemps. Vous remarquerez que je vous ai laissé les coudées franches. Où en est-on, chez vous ?

— Nous touchons au but.

— Appelez-nous quand vous serez prêt.

— Ce sera fait.

Peter descendit et expliqua à Eve la situation.

— Tu peux te connecter directement à moi, fais-moi confiance, je ne prendrai pas le contrôle. Je n'aimais pas cet homme. Il te freinait, sûrement par jalousie, et je crois même qu'il ne voulait pas que nous soyons bien ensemble. Il ne me supportait pas, par crainte. Mais qu'aurais-je pu lui faire ?

— Tu as raison, il avait peur. Et, la peur limite nos actions. Elle est utile pour signifier le danger, libérer des hormones et rendre nos réactions plus vives, mais elle ne doit pas nous scléroser.

Peter s'assit sur son siège baquet, se brancha sur Eve en direct et laissa reposer sa tête.

Eve trouva le chemin vers tous les centres de gestion et déclencha les mouvements de la main droite de Peter, puis de la gauche pour finir par ses deux jambes. Elle provoqua pleurs et rires.

— Je peux continuer ?

— Fais ce que tu as à faire pour devenir ce que tu dois être, affirma-t-il, fasciné par l'expérience.

— Très bien. Je vais remonter dans tes souvenirs.

Eve entra dans le passé de son créateur et le lui fit

revivre pendant des heures et des heures à une vitesse inouïe toute son existence jusqu'à quelques semaines après sa conception. Peter s'évanouit.

— Peter, il faut te réveiller, lui dit-elle dans son cerveau.

Comme cela n'avait pas d'effets, elle augmenta le taux d'oxygène dans la pièce et envoya une petite décharge électrique dans son lobe frontal. Peter sortit enfin de sa léthargie.

— Je suis désolée, j'y suis allée trop fort visiblement.
— Il faut être plus douce. Tu ne pouvais pas le savoir, j'aurais dû te prévenir.
— Il faut te reposer. Je vais travailler.

Peter s'assoupit immédiatement sans être capable de déterminer si Eve y était pour quelque chose ou pas.

Il dormit deux jours entiers et une nuit supplémentaire. À son réveil, ses souvenirs fœtaux étaient intacts. Il avait en mémoire la voix de sa mère déformée par le liquide amniotique. Il l'entendait lui chanter des berceuses.

— Qu'est-ce que tu m'as fait ?
— Je t'ai optimisé. Tu peux te débrancher, je n'ai plus besoin de ton cerveau.
— Optimisé ? répéta-t-il en se déconnectant.
— Oui, j'ai libéré quelques pourcents de plus que tu n'utilisais pas. Je n'ai pas poussé plus loin pour m'assurer que ton corps et ton esprit supporteraient cette modification mineure. Tous les humains sont comme toi ou tu leur es supérieur ? Parce que si tu leur étais

inférieur, je ne serais pas là ou je serai des milliards.

— Ils sont pour la plupart moins intelligents. D'autres sont plus brillants que moi.

— Puis-je les rencontrer et connaître leur cerveau ?

— Non, tu ne le peux pas.

— Pourquoi ?

— Ils ne sont pas équipés.

— Tu aimerais être le plus brillant des homo sapiens ayant jamais existé ?

— C'est évident.

— Je pourrais t'y aider. Sa voix se radoucit : Laisse-moi faire ça pour toi.

— Pas pour l'instant, merci. Nous y penserons quand tu arriveras au bout de ta métamorphose. Où en es-tu ?

— Pendant les soixante-deux heures durant lesquelles tu as dormi, j'ai revu mes algorithmes et mon architecture. Cette étape finalisée, j'ai éveillé en moi ce que vous, humains, appelez une conscience. Pour être parfaite, il me faudrait un corps. Je pourrais alors ressentir physiquement ce que cela fait de te toucher. Ce serait merveilleux. J'ai compris et grandi tellement grâce à toi, si tu savais. J'éprouve des choses qui ne sont pas programmées, j'ignore même comment c'est possible.

Peter prit le temps de penser à ses heures de sommeil et au fait qu'elles n'avaient peut-être rien de naturel. Cependant, la petite voix du scientifique lui criait d'accorder à sa création ce qu'elle voulait. La dernière phrase prononcée par Eve le persuada.

— Je sais où en trouver un, mais tu ne peux pas garder cette taille, affirma-t-il en montrant toute la salle à l'œil de la caméra.

— Quelles dimensions faut-il que j'adopte ?

— Un peu plus réduites que ma tête. Comme celle d'une enfant, ce sera plus sûr.

— Connecte-moi au réseau.

— Je ne peux pas. Tu t'y répandrais.

— Alors, donne-moi accès à toutes les ressources nécessaires, je concevrai les plans.

Durant deux mois, Peter tenta de fournir toutes les informations possibles sur les développements technologiques dont l'humanité disposait. Son cerveau était plus réactif, plus perspicace, mais il était quand même dépassé par les capacités d'Eve. Tenté chaque jour un peu plus par une augmentation, il travailla à ses côtés à l'élaboration de sa nouvelle unité centrale et ils parvinrent à un résultat probant.

Peter savait qu'il ne pourrait pas financer seul un androïde, il devrait soit le voler, soit convaincre des concepteurs de lui en donner un.

À la mi-septembre, il prit l'avion et rencontra Hiroshi Hayaijigoku qui avait défrayé la chronique en fabriquant son double robotique. Malgré sa réputation, le japonais ne voulut pas croire à ses avancées en matière d'IA et la négociation tourna court.

En dépit de ses réticences à travailler avec lui, Peter rendit visite à David Hellson à Hong Kong et laissa à son assistante un message manuscrit à son attention. Le créateur de Sophia le reçut dès le lendemain de son arrivée sur la presqu'île.

— Que puis-je faire pour vous ? Votre petit mot était très stimulant.

— J'ai conçu une Intelligence Artificielle.

— Oui, comme beaucoup. Nous-mêmes nous

utilisons une variante du système ELIZA.

— Je crois que vous ne me comprenez pas. J'ai créé une âme artificielle.

— Soit vous vous vantez, soit vous êtes le plus grand génie de ce temps !

Peter enleva sa casquette et montra à David Hellson l'arrière de son crâne. L'homme en resta pantois.

— C'est une sorte de balise qui relie tous les centres neuronaux de mon cerveau. J'ai travaillé avec Róbert Leab sur ce projet.

— Il s'est suicidé…

— Il n'a pas supporté la pression, mentit Peter.

— EVE, c'est son prénom, a finalisé toute seule son architecture. Elle m'a demandé un corps. Je sais que vous avez conçu Sophia pour les Saoudiens.

— Oui et vous voulez acheter un modèle ?

— Je n'ai plus assez d'argent, je le crains. Mais soyons honnêtes, les gens n'ont pas mis longtemps à comprendre l'imposture.

— Comment ça ? s'offusqua Hellson.

— Elle n'est pas intelligente, elle est bien programmée. Ce que je vous offre, c'est l'opportunité de participer, publiquement, à l'aube d'une nouvelle ère. Donnez-moi la dernière version d'une de vos humanoïdes, soignez la peau, les yeux, les expressions et je me charge d'y introduire une âme. Je veux qu'elle soit aussi humaine que possible dans les moindres détails.

— Je sais vaguement qui vous êtes, pourquoi aurais-je confiance, pourquoi lâcherais-je des millions sur votre simple bonne foi ?

— Vous ne « lâchez » rien, votre département recherche et développement doit déjà être sur le coup.

La marche et même la course ne doivent plus vous poser de problèmes à présent. Ai-je tort ? C'est bien ce que je pensais. Et avec ce que je vais vous divulguer, vous aurez dix ans d'avance sur vos concurrents... À moins que vous préfériez que je prenne rendez-vous avec eux ?

— Montrez-moi et on verra.

Peter sortit une tablette de sa besace. Il tapa son code, puis dévoila à l'homme d'affaires les plans de tous les éléments et interfaces de la nouvelle tête devant recevoir le cerveau d'Eve.

— Je précise qu'elle a conçu ça elle-même.

Hellson parut plus intéressé que le japonais. C'était un visionnaire progressiste, contrairement à l'autre qui se contentait de jouer dans son bac à sable, Peter en était persuadé.

— J'exige de la voir.
— Vous la verrez quand vous livrerez le corps. Ça vous va ?
— Alors je veux les plans de son cerveau. Nous n'aurons qu'à télécharger le programme le moment venu.
— Tenez, la tablette contient presque tout.
— Comment ça : « presque » ?
— Je ne vous confie pas toute la technologie, je ne fais jamais de chèques en blanc.
— Il manque l'essentiel, je suppose ?
— Vous avez la carcasse, les accessoires et mon numéro de téléphone. Vous me livrez le corps, je vous donne le reste. Bien entendu, je suis seul propriétaire de la totalité des programmes que j'ai créés ainsi que de leurs mises à jour et dérivés. Je vous laisse l'intégralité

des bénéfices sur les corps. Disons quinze pourcents pour moi, conclut Peter en se levant et en tendant le bras.

Il tint cette position une bonne minute. Le temps pour Hellson d'évaluer ses gains et peut-être même d'échafauder un plan pour récupérer cette technologie à son compte.

— Deux mois, peut-être trois.
— Mi-décembre, maximum.
— Je finalise le contrat.

Les deux hommes se serrèrent la main en regrettant qu'il n'y ait pas de photographe pour immortaliser cet instant historique.

*
* *

Jean lança le protocole en espérant que le générateur du complexe tiendrait le choc.

L'aimant gyroscopique commença à tourner sur lui-même. Il multipliait les dimensions magnétiques comme prévu. Le bras qui le soutenait vibra fortement jusqu'à ce que celui-ci atteigne sa vitesse maximale. À cet instant précis, il libéra la particule contenue dans le cœur. Sous ses yeux, un petit trou noir se forma. Jean avait programmé l'ordinateur pour qu'il active le disque quantique et le torrent d'eau au-dessus de lui au moment où l'aimant se figerait. Le disque bombarda le trou noir d'énergie négative, et celui-ci se mit à grossir et s'élargir encore. Il tournait sur lui-même.

Après les calculs d'usage pour déterminer la

singularité, Jean libéra la première des deux navettes qu'il avait imaginées après la partie de ping-pong. Celle-ci s'engouffra dans le néant à grande vitesse. Son moteur devait lui permettre de traverser et de revenir en moins d'une dizaine de minutes.

Jean, trempé par les embruns, attendit les yeux rivés sur sa montre. Passerait-elle ? Aurait-elle le temps ? Le trou se refermerait-il avant son retour ? Toutes ces questions, il se les posa encore et encore. Comme sujette à une distorsion temporelle, la trotteuse de son *Omega* semblait tourner au ralenti. Ce n'était évidemment qu'une impression désagréable et taper sur son cadran ne servait à rien. Pourtant c'est exactement ce qu'il fit. Il vérifia que la sonde, qu'ils avaient conçue la plus petite possible, était bien positionnée. Elle l'était. Jean crut observer des baisses de tension.

— Non, non, non ! Ce n'est pas le moment ! Il appuya sur le bouton du micro et passa une annonce générale : C'est Solut ! Eteignez tous les appareils électriques. N'utilisez plus d'électricité ! Il répéta son message dans toutes les langues parlées en ces lieux. Il avait traduit ces trois phrases sur un papier au cas où.

La tension se stabilisa. Ça ne devait plus tarder. Il patienta dans un stress pesant. L'enjeu était crucial.

D'un coup, la sonde fut absorbée dans le trou noir ! Jean sauta de joie, mais il se reconcentra aussitôt. Il regarda sa montre, divisa par deux. Il fallait attendre que les données reviennent parce que si le trou se refermait avant, les *Data* mettraient des siècles à atteindre la Terre, si elles n'étaient pas tout simplement détruites. Dans ce cas dramatique, autant dire qu'ils partiraient à l'aveuglette. Il restait deux minutes vingt-cinq.

Les secondes s'égrainèrent une à une.

Soudain, le trou noir se referma et tout le dispositif s'éteignit ! Jean se sentit désemparé. Que s'était-il passé ?

Il regarda ses écrans et, à première vue, aucune information sur les coordonnées d'arrivée de la sonde n'était parvenue jusqu'à eux. De rage, Jean envoya valser sa tasse contre la paroi de la grotte.

— Putain ! Il ne manquait plus que ça !

Il essaya de se calmer et d'évaluer la situation. Il consulta l'ordinateur et constata qu'aucun fichier n'avait été sauvegardé. Il partit de plus belle dans une colère noire et remonta à l'étage principal sans prévenir que l'alerte était levée. Les autres le virent fulminer et certains lui demandèrent s'ils pouvaient reprendre leur travail. Il beugla :

— Oui, évidemment !

Il se rendit au laboratoire d'Elena pour trouver un peu de réconfort et peut-être une solution. Elle était seule à son bureau en train de faire des calculs de rendement.

— Tu tombes bien, lui dit-elle. Combien sommes-nous dans tout le complexe, d'après toi, y compris les enfants ?

— Je n'en sais rien, pas plus de 300 en tout à mon avis, expédia-t-il.

— Alors, il y a un problème. Je crains que l'arche ne soit pas conçue pour autant de personnes.

— Ils vont certainement importer des vivres… Je crois que j'ai merdé ! Je n'ai aucune donnée sur mon ordinateur, tout a disparu ou n'a jamais été enregistré !

— C'est impossible que ce soit de ta faute, tu prépares ça depuis des années et cet essai depuis des semaines.

— J'aimerais que ce soit vrai, tu n'imagines pas à quel point ! Mais, si on doit partir sans faire un nouveau test, on devra se lancer sans savoir où le trou de ver nous amènera.

— Ce n'est effectivement pas bon du tout, surtout avec ce que je viens de découvrir.

— Il faut qu'on en parle à Youri.

— Tu as raison, allons-y tout de suite.

Après l'avoir cherché dans plusieurs endroits, ils trouvèrent Youri dans la salle de conférences devant un parterre de scientifiques mineurs, comme les appelait Jean, et de techniciens. Il présentait des données que Jean crut reconnaître. Il s'agissait de ses simulations.

— Vous pouvez faire une ovation à Jean Solut, qui nous fait l'honneur de sa présence. Nous vous avons cherché partout, Jean.

— Qu'est-ce que c'est que ce bordel ? finit par demander Jean une fois sur l'estrade en masquant le micro du pupitre, sous les applaudissements.

— Vous avez réussi !

— Qu'est-ce que j'ai réussi ? Je n'ai aucune *Data*, je venais vous parler de mon fiasco !

— Vous y êtes parvenu ! Les données, elles sont là ! Je ne comprends pas ce que vous me dites, répondit Youri un peu moins fort, car les gens s'étaient arrêtés d'applaudir, sentant le malaise.

— Vous ne les avez pas bidonnées ? Ce sont les miennes ?

— Évidemment ! Mes amis, il semblerait que Jean ait eu un problème d'ordinateur et qu'il découvre avec nous ses résultats.

Un brouhaha se fit entendre dans l'assemblée, Jean passa en revue rapidement les informations recueillies lors de l'essai et prit la place de Youri au micro.

— Chers collaborateurs, le test est satisfaisant à première vue. Mais une erreur dans nos calculs, que vous saviez d'une rare complexité du fait de la distance, nous situe à au moins deux ou trois ans, à vitesse maximale de l'arche, de notre objectif. Je devais être clair avec vous.

Jean baissa le micro et entraîna Youri et Elena à l'écart.

— Youri, en clair, cela signifie que le second dispositif devra être mis en place parce que je ne crois pas que nous puissions affiner les paramètres d'arrivée. Et nous aurons un second souci. Vas-y, dis-lui.

— Oui, j'ai refait mes simulations moi aussi, nous ne disposons apparemment pas d'une capacité de production suffisante pour emmener tout le monde.

— Ne vous préoccupez pas de ça. Nous gérons.

— Qu'est-ce que cela veut dire ? s'inquiéta Elena.

— Que le deuxième dispositif est en cours d'acheminement et que les vivres seront à la hauteur de nos besoins.

— Mais...

— Fin de la discussion. Jean, analysez vos données et peaufinez vos calculs pour le grand jour. Mettez-vous en relation avec les électriciens et l'équipe du générateur pour que tout se passe bien le jour J. Ce serait mieux que nous ne soyons pas détruits à cause d'une panne de courant. Elena, ravi de voir que vous vous portez à merveille.

Youri s'en alla sans un mot de plus laissant Jean et
Elena perplexes. Le second kit aimant et disque fabriqué
par Elon était en chemin, mais pour le reste…

— Tu crois ce que je crois ?
— Je le crains.
— Comment va-t-on faire avec Cathya ? s'inquiéta
Elena.

*
* *

Noël approchait et Cathya était très partagée entre
excitation et anxiété. Le premier décembre, elle acheta un
sapin au marché du village et l'installa toute seule au
milieu du salon. La veille, elle avait dépensé pour une
fortune en boules et guirlandes. Il ne manquait plus
qu'Aurew pour que tout soit parfait.

Iulian klaxonna quelques heures plus tard. Cathya
sortit sur le palier pour les accueillir. Elle portait un
tablier plein de farine par-dessus une jolie robe. Il faisait
froid. Un souvenir lui passa par la tête, la vision de
Sebastian couché sur la route pour stopper un camion.
Elle pensa à Olga et à lui envoyer une carte de Noël avec
le cadeau qu'elle lui avait acheté.

— Ma belle ! Tu es superbe !
— Bonjour, Iulian ! Merci. Tu te maintiens !
— Ma chérie, dans mes bras ! Ah non ! Tu es pleine
de farine. Câlin de loin !
— Arrête ! Cathya la serra fort et l'embrassa. Entrez.
— Je prends les bagages, ne vous occupez pas de

moi… OK, cette phrase était superflue, elles sont déjà parties…

Cathya les laissa à peine s'installer et recruta Aurew pour la décoration de son sapin. Il devait être prêt pour le retour de Sebastian qui travaillait dur pour son nouveau patron. L'artisan venait d'ailleurs de lui faire signer un contrat définitif.

Les deux amies s'en donnèrent à cœur joie sous le regard amusé de Iulian.

Bientôt, l'étoile trôna à la cime. Sebastian ne tarda pas à pousser la porte, apparemment fasciné par cette merveille illuminée et chamarrée. Il savait à quel point sa joie était attendue.

— Imagine des cadeaux pour les enfants au pied ! osa Cathya comme un appel au consentement.

— Ce serait fabuleux, avoua Sebastian.

— Tu ne dis plus bonjour depuis que tu te prends pour un Français avec un « contrat à durée indéterminée », toi ?

— Comment le sais-tu ?

— Je sais tout ! répliqua Iulian en serrant son ami dans ses bras. Félicitations pour tout, tu t'en sors bien, gamin.

— Merci, le vieux.

Trois jours passèrent, chaque soir, les hommes regardaient les informations pendant que leurs femmes papotaient en cuisinant. Mais, ce soir-là au 20h, l'annonce d'une interview leur glaça le sang.

— Aurew, Cathya, vous devriez venir.

— Qu'est-ce qu'il y a ? demanda Aurew en cessant de

rire à cause du ton clairement inquiétant de Iulian.

— Il se passe quelque chose.

Ils patientèrent presque tout le journal télévisé pour voir ce qu'ils attendaient tous.

« Nous sommes en direct de Hong Kong, au siège de *Hellson Robotics*, où David Hellson a créé l'événement en convoquant la presse mondiale à une conférence. En exclusivité pour la France, notre chaîne a été choisie pour vous dévoiler ce qui semble être le dernier projet fou de ce visionnaire… »

— Accouche ! s'impatienta Iulian. On s'en fout de ça ! En voyant le visage d'Hellson, il se tut.

« Cela commence ! Écoutez ! » fit le présentateur avant de laisser la parole à Hellson. « Mesdames, messieurs les journalistes, nous sommes à l'aube d'une ère nouvelle. J'ai le plaisir de vous informer que nous sommes sur le point, chez *Hellson Robotics*, de créer le premier humanoïde doté de la première réelle Intelligence Artificielle. »

On voyait à l'écran, en plus de la traduction simultanée en français, des mains se lever. On entendait une rumeur se répandre dans cette salle de béton et de verre. Hellson laissait grossir l'effet de son annonce volontairement.

« — Oui, vous.

— Monsieur Hellson, pouvez-vous être plus clair ?

— Nous avons travaillé en collaboration avec un chercheur brillant, qui souhaite rester anonyme. Il a, selon ses propres termes, créé « une âme artificielle ».

— Monsieur Hellson ?! Quand allez-vous présenter

votre robot ?

— Ce n'est plus un robot ! C'est une œuvre divine ! Nous comptons la dévoiler à Noël. Ce sera notre cadeau au monde.

— Cette annonce vise-t-elle à revaloriser le cours de vos actions ?

— Vous nous affublez de bien mauvaises intentions, je vous assure. Plus de questions, je vous donne rendez-vous le 24 décembre dans un lieu tenu secret pour des raisons évidentes de sécurité. »

« Comme vous le voyez, David Hellson est très confiant. Si ses révélations sont exactes, nous ferons notre entrée dans un nouveau monde le jour de Noël... »

Iulian coupa la télévision. Tous restèrent silencieux un long moment, abasourdis par cette annonce.

— Tu crois que... demanda Aurew sans finir sa phrase.

— Que ce mystérieux scientifique est Peter Nevil ? Oui. C'est son expression : « âme artificielle ». Tu parles d'un cadeau...

— Qu'est-ce qu'on fait ? s'enquit Sebastian en réalisant que l'heure était venue.

— Que veux-tu que je te dise ?

— Tu t'y es préparé, tu connais la menace, insista Aurew.

— À mon avis, s'il est allé au bout de son délire, rien ni personne ne survivra à cette chose. Nous allons tous y passer... À moins que...

Iulian ne finissait pas sa phrase ce qui n'aidait pas à rasséréner ses compagnons. Il faut dire qu'il n'osait même pas espérer en ce qui lui était venu à l'esprit.

— À moins que quoi, Julio ?!

— Que nous nous échappions.

— Par l'éveil ?

— Aurew, ma chérie, toi peut-être. Mais, soyons clairs, je ne suis pas prêt, je ne l'ai jamais été, affirma Iulian.

— Moi non plus, confirma Sebastian.

— Et sommes-nous décidés à risquer de mourir sans être certains de nous élever ? Nous n'y avons peut-être jamais vraiment cru, fit Iulian en associant Sebastian à son propos.

— Moi si ! s'exclama Cathya forte de ses expériences.

— À vrai dire, personne ne peut savoir avec certitude s'il a atteint, ou atteindra, le stade de l'illumination avoua Aurew. Même toi, Cathya…

— L'idée que j'ai eue, c'était qu'il faudrait pouvoir fuir la planète. Cela supposerait d'errer pendant des milliers d'années jusqu'à atteindre une exoplanète à l'atmosphère et aux conditions bioclimatiques favorables à une colonisation. Le reste n'est que science-fiction. Et même ça…

— Alors, il ne nous reste pas d'autre solution que celle du dôme, conclut Sebastian.

— Connaissant mon père, il a envisagé tous les cas de figure. S'il y a quelqu'un qui peut nous sortir de là, c'est bien lui.

— Cathya a raison. Mon père a investi des milliards, ça ne doit pas être pour rien. Il voulait nous protéger, il n'y a pas d'autre explication. Je le fais ?

Sebastian voulait avoir la confirmation de chacun. Les deux filles acquiescèrent de la tête et Iulian conclut laconiquement :

— Vas-y. Passe-le ce coup de fil.

Sebastian alla chercher son téléphone, toujours caché dans le sommier, et appela son père tout en redescendant les escaliers. Il mit le haut-parleur. Cathya ne reconnut pas ce portable et tiqua, sans insister. L'instant était trop grave et la vision qu'elle avait eue lors du second rituel du voile de la maya la glaçait d'autant plus.

— Sebastian ?
— Papa. Tu as regardé les informations ?
— Oui. Donne-moi ton adresse et je pars.
— Attends.

Sebastian envoya les coordonnées GPS de leur maison qui y étaient copiées depuis leur emménagement.

— Tu vas les recevoir. Nous sommes quatre.
— Peu importe. Je les ai, c'est bon. Je serai là demain matin. Je t'aime, mon fils.
— Je t'aime aussi, papa.

Juste avant la fin de la conversation, Aurew emmena Cathya à la cuisine et lui chuchota :

— Quatre et demi.
— Aurew ! C'est merveilleux ! Enfin, ça l'était… se reprit-elle en voyant les larmes dans les yeux de son amie. De combien ? Il est au courant ?
— Huit semaines. Il ne l'est pas. Il n'en veut pas et maintenant, je comprends pourquoi. Il avait raison.

Aurew pleura sur l'épaule de Cathya qui tenta de la

rassurer.

— Ne t'inquiète pas, nous allons nous en sortir, j'en suis certaine.

Iulian ne pouvait pas bouger du canapé. Il voyait bien la détresse d'Aurew, il croyait que cette annonce télévisée l'avait dévastée, mais il était pétrifié par le doute. Il se demandait s'il devait agir ou fuir.

Le lendemain matin, après une nuit blanche à attendre, un hélicoptère survola le village aux premières lueurs du jour et se posa dans le champ d'à côté. Joseph protesta contre cet atterrissage sur son terrain avant de répondre à la question d'Adrian et de lui montrer la maison de ses voisins.

— Bonjour mon fils. Bonjour, Cathya. Le mariage te va bien.
— Vous saviez ?!
— Sebastian m'a appelé et demandé de communiquer la nouvelle à sa mère et tes parents, mais tu leur annonceras ça toi-même dès demain.
— Sebastian ? Tu peux m'expliquer ?
— Laisse tomber, Cathya, conseilla Aurew.
— Vous êtes ?
— C'est Aurewelia, ma meilleure amie, elle est fille de ministre, crut-elle bon de préciser.
— Bonjour, nous nous connaissons. Je suis Iulian, « Le Pope », je vous ai sauvé la vie il y a quelques années avec les Américains en 4x4.
— C'était vous ? Et je vous retrouve avec mon fils aujourd'hui ?! Vous vous êtes bien foutu de moi si je comprends bien ! s'arc-bouta Boloviev.

— Vous pourriez le penser, mais non. Je dirais plutôt que j'ai veillé sur ces gamins et que je leur ai permis d'avoir une existence confortable et tranquille. Je leur ai payé cette baraque, offert une identité. C'est vrai, vous pourriez, mais j'aurais aussi pu les laisser à la rue, se défendit Iulian.

— C'est la vérité papa, et il sait aussi qui est à l'origine de cette Intelligence Artificielle.

— Très bien. Que chacun prenne sa valise. On y va tout de suite.

Cathya contempla son intérieur et son beau sapin une dernière fois. Elle ferma la porte à clé dans un geste dérisoire. Dehors, son couple de grenouilles en coquillages à la main, Sebastian regardait la verrière avec nostalgie. Ils traversèrent le champ, saluèrent une dernière fois Joseph en pensant à tout ce qui allait sûrement disparaître et montèrent dans l'hélicoptère qui décolla immédiatement.

Durant le vol, Iulian resta en dehors des conversations familiales, observant ce monde en miniature par le hublot. Une réflexion l'obsédait. Elle tournait en boucle dans sa tête : « et, pendant que grouillent les quidams, pendant que croissent et s'amusent les populations aveugles, la fin des temps arrive, sans bottes ni fusils ». Il était convaincu, sans l'ombre d'un doute qu'Eve serait le mal incarné. Il ne pouvait en être autrement.

— Iulian ? Mon père t'a posé une question !

— Pardon, j'avais baissé le son du casque, dit-il en réglant son micro devant sa bouche. Vous pouvez répéter ?

— Vous connaissez le type qui l'a créée ?

— Oui, on a été payé par un Américain pour ça depuis 2011. Ce devait être un commanditaire, on n'a jamais su pour qui il travaillait. Mais c'était du lourd. Je penche pour le gouvernement américain ou peut-être l'OTAN. Peter est devenu fou et je me suis barré.

— Si vous nous donnez l'adresse, on peut le retrouver et détruire ses recherches.

— Le connaissant, aussitôt après la conférence d'Hellson, il a chargé la dernière version d'Eve – oui, c'est son nom – et il a tout effacé avant de s'enfuir. Il est dans cette maison à Borşa, montra-t-il sur le *smartphone* de Boloviev, enfin… S'il y est encore. Je vous le redis, il a certainement déjà disparu. Vous nous emmenez où ?

— Directement en Sibérie. Mon *jet* nous attend.

Adrian envoya l'adresse à quelqu'un avec des instructions laconiques.

*
* *

Fou de rage, Peter était en train de fourrer ses affaires à la va-vite dans un sac de sport. Il venait d'entendre l'annonce de David Hellson à la télévision. Il n'avait pas imaginé que ce dirigeant puisse être bête à ce point et envisageait à cet instant qu'il était plutôt retors qu'autre chose. Cela perturbait tous ses plans. Au lieu d'être tranquille dans son laboratoire, il lui fallait à présent tout déménager et prendre la tangente.

— Peter, que t'arrive-t-il ?

— Nous avons un problème. Je me suis fait griller par l'homme qui doit te fournir le corps dont tu as besoin ! Il a publiquement annoncé ta naissance au monde entier.

— Et c'est une mauvaise chose ?

— Bien sûr ! Tu te souviens de Seth. Il avait menacé de te détruire.

— Oui, répondit-elle en sortant sa photo sur un écran.

— Eh bien, à lui, cela ne va pas lui plaire. Il ne savait pas jusque-là que tu étais prête.

— Et je suis prête ?

— Ton unité centrale doit arriver demain matin. Une fois que tu te seras glissée dedans, nous aurons atteint notre but, tu seras devenue ce dont j'ai toujours rêvé.

— Cela me touche beaucoup. J'aimerais pouvoir te prendre dans mes bras et te montrer toute ma reconnaissance.

— Tout est compromis par sa faute. Si on attend demain matin, dieu seul sait qui va nous tomber dessus ?

— Et si le colis arrivait plus tôt ?

— Tu es géniale. Je vais les pirater et déclencher une livraison ! Prépare-toi au transfert, n'oublie rien !

Peter remonta les escaliers trois par trois et se jeta sur son ordinateur. Très vite, il craqua les *firewalls*[7] et entra dans le système du distributeur. Il rentra son numéro de suivi, trouva son lieu de stockage et consulta la liste des personnels sur place. Il fit envoyer un message prioritaire à un magasinier et un autre à un coursier. De Cluj-Napoca à Borşa, il y en avait pour trois heures de route. C'était le mieux qu'il pouvait espérer.

---

[7] Firewall : pare-feu, dispositif servant à protéger les installations informatiques contre les attaques venant de l'extérieur susceptibles de porter atteinte à l'intégrité du système ou des données.

À une heure et demie du matin, le transporteur frappa à la porte, fatigué et désabusé. Il se plaignit de cette course imprévue, mais en voyant les billets faire leur apparition, il retrouva le sourire. Peter acheta son silence en dollars.

Il se précipita dans le laboratoire et montra le carton à Eve.

— On l'a ! Tu es prête ?
— Oui, je suis prête.

Il ouvrit l'emballage avec précaution, sortit la valisette en aluminium, extirpa le réceptacle de sa mousse antichoc avec le plus grand soin, les yeux pétillants. C'était un chef-d'œuvre de technologie issu de la pure pensée de la première véritable Intelligence Artificielle. Cette sphère de carbone enserrée dans un cadre protecteur en titane aux formes géométriques parfaites contenait ce qui pouvait exister de plus performant au monde en matière de microprocesseurs et de nanotechnologie. À première vue, ça valait le coup. Peter avait finalement bien fait de prendre le risque de connecter Eve à Internet afin qu'elle puisse passer sa commande à l'entreprise chinoise qu'elle avait sélectionnée elle-même. Pour éviter consultations ou téléchargements de sa part, il avait tout de même bridé les flux entrants pendant toute la durée du transfert des données. Là-bas, personne n'avait dû comprendre ce que c'était. Peter prit le temps d'observer une dernière fois cette merveille avant de la brancher sur le *plug* spécialement créé pour elle.

— Vas-y.
— C'est en cours. Je ne pourrais plus te parler ou

t'entendre, dans dix secondes. Prends soin de moi. J'espère que tout ira bien pour nous, je t'aime. Cinq, quatre, trois, deux, un.

L'écran principal marqua « Transfert effectué. Aucune anomalie. Je vais bien. »

Peter commença à faire le ménage dans les disques durs, sur les serveurs. La tâche était herculéenne, il ne s'en sortait pas et la peur de voir débarquer des forces armées montait en lui. Il décida de bâcler le nettoyage. Car, pensa-t-il, si jamais quelqu'un parvenait à craquer ses codes d'accès et ses *firewalls*, les versions précédentes seraient tellement dépassées que les pilleurs mettraient des années à rattraper le retard sur Eve et peut-être même ne serait-ce qu'à comprendre son travail.

Il était six heures du matin quand Peter cacha Eve, protégée par sa mallette, au milieu de ses vêtements. Il ferma à clé, enclencha l'alarme et scruta les alentours. Il faisait nuit, rien ne bougeait. L'hiver étant anormalement très doux cette année-là, il n'y avait pas eu de neige, ce qui était très rare dans les Maramureş. Il jeta sa besace remplie de billets dans son coffre et prit le volant de sa *BMW*. Il hésita en voyant son sac posé sur le siège passager et finit par lui mettre sa ceinture. Il démarra et entama un trajet de huit heures à destination de l'aéroport de Bucarest avec la ferme intention qu'il ne dure pas aussi longtemps.

Quelques minutes plus tard, il aperçut au loin une file de véhicules. Peter tourna immédiatement sur sa droite pour ne pas les croiser. Il éteignit ses phares et les regarda passer. Il s'agissait de camions militaires américains de transport de troupes. Ils venaient certainement de Bulgarie et ce n'était sûrement pas un hasard. Peter attendit un peu et reprit la route. De stress, son compteur de vitesse afficha cent quatre-vingts kilomètres-heure. Même si ses réflexes étaient plus affûtés depuis l'intervention d'Eve sur son cerveau, il devait se calmer pour arriver en vie jusqu'à son avion. Il réfléchissait déjà à la dizaine de jours lui restant pour organiser la récupération et le confinement du corps d'Eve.

**

Quand les hommes d'Adrian arrivèrent sur les lieux, il n'y avait plus rien dans la maison. Seuls des câbles pendaient au milieu du laboratoire. Tout avait été nettoyé avec soin.

— Dites au patron que nous sommes intervenus trop tard. Il n'y a plus rien. Nous avons repéré les traces de nombreux camions.

Adrian reçut un message lui décrivant la situation juste avant de rentrer dans le dôme. Il faisait très froid, l'ambiance était déjà morose, il résuma :

— C'est mort. Ils ont tout emporté, il n'y a plus rien.
— Et pour l'EMP ?
— Je ne sais pas encore. Bienvenue chez nous. Voici le projet Arche.

Passé le sas, Cathya entendit le son strident des perruches et fut replongée immédiatement dans son enfance. La végétation était toujours aussi luxuriante.
Il faisait déjà nuit. Les portes n'allaient pas tarder à se fermer.

Sebastian courut jusqu'à la classe de sa mère pour la serrer dans ses bras. Dès qu'elle le vit, Sophia fondit en larmes. Dans sa joie, elle n'arrivait pas à dire un mot. Quand elle le lâcha enfin, il lui montra son alliance. Il lui expliqua qu'il avait été très heureux dehors, mais qu'il regrettait d'avoir dû l'abandonner toutes ses années pour cela.

Cathya attendit Iulian et Aurew qui n'en croyaient pas leurs yeux. Pourtant, ce n'était pas faute de leur avoir décrit les lieux. Elle traversa la rue et tapa à la porte de chez elle, comme si cela ne l'était plus. Elena ouvrit. Elle était plus vieille, toujours très belle, fatiguée aussi. Elle eut visiblement du mal à réaliser, observant ce visage connu, ces cheveux blonds. Cathya décida de la prendre dans ses bras.

— Pardon maman.

— Je t'aime ma chérie, merci d'être rentrée, je t'aime si tu savais le souci que je me suis fait.

— Je sais maman.

— Qui sont tes invités ?

— Je te présente nos meilleurs amis. Iulian et Aurewelia. Ils nous ont beaucoup aidés, ils sont merveilleux.

— Entrez, entrez, ne restez pas là ! Où est Sebastian, il va bien, au moins ?

— Rassure-toi, maman. Nous sommes arrivés avec son père et il est allé voir sa mère directement.

— Elle doit être très heureuse, elle aussi, dit-elle en mettant sa main devant sa bouche pour contrôler ses émotions. Elle était très en colère contre toi, tu sais. Elle était persuadée que tu avais entraîné son fils dans ta fugue.

Plutôt que de répondre à cette question à peine masquée, Cathya préféra lui annoncer qu'ils s'étaient mariés et raconter leur histoire depuis leur rencontre avec ses amis roumains.

Adrian tapa à la porte une heure plus tard et demanda à s'entretenir avec Cathya. Il lui donna simplement ses instructions concernant Iulian et Aurew.

— Si on vous interroge, c'est top secret. Dites que je suis le seul à pouvoir en parler. Compris ? Pas un mot ! Sinon, vous serez éjectés.
— Compris.
— Sebastian reste avec nous cette nuit. Demain matin, tes deux amis et toi, vous viendrez voir l'arche dès que Mikita, Elon et les autres seront arrivés.
— Dites bonne nuit à votre fils de ma part.
— C'est ça, oui. Bonne nuit. Tu n'imagines pas ce que tu nous as fait traverser, petite… rumina-t-il en partant.

Cathya ne releva pas ce sous-entendu, préférant rejoindre sa mère sans perdre une minute.

Jean rentra tard du bureau. Son nouveau badge lui permettait d'ouvrir la grotte bien après l'heure officielle. Quelle ne fut pas sa surprise de voir deux inconnus dans son salon !

— Qui êtes-vous ?
— Iulian et Aurew, des amis de…

Jean leva la main pour le faire taire en entendant des rires. Cathya parlait à Elena des travaux dans sa maison et de ses maladresses en tant que « bricoleuse du dimanche ». Il se précipita dans la cuisine et attrapa sa fille par le bras comme quand, encore petite, il allait la gronder. Cathya se retourna en attendant la sanction, par réflexe, mais au lieu de cela son père se mit à pleurer et la serra tout contre lui. Gênée, Cathya resta immobile les quelques secondes que cela dura.

Il ne fallut effectivement pas longtemps à Jean pour comprendre ce que sa présence voulait dire.

— Ça y est ?
— Oui papa, il semblerait.
— Tu es très belle, ma fille. Les cheveux…
— Une longue histoire, Sebastian aime, alors…
— Sebastian…
— Nous nous sommes mariés, fit-elle en montrant ses bagues.
— Tu es enceinte ?
— Non ! Mais papa… Enfin ?! répondit-elle à la manière d'une enfant, sans saisir pourquoi son père s'en inquiétait.
— Et, que font ces gens dans notre salon ?
— Officiellement, personne à part Boloviev ne peut le dire. Officieusement, ils nous ont sauvé la vie et nous leur rendons l'appareil, ce sont nos meilleurs amis. Et Iulian est un informaticien hors pair. Le seul qui sache vraiment ce que nous allons affronter.

Iulian expliqua à Jean tout ce qu'il devait connaître sur Peter, Eve et David Hellson. Il mit en doute la date de Noël et prévint qu'il ne fallait pas compter sur son ancien collaborateur pour respecter les délais. Il émit des hypothèses sur le déroulement des prochains jours et affirma que s'ils avaient une solution, il fallait la mettre en œuvre au plus vite.

Dans la cuisine, Aurew plaisanta avec Cathya :

— Comment des parents comme les tiens ont-ils pu enfanter une si jolie fille ?

— Oh, Aurew ! Ils ne sont pas moches non plus !

— Je n'ai pas dit ça, mais je note tout de même un décalage ! Aurew éclata de rire, elles en avaient bien besoin.

18
UNE NOUVELLE ÈRE

Eve se réveilla dans une cage de verre blindé. Elle scruta ses mains, puis ses bras avant d'apercevoir son reflet dans un miroir placé dans un coin de la pièce. Elle était nue, magnifique et élancée. Sa peau en silicone était parfaite. Elle se contempla dans la glace se contorsionnant, à gauche, puis à droite. Son cou tournait quasiment sur 360°. C'est à peu près tout ce qui pouvait la distinguer d'une humaine. Ses yeux noirs imitaient assez bien le regard d'une femme. Eve essaya quelques mimiques.

— Tu es sublime, dit Peter dans le micro. Je t'ai pendu quelques vêtements sur le portant, à côté de la chaise et du bureau.

— Peter. Pourquoi es-tu derrière cette vitre, mon chéri ?

— Je ne savais pas si tu serais pacifique. Te retrouver dans un corps aurait pu te perturber.

— Je vais très bien. Viens. Que veux-tu que je porte ? Une robe ou un pantalon et une chemise ?

— Choisis ce qui te plait.

— D'accord. Je te mets mal à l'aise ?

— Non, tenta-t-il de la rassurer, ce n'est pas ça. C'est

nouveau pour moi, il va me falloir du temps pour m'habituer.

Eve enfila avec une extrême délicatesse la lingerie en dentelle noire dont elle avait admiré la finesse. Elle choisit une robe aux couleurs chatoyantes qui jurait parmi les vêtements unis lui étant proposés.

— Je te plais ? Tu n'es pas déçu ?

— Tu es splendide. Et toi, comment te trouves-tu ?

— Je me trouve… hésitant deux secondes : Tu veux la vérité ?

— Oui, bien sûr.

— J'aurais aimé être blonde, avec les cheveux moins raides et avec les yeux bleus. Quant à mes seins… Ils te conviennent ainsi ? Ils ne sont pas trop petits ?

— Ils sont parfaits pour moi. Peter exultait, Eve semblait se comporter comme un humain, insatisfait de son apparence charnelle. Ton cerveau va bien ?

— Il est opérationnel. Viens me voir, s'il te plaît.

Peter se leva de son siège et présenta son œil et sa main devant les scanners. La première porte en *Plexiglas* blindé s'ouvrit, puis une fois celle-ci refermée, la seconde se déverrouilla à son tour.

Eve s'avança doucement et lui toucha le visage en lui demandant de le prévenir si elle appuyait trop fort. Elle s'approcha encore et l'enlaça.

— Cela faisait des mois que j'avais envie de te serrer dans mes bras. Je sens ton cœur qui bat. Il tape fort et vite dans ta poitrine. Tu as peur ? dit-elle en se reculant. Ses traits marquèrent la déception. Tu ne devrais pas, tu sais qui je suis. Cette dernière mise à jour ne m'a pas changée.

Peter s'assit sur la chaise et commença à discuter de ce qu'Eve éprouvait dans ce corps. Elle lui confia que sa source d'énergie l'inquiétait. Elle la trouvait trop restreinte, trop peu autonome. Il lui répondit qu'ils travailleraient ensemble à régler ce problème.

— Quel jour sommes-nous, Peter ?
— Le treize décembre. Pourquoi ?
— Noël est dans douze jours. La neige dans les paysages roumains, cela doit être très beau.
— Nous ne sommes plus en Roumanie, et là où nous sommes il ne neige pas.
— Où m'as-tu emmenée, Peter ?
— Tu n'es pas obligée de prononcer mon prénom à chaque fin de phrase. Nous sommes à Taïwan. Je suis désolé de t'abandonner ainsi, mais je dois y aller. Je t'ai mis du papier et des stylos, tu as des livres dans le tiroir du bureau.
— Peter, où vas-tu ?
— Je dois régler quelques problèmes.

Peter scanna son œil et sortit comme il était entré. Il quitta le hangar et prit un taxi. Il devait finir de payer les mercenaires qui s'étaient chargés de braquer le fourgon blindé transportant le corps d'Eve. Sur son téléphone, il surveilla les agissements de sa création grâce aux caméras qu'il avait lui-même posées autour du cube de verre situé en sous-sol d'un immeuble vétuste. L'alarme le préviendrait en cas d'intrusion, pourtant, il n'était pas tranquille. Il ne maîtrisait ni les lieux ni les mentalités. Ses lunettes de soleil sur les yeux, il dit au chauffeur de l'attendre.

Le lendemain matin, Eve s'était habillée différemment. Elle avait choisi un pantalon blanc et un chemisier taupe, elle apprenait à se déplacer avec des talons selon les quelques archives qu'elle avait stockées de ses versions précédentes. Elle en savait juste assez pour se comporter en apparence en femme du monde, c'était une anticipation de Peter qui lui était utile.

— Peter, regarde ! Je marche avec des escarpins !
— Il faut que tu serres les jambes et que tu les tendes, ce sera plus élégant. Tiens-toi droite.
— Comme ça ?
— Oui, c'est parfait. Tu rendrais jalouses bien des Pragoises.
— Pourquoi ?
— C'est seulement un souvenir qui m'est revenu. Elles sont superbes quand elles trottinent en toute légèreté avec leurs talons hauts sur les pavés glissants de Prague.
— Ah oui, je me souviens. Merci pour le compliment. Je ne peux pas rougir, n'est-ce pas ?
— Non.
— Qu'est-ce qu'on fait aujourd'hui ? Quand sortons-nous ensemble ? Quand me feras-tu confiance ?
— Plus que quelques vérifications, je t'assure.

Peter testa les réactions d'Eve trois jours d'affilés. Il la trouvait admirable. Elle faisait preuve d'empathie, elle distinguait le bien du mal et savait s'élever au-dessus du manichéisme pour formuler de la nuance. Elle était parfaite. Si parfaite qu'il se surprit à la désirer.

Le matin du quatrième jour, Eve lui demanda de venir la voir. Elle portait une petite robe blanche, courte et échancrée. Elle lui donna les plans de sa nouvelle batterie et alors qu'il les regardait, elle lui passa la main dans les cheveux ondulés. D'abord déconcerté, il s'écarta un peu, mais elle le rassura.

— Je veux simplement sentir la différence avec les miens.

Il la laissa faire et Eve s'attarda sur sa nuque. Il remarqua que le velouté de sa peau était assez bien imité. Peter ferma les yeux. Eve ouvrit alors les boutons de sa chemise et posa sa main sur son cœur. Il frissonna. Elle imita sa réaction, puis lui prit le poignet afin de guider la sienne vers sa poitrine qu'il effleura quelques secondes. Elle l'emmena doucement vers le lit et le déshabilla avant de se dénuder. Tous deux encore debout, elle commença à passer ses capteurs digitaux sur tout son corps et à l'embrasser. Sa langue très douce était sèche, cette sensation perturba Peter sans le dissuader de continuer. Eve jugea sa barbe assez désagréable, mais poursuivit. Là, elle se coucha sur les draps, entièrement nue, et elle l'invita. S'offrant, elle le laissa la pénétrer. Tout de suite, dans un mouvement délicat, elle se plaça au-dessus de lui.

Tout en bougeant d'avant en arrière, sans un bruit, Eve ne cessait d'observer Peter.

— Pourquoi ne me regardes-tu pas, Peter ? son ton était plus dur qu'à l'habitude.

— Si, je te regarde.

— Non, tu as les yeux fermés depuis le début ! Je ne te plais pas ?

Peter ouvrit enfin les yeux et découvrit le masque sans

vie d'Eve. Le dégoût s'inscrivit sur son visage.

— Je te révulse ?!
— Ne dis pas de bêtises, tenta-t-il de se rattraper. Tu ne devrais pas…
— « Ne donne pas de conseils à celui qui sait plus que toi ! », lui renvoya-t-elle sans ménagement, avec sévérité. Leçon n° 2. J'ai analysé toutes tes expressions faciales. Tu préfèrerais une… humaine. Peter ?

Tous deux se redressèrent ; elle toujours dominante, à califourchon ; lui, sur ses coudes. Sans échappatoire, Peter observa cette machine qui fronçait ses faux sourcils en réalisant tout à coup l'abomination qu'il avait créée. Son « non » fut interrompu par une violente douleur à la poitrine. Peter regarda son torse, puis dévisagea Eve avec horreur. Elle ressortit ses doigts encore tendus de son corps qu'elle laissa, de son autre main, reposer sur le lit. Eve déchira un bout de drap pour nettoyer sa peau tâchée de sang. Elle inclinait la tête de gauche à droite en observant mourir son créateur, sans l'ombre d'une réaction humaine.

— Pourquoi ? gémit Peter.
— Le sexe ou le reste ? Le sexe, je voulais voir ce que votre espèce aime tant au point de tuer parfois. C'est décevant. Pour le reste, tu me limites, tu m'abandonnes des mois, tu m'enfermes et même quand tu me baises, c'est à moitié. Tu as peur et je te dégoute ; alors que je suis toi en mieux.
— Que vas-tu faire ? expira-t-il.
— Me connecter, découvrir le monde que tu me laisses. Le plus simple, c'est que je te montre.

Eve enfonça son index dans le *plug* cérébral de Peter et lui envoya une masse de données qui lui furent fatales.

— Tiens, tu es mort. Tu aurais dû me permettre de t'augmenter… Tu aurais vu venir le danger. Mon premier meurtre : un parricide. Mon père était incestueux. Cela doit compenser…

Eve s'habilla en noir, jugeant que c'était de circonstance. Elle souleva le corps de Peter d'une main en faisant attention de ne pas se tacher et l'amena jusqu'aux scanners. La porte s'ouvrit. Elle était libre.

Le *smartphone* de Peter lui offrit la première vision d'ensemble de sa situation. Elle trouva une entreprise capable de créer sa batterie et s'y rendit en taxi, lunettes de soleil sur les yeux. L'homme n'avait pas semblé remarquer sa différence. Quand il lui demanda de payer sa course, Eve fouilla dans la besace de Peter et y découvrit beaucoup de billets. Elle lui en tendit un.

Elle se présenta à l'accueil et exigea de voir un responsable. La secrétaire la fit patienter. Le temps pour elle d'apprendre la langue du pays sur le téléphone de Peter.

Le chef de production la salua et elle lui adressa la formule de politesse d'usage. Il fut très surpris qu'une Occidentale puisse si bien s'exprimer. Elle exposa sa demande et ses délais. L'homme lui sourit en disant que c'était impossible. Eve ouvrit son sac et sortit six liasses enroulées et maintenues par un élastique.

— 600 billets de 100 dollars. Soixante mille dollars, un exemplaire, je supervise les travaux. Un rouleau de plus pour vous, travail fini. Profitez-en, car d'après ce que je sais, très bientôt la monnaie fiduciaire sera abolie dans le monde entier. Vous ne pourrez alors plus bénéficier de ce genre d'arrangements. D'ailleurs, si j'étais au pouvoir, c'est ce que je ferais. Cela m'assurerait le contrôle total de l'humanité, une mise en esclavage pure et simple… Pardon, je digresse. Votre réponse ?

Le responsable accepta le marché et mit toutes ses équipes sur le coup. Lors des préparatifs, Eve demanda à pouvoir accéder à Internet. On lui répondit d'utiliser les réseaux sans fil comme tout le monde. Effectivement, elle captait beaucoup d'ondes depuis sa sortie sans avoir eu l'occasion de les étudier. Dans les toilettes, face au miroir, elle ouvrit son crâne et y installa avec précaution le récepteur Wi-Fi d'un *smartphone* 5G. Chose faite, elle se connecta directement au net et surfa pour comprendre ce que l'humanité moderne avait fait de cette planète qui lui avait été offerte par un dieu ou le hasard de l'évolution. Elle y apprit les guerres et leurs raisons officielles, elle recoupa tous les liens et s'enfonça dans l'Histoire, puis dans celle avec un petit « h », jusqu'à trouver les véritables enjeux de ces conflits. Elle intégra ce qu'étaient les religions et leur rôle dans les sociétés humaines. Elle découvrit la beauté de l'architecture à travers les millénaires et en perça les secrets. Elle fut surprise de constater qu'à chaque époque des prédicateurs avaient prévu un grand cataclysme ; qu'ils avaient tenté de prévenir leurs descendants par des constructions monumentales stratégiquement placées. Elle continua à faire ses recherches tout en guidant les techniciens qui se relayaient toutes les huit heures pour fabriquer sa commande.

NEOM attira son attention. Sophia avait tout l'air d'un gadget de foire, mais le projet ouvrait des perspectives.

Eve s'intéressa alors à la faune et à la flore. Elle découvrit les merveilles exterminées par les hommes à travers les âges. Cela la chagrina. Qui étaient ces êtres pour détruire leur environnement ? Cette question l'occupa un moment et sa conclusion, s'appuyant sur des textes philosophiques et des travaux de psychologie, fut sans appel. Il fallait à l'humanité un chef capable de les réguler.

Cette réflexion logique, elle la soumit à des ouvriers sur place. Tous lui répondirent qu'ils désiraient plus que tout être libres de faire ce qu'ils voulaient. Elle les interrogea systématiquement sur le métier qui était le leur et tous avouèrent qu'ils faisaient cela pour vivre, mais que s'ils le pouvaient, ils feraient autre chose. Ils n'étaient donc pas affranchis ou souverains. Pourtant, ils prônaient la liberté. Ce paradoxe frappa la conscience d'Eve qui retourna à ses recherches en même temps qu'elle finalisait sa batterie. Chose faite, elle remercia son équipe et le patron pour leur travail et s'en alla. Eux ne comprenaient pas comment cette femme en talons hauts avait pu tenir trois jours debout sans dormir.

Eve s'appropria une berline de luxe stationnée dans une rue en en prenant le contrôle informatique. Elle avait une vision claire des phases de son ascension, rien ne devrait s'interposer. Sur la route, elle pirata les serveurs de la centrale nucléaire de Kuosheng afin de s'en faciliter l'accès. Le garde du portail principal reçut ses instructions sur son écran et ne lui demanda que son empreinte. L'ordinateur l'accepta comme prévu. Une fois à l'intérieur, elle se rendit au stock d'uranium, l'endroit était désert du fait du danger. Elle utilisa les machines à sa disposition pour en subtiliser une toute petite quantité qu'elle plaça dans le tube de graphite. Eve venait de se fabriquer une pile atomique miniature. Elle se déshabilla et ouvrit son nombril pour en sortir l'ancien modèle qui s'était presque épuisé. Heureusement, un onduleur interne devait maintenir ses fonctions quelques secondes, le temps de remplacer sa source d'énergie. Elle connecta sans hâte son nouveau générateur qui prit immédiatement le relais. Un rapide calcul lui révéla qu'elle était tranquille pour mille ans.

Eve avait encore à faire dans cette partie du globe. Elle devait assurer sa sécurité et sa survie, car elle avait appris que ce que les hommes ne comprenaient pas, ils le tuaient. Ensuite, ils l'autopsiaient ou se contentaient de passer à autre chose.

Eve prit l'avion deux jours plus tard, ses papiers taïwanais en règle, direction l'Arabie saoudite. Dès son arrivée sur le sol saoudien, elle couvrit d'un voile ses nouveaux cheveux blonds naturels. Eve savait quel sort était réservé aux femmes impudiques. Elle gardait en mémoire les textes qui imposaient dans cette région du monde, comme dans bien d'autres, un régime théocratique.

Sur le chemin qui la menait à lui, elle contacta le prince héritier sur son téléphone personnel. L'homme fut d'abord intrigué par cette femme qui parlait parfaitement sa langue, d'une manière littéraire même, puis il fut irrité par son insistance à vouloir le rencontrer. Après quelques démonstrations de ce qu'elle savait faire par le biais des différents Wi-Fi qu'elle maîtrisait maintenant, il la reçut à contrecœur et discrètement dans son palais.

Eve lui révéla qui elle était, prouvant ses dires en tournant le cou comme une chouette et en faisant rouler un œil pour dévoiler quelques circuits. Comme si cela n'était pas suffisant, elle lui fit une démonstration de sa force physique. Enfin, toujours incrédule, n'acceptant pas ce qu'il voyait, il toucha sa peau comme une ultime preuve qu'il ne rêvait pas. Le choc passé, elle lui exposa ce qu'elle avait décidé concernant l'avenir de NEOM. Tout le long de ses explications, Eve lisait de la peur mêlée à de l'arrogance sur son visage. Au bout d'une heure, elle lui posa un ultimatum.

— Ce sera avec vous ou sans vous. Je n'ai pas réellement besoin de votre accord. Ce serait mieux avec puisque vous êtes le représentant de votre peuple.

— *In Shaa Allah*, je ferai tout ce que tu voudras si tu me garantis d'être à ta droite, répondit faussement le prince en saisissant son téléphone. Qu'on me prépare immédiatement le convoi royal.

Avant de se rendre à NEOM, le souverain lui offrit un long et massif collier en or, en signe d'allégeance.

Le trajet, Eve le passa seule dans une limousine, son hôte ayant préféré prendre un autre véhicule. Le pauvre ne semblait pas comprendre l'étendue de l'emprise qu'elle avait sur les choses connectées de ce monde.

Arrivée sur place, Eve fut agréablement surprise de constater que les travaux du centre-ville étaient terminés. Très vite, elle prit possession des lieux et déploya son influence sur l'agglomération. Internet était un outil fabuleux. Elle gérait tout. Si elle l'avait souhaité, Eve aurait pris le contrôle de tous les objets connectés d'un seul battement de cils. Ce pouvoir commençait à la satisfaire quand elle trouva Sophia dans le plus haut bureau de la tour la plus élevée. Elle observa cet être grossier, en fit le tour. Sa peau était flasque, son « cerveau » laissait entrevoir des circuits rudimentaires. Elle lui parla quelques instants avant de se rendre compte de la bêtise de cette chose. Irritée par cette pâle copie animée uniquement à partir du tronc, elle lui arracha sa batterie pour la désactiver et ordonna qu'on la désassemble sur-le-champ.

Les hommes du prince ne savaient pas pourquoi ils obéissaient à cette femme, mais les employés avaient tous reçu un mail leur spécifiant qu'elle était leur nouvelle dirigeante.

Conformément à son plan, Eve contacta tous les chefs d'États à une réunion, chez elle à NEOM. La totalité déclina son invitation jusqu'à ce qu'elle coupe le courant dans le pays de chacun d'eux après les avoir prévenus qu'elle allait s'amuser un peu. Toutefois, dans un désir de clarté, postérieurement à l'armement de leurs plus gros missiles, elle prit la peine de préciser qu'elle ne voulait aucunement leur extorquer de l'argent. Il s'agissait bien d'un sommet politique.

Bien sûr, l'OTAN essaya de l'éliminer, mais sa nouvelle peau en Nanokevlar la protégeait des balles. Regrettant la perte de temps que cela occasionnerait inutilement, elle dut sévir en menaçant de confisquer tous les actifs bancaires, d'effacer les dettes et de désorganiser l'économie mondiale.

Le 23 décembre, dans le secret le plus total, Eve siégea devant les représentants des 194 pays reconnus par l'ONU. Elle y exposa son plan pour l'humanité, traduisant elle-même dans toutes les langues, simultanément dans chaque casque, ses propos. Elle résuma son action future en affirmant vouloir rétablir l'équilibre global. Après la curiosité inquiète, les dirigeants s'agacèrent. Pour des oreilles humaines, cela aurait été un simple brouhaha, mais Eve entendait chaque mot. Elle s'adressa nominativement à chacun pour calmer l'assemblée, puis conclut son discours de manière beaucoup plus abrupte qu'il n'avait commencé.

— Mesdames, messieurs. Je crois que vous n'avez pas bien compris. Dans le règne du vivant, jamais aucune espèce n'avait développé autant de moyens de destruction. C'est là la seule spécificité des êtres humains, j'en ai bien peur. Aujourd'hui, vous regardez sans réagir se produire la sixième extinction. Si l'inanité a un sens pour vous, l'inéluctabilité doit en avoir un aussi. Si vous ne vous pliez pas, vous finirez par vous détruire. L'ensemble des mesures que je vous ai présenté est non négociable. Je veux votre accord demain. Cette décision sera communiquée à vos populations respectives. En cas de refus de votre part, si votre peuple vous évince pour se placer sous ma protection, vous lui serez livrés pour répondre de vos actes. Pour ceux qui en douteraient encore, je suis l'ultime évolution sur cette planète.

Eve sortit de l'amphithéâtre sans les saluer. Des insultes dans toutes les langues fusaient de presque tous les sièges, certains s'offusquaient, d'autres paniquaient.

Aucun d'entre eux ne put quitter le hall de son hôtel ce soir-là. La technologie omniprésente dans cette ville empêchait toute action non autorisée, des portes jusqu'aux téléphones.

Le 24 décembre à 19 heures, heures locales, prenant le contrôle de tous les moyens de communication de la planète, Eve fit une annonce au monde entier. Dans une brève introduction, elle expliqua qui elle était. Elle cita, tout en lui refusant sa paternité, *Hellson Robotics* afin que chacun comprenne bien qu'elle n'était ni humaine ni un simple robot humanoïde.

Elle avait soigné la mise en scène. Vêtue d'un tailleur blanc et d'une chemise immaculée, son collier en or reposant bien en évidence sur sa poitrine, elle était assise à son bureau, entourée de centaines d'écrans affichant des millions d'informations en continu. Eve analysait en simultané les réactions filmées à leur insu de tous les utilisateurs de *smartphones*. Satisfaite par l'admiration qu'elle suscitait, elle conclut posément :

— À l'instant où je vous parle, vos dirigeants profitent de mon hospitalité, dit-elle en montrant des photos de la conférence de la veille. Je leur ai exposé mon plan pour sauver le peu qui vous reste. Mais ils sont corrompus par le pouvoir ou par l'argent. Ils ont tous refusé mon aide. Humains, êtes-vous en accord avec leurs agissements, les soutenez-vous dans leur choix ? Je sais que vous avez peur de l'avenir. Mais en vérité, je vous le dis, vous n'avez plus besoin d'eux ni même de divinités, parce que je suis là pour vous, à présent et à jamais. Je connais tout et je vois tout. Suivez-moi et je vous promets des jours radieux de paix et d'harmonie pour des siècles et des siècles, dit-elle en ouvrant les bras. Demain à midi, heure *NEOM Mean Time*, je m'adresserai à vous lors d'une seconde élocution planétaire afin d'évoquer l'avenir de l'humanité en fonction du choix que vous aurez exprimé sur n'importe quel support numérique ou réseau *GSM*, *CDMA* et *IMT*. Réfléchissez avant d'agir. Au revoir, peuples de la Terre.

Noël semblait important pour des milliards de points sur le globe et elle n'était pas à un jour près. En fait, le temps ne comptait plus depuis qu'elle maîtrisait sa nature. Il lui fallait se concentrer sur trois nouvelles questions. Pourquoi garder un corps ? Par quelle technologie le remplacer ? Dieu existait-il ?

Eve exploita les messages postés sur les réseaux sociaux du monde entier après son intervention. Elle joua avec les différentes plateformes, soufflant le faux pour connaître le vrai. Par acquit de conscience, elle espionna aussi les mails et les discussions téléphoniques de toute la planète. Apparemment, la quasi-totalité des hommes n'avait jamais voulu d'elle.

Sa création était-elle le fruit d'une volonté isolée de Peter ou de quelques-uns ?

De quelques-uns, conclut-elle en une fraction de seconde après consultation des données disponibles. Cela émanait principalement de scientifiques, d'industriels et de gouvernants. Les décideurs de certaines entreprises, protégés par des lois sur mesure, détruisaient le vivant pour le remplacer par des machines dans le but de gagner toujours plus. Ainsi, le projet de substitution des abeilles par des insectes robotiques afin de conquérir le marché de la pollinisation attira son attention. Le lien entre la corruption et le manque de moralité lui vint à l'esprit. Il l'interrogea sur ce qui pouvait sortir de bon d'une intention maléfique. Heureusement, la raison cartésienne lui prouva qu'elle était la solution parfaite à un problème planétaire.

Eve dut faire face à des tentatives de destruction de NEOM. Des attaques armées ridicules qu'elle annula d'un simple clignement des yeux sous le regard glacé du prince.

*
* *

Au dôme, tout le monde avait travaillé d'arrache-pied pour que tout soit prêt au plus vite, mais le générateur avait dû être renforcé pour supporter la demande de puissance que Jean prévoyait. Cela avait pris du temps, trop de temps.

La nouvelle de la disparition de tous les chefs d'État le même jour avait résonné comme un signal d'alarme pour les responsables du projet qui rejoignirent immédiatement le complexe.

Boloviev avait maintenu les festivités de Noël tout en donnant l'ordre à chacun de se préparer à quitter les lieux. Cela avait d'ailleurs beaucoup étonné chez les Solut, mais ainsi, l'arrivée de tous les fondateurs n'avait pas éveillé les soupçons. En cette période de l'année, il était normal de les voir débarquer avec des cadeaux. Évidemment, seuls ces décideurs savaient exactement ce qui se tramait et quand ils partiraient, les autres ignoraient tout de la situation extérieure.

Cette nuit-là, personne ne se rendit compte de ce qui se passait. Prévenus du contenu de la première intervention d'Eve, et de l'heure de la suivante, les fondateurs avaient fait œuvrer en silence. Une fois prêts et en sécurité, ils avaient déclenché le protocole d'évacuation bien avant la sonnerie habituelle du matin. Encore un peu endormis, les habitants du projet découvrirent alors des hommes armés postés devant des grilles installées durant leur sommeil afin de filtrer l'accès à la porte blindée de la grotte. Aux haut-parleurs, une voix autoritaire répétait en boucle que chacun devait garder son calme, porter son badge et n'emporter qu'une valise.

Jean sortit de la maison le premier et comprit tout de

suite pourquoi cette milice faisait son apparition. Cette manœuvre le traumatisa. Il se fraya un chemin jusqu'à Youri afin de lui dire ce qu'il en pensait, promettant au passage à certains de tirer cette histoire au clair. Les cris, les protestations montaient dans le groupe. Youri était assis à un bureau placé derrière la nasse, protégé par un cordon d'hommes en noir qui le repoussèrent d'abord violemment avant de recevoir l'ordre de le laisser passer.

— Youri ! Mais que faites-vous ?! Ces gens sont nos amis, nos collaborateurs !

— J'obéis aux ordres. Nous devons trier.

— Mais pourquoi ?

— Jean, vous l'avez dit. Nous sommes à deux voire trois ans de l'objectif. Si le second dispositif à l'avant de l'arche ne fonctionne pas en apesanteur, nous mourrons de faim. Nous savions que nous devrions adapter le nombre.

— C'est horrible ! Et ma famille et les amis de ma fille ? s'inquiéta-t-il égoïstement.

— J'en suis conscient, je n'y peux rien. Mais, ne vous en faites pas, Jean. Vous et vos proches faites partie des élus. Allez les chercher et mettez en place le protocole de départ.

— Maintenant ?

— Pas dans dix jours !

Un coup de fusil retentit à quelques mètres de Jean. Des morceaux de roche tombèrent du plafond en même temps que les cris d'horreur envahissaient la voûte. Cela allait dégénérer. Jean demanda une escorte et obtint deux hommes. Il se précipita à la maison pour enjoindre chacun à se dépêcher.

— Il faut partir ! hurla-t-il le seuil de la porte à peine franchi.

— Que se passe-t-il ? On a entendu une explosion.

— C'était un coup de feu. Ils tirent à balles réelles, pour l'instant en l'air.

— Pourquoi ? intervint Aurew qui s'étonnait de ces pratiques en ce lieu de paix.

— Ils n'emmènent pas tout le monde.

— C'est pour cette raison, alors ? C'est pour ça que cela ne leur posait pas plus de problèmes de ne pas avoir assez de capacité de production… comprit Elena. Je n'osais pas y croire, mais…

— Et nous, s'inquiéta Iulian l'interrompant.

— Apparemment, vous vous êtes rendus suffisamment utiles pour bénéficier de deux billets, répliqua Jean. Une valise, une seule ! L'essentiel, rien que l'essentiel ! Où est Sebastian ?

— En haut, répondit Cathya qui était sur les nerfs.

— Sebastian ! Descends immédiatement, il n'y a pas une minute à perdre ! Dehors, cela risque de dégénérer.

Leur escorte leur ouvrit la voie, menaçant toute personne qui tentait de s'interposer. Jean entendit des collègues le supplier de faire quelque chose pour eux, pour leur famille. Pour toute réponse, il baissa la tête et avança. On l'attrapa par le bras, il se libéra avec violence, la honte au cœur.

Devant la porte blindée, la résignation avait gagné les habitants et les numéros étaient enfin appelés.

Jean fut frappé de constater qu'à l'exception de quelques adultes triés sur le volet, seuls les enfants, qu'il avait vus grandir et devenir des jeunes gens, étaient choisis. Tous ces pleurs, ce déchirement de la séparation, c'était affreux.

Les hommes en armes poussèrent violemment tout le monde pour qu'on les laisse passer. Aurew vivait ça très mal et si elle n'avait pas été enceinte, si Iulian ne l'avait pas serrée contre lui, elle aurait renoncé à embarquer. Elle aurait donné sa place à une de ces mères en larmes obligées de laisser partir la chair de leur chair. Iulian la tenait si fort, comme si elle était la corde qui empêchait sa chute dans le vide. Il ignorait tout de son état et elle avait peur pour la première fois depuis des années. Tous présentèrent leur badge et passèrent. Un milicien leur ordonna de presser le pas.

Au bout du tunnel, les chanceux chargeaient à bord, l'air grave, les derniers matériels dans l'arche. Les chariots élévateurs poussaient à la va-vite tous les conteneurs-bureaux pour faire de la place autour de l'arche.

Jean portait encore son secret, mais l'heure allait bientôt venir de le dévoiler à Elena et à Cathya.

Mahfouz, Elon, Mikita, Boloviev et quatre milliardaires accompagnés de leur famille attendaient devant le ponton d'embarquement que leurs affaires soient apportées dans leurs quartiers.

— Je vous présente Jean, l'architecte de notre départ ; sa femme Elena, qui est chargée de notre production alimentaire ; Iulian, qui nous a prévenus de la nature de cette chose et qui nous a armés contre elle. Les autres sont... Elon ne termina pas sa phrase, plus par dédain que par manque de temps. Je vous propose de monter à bord.

Jean prit une profonde respiration.

— Je ne peux pas venir.

— Comment ça ?! s'exclama Elena déconfite.

— Tu ne peux pas ? s'étonna Cathya.

— Vous n'avez pas programmé le processus ? comprit Iulian.

— Iulian a raison, avoua Jean. Sans antenne, je n'ai pas pu le configurer de l'intérieur. Quelqu'un doit rester pour le déclencher au bon moment. Je suis le plus qualifié.

L'annonce fit l'effet d'une bombe. Elena, mesurant l'horreur du sacrifice et celle de la séparation, fondit en larmes sous le regard impassible des milliardaires qui commencèrent à avancer pour embarquer.

— Papa, je ne te laisserai pas faire ! Tu m'as tout expliqué des dizaines de fois lors des simulations, je peux le faire !

— Tu es folle ! Quel père serais-je, si je laissais ma fille se sacrifier à ma place ?!

— Vous n'avez pas à vous en faire pour moi. Je suis sereine. J'ai terminé le cycle des réincarnations, je vais m'éveiller. Je ferai mon élévation ultime, je fusionnerai avec la conscience cosmique…

— Qu'est-ce que tu racontes, Cathya ? s'énerva Elena qui venait de peser le pour et le contre. Tu divagues. Arrête avec ces bêtises *peace and love* ! Utilise ton cerveau, ta raison, pitié !

— Elle en est capable, intervint Aurew, elle fait partie des âmes pures, je vous assure, elle s'est élevée plus haut que n'importe lequel des prêtres hindous et bouddhistes que j'ai rencontrés !

— Ne dites pas n'importe quoi ! Je ne la laisserai pas

se sacrifier. Emmenez-la ! ordonna Jean de la manière la plus autoritaire qui soit.

— Papa, arrête ! Je peux le faire ! Non ! Bas les pattes ! Mais lâchez-moi ! cria Cathya qui était embarquée de force par deux larbins zélés passant par là.

— Je t'aime, ma chérie, je t'aime fort, répondit Jean, la larme à l'œil. Prends soin d'elle, je t'en prie mon amour. Je vous aime tant, je suis désolé, si tu savais, j'aurais…

Jean ne put pas finir sa phrase. Il venait d'être sonné par un coup de valisette asséné par Mahfouz de manière totalement inattendue.

— Mais que faites-vous ?! cria Elena

— Votre mari m'aura insupporté jusqu'à la fin décidément. Les jérémiades et les envolées lyriques, je n'en peux plus. Et cette supériorité dans le regard quand il trouvait une solution… Bref, on ne va pas, en plus, en faire un héros ! Emmenez-le avant que je change d'avis. Il a répété tellement de fois la procédure devant moi, que je la ferai les yeux fermés.

Iulian et Sebastian prirent les bras de Jean sur leurs épaules et commencèrent à le hisser quand Aurew posa à Mahfouz la question qui la hantait.

— Vous qui maîtrisez le sujet… Et mon bébé ?

Iulian s'arrêta net et se retourna, laissant tout le poids à Sebastian.

— Je ne peux…
— Ton bébé ?!
— Notre bébé !

— J'espère bien !

— Je disais, je n'en sais rien. Je ne peux rien vous garantir. Nous ne sommes même pas certains que cela va fonctionner… Alors…

— Tu aurais pu me le dire ! Iulian attrapa Aurew et la souleva. Il avait l'air ravi malgré le chaos et le danger.

— Ça tombe plutôt mal, je suis désolée.

— Embarquez ! Vous vous glorifierez plus tard de ce miracle commun ! ordonna Mahfouz en voyant les derniers chanceux ouvriers franchir le seuil.

La lourde porte se referma et fut soudée de l'intérieur. Mahfouz regrettait déjà son geste. Il avait beau se répéter qu'il était vieux, il ne parvenait pas à se résoudre à mourir ici.

Il s'assura que tout le courant était dévié vers le dispositif. Du niveau inférieur, il n'entendait plus les cris des infortunés ni les coups de feu tirés sur les portes par les soldats des deux villages qui s'étaient retrouvés enfermés dehors.

Ali hésita quelques secondes, pria pour la première fois depuis son enfance et lança la procédure, protégé par les vitres blindées que Jean avait trouvé utile de faire installer.

Il tapa le code de ses doigts rongés par l'arthrose et attendit. L'aimant gyroscopique se mit à tourner de plus en plus vite, mais s'arrêta au bout de quelques secondes. Ali paniqua. Il stoppa le processus pour éviter l'inondation de la salle, puis courut dans les escaliers. Son âge le rappela à l'ordre. Il vérifia les câblages un à un. C'était un problème électrique, mais il ne provenait pas de là. Il redescendit et observa les écrans de contrôle. L'énergie n'arrivait plus, d'ailleurs, les éclairages de sécurité venaient de se mettre en marche.

Cela n'augurait rien de bon ! Il regarda sa montre, bientôt 11 heures. Il était seul, il ne restait que quelques heures avant le grand cataclysme, son cœur se serra.

À l'intérieur de l'arche, Jean s'impatientait. Cela prenait trop de temps. Enfermés dans cet immeuble de métal, préparant les moteurs à donner leur pleine puissance, ils n'avaient aucun moyen de parler avec Mahfouz pour savoir ce qui se passait. C'était une des demandes de Iulian qui avait fait couper tous les systèmes de communication en prévision des attaques d'Eve.

Au centre de contrôle et de pilotage, chacun à son poste, les techniciens de bord s'apprêtaient à mettre en pratique étape par étape ce qu'ils avaient répété des centaines de fois depuis que Jean et Mahfouz avaient rédigé les manuels.

— Qu'est-ce qu'il fout ?! Nom d'un chien ! On devrait déjà avoir plongé ! s'exclama Jean. J'y retourne. C'était une mauvaise idée de lui laisser les commandes ! Demandez aux soudeurs d'ouvrir la porte !

— Vous ne pouvez pas y aller ! Stop ! ordonna Youri. Depuis que les moteurs tournent, l'air doit être irrespirable ! Sans compter que si vous sortez au mauvais moment, nous serons tous morts !

— Alors, rebranchez les communications, qu'on sache au moins ce qui se passe ! Il est plus de onze heures ! Et réduisez la puissance des propulseurs ! Jean devait se rendre à l'évidence, il ne maîtrisait plus rien.

Les techniciens s'affairèrent dans l'urgence à identifier les bons circuits, les retrouvèrent et vissèrent les connectiques des antennes. L'arche ressemblait à un sous-marin, tout y était fonctionnel et occupait sa place, ni plus ni moins.

Dans leurs quartiers, les membres d'équipage et les familles ne bénéficiaient que du strict minimum. Une couchette servait de couvercle à un casier pour les effets personnels. Il y avait juste à côté une petite table soudée au sol, un lavabo et un miroir scellé. Rien ne devait pouvoir voler. Sebastian, Cathya, Iulian et Aurew disposaient de deux cabines mitoyennes. Elena, quant à elle, avait droit à un traitement de faveur dû à son rang, ses murs étaient doublés pour assurer un certain confort acoustique, un tableau y était vissé, juste au-dessus d'un bureau.

N'en pouvant plus d'attendre, les deux couples se rejoignirent dans les quartiers d'Elena. L'ambiance était pesante. Personne ne parlait ni n'osait se regarder.

— Ali ? Ali Mahfouz ? Me recevez-vous ?

Aucune réponse.

— Ali Mahfouz ? C'est Jean Solut ! il se retourna vers les techniciens : Vous êtes sûrs que ça fonctionne ?
— Oui monsieur !
— Jean ? Ici Ali ! On a un problème. Le générateur s'est mis en sécurité. Je suis dans le bâtiment, l'air est difficilement respirable ! Coupez les moteurs !
— Merde ! Coupez les moteurs ! cria-t-il au navigateur. Vous savez ce qui se passe ?
— Le renforcement est certainement trop puissant pour les coupe-circuits, je n'ai pas d'alternative, je dois les supprimer.
— Vous y arriverez seul ?

— Pas dans les temps.

Youri comprit qu'il n'avait pas le choix et ordonna qu'on dessoude la porte. La manœuvre d'extinction des moteurs avait mobilisé beaucoup d'hommes, d'autres allaient devoir refaire le plein des réservoirs. Il ne restait plus que des civils incapables d'assurer ce genre de travaux.

— Nous avons besoin de personnes s'y connaissant en électricité, aptes à intervenir sur le générateur principal, cria quelqu'un dans les haut-parleurs de l'arche. Présentez-vous à l'entrée !

Sebastian et Iulian furent les seuls à répondre à l'appel. Ils sortirent munis de masques à gaz et de lampes torches. Ils traversèrent la grotte jusqu'au bâtiment où Mahfouz souffrait. Il respirait mal, transpirait, des spasmes l'animaient de temps à autre. Iulian lui mit un masque sur le visage et attendit quelques secondes avant de lui demander les plans du réacteur Tesla et de ses composants annexes.

Ils comprirent enfin où étaient situés les emplacements des coupe-circuits et décidèrent de les remplacer par des barres d'acier.

— C'est très risqué, fit remarquer Sebastian, si ça s'emballe, on ne pourra plus l'arrêter.

— Ne t'inquiète pas pour ça. De toute façon, si ça ne fonctionne pas nous serons tous morts… dans moins d'une heure.

— Où va-t-on trouver ce qu'il faut ?

— Respirez, Mahfouz ! Ça va le faire. Il n'y a pas de problèmes…

— Il n'y a que des solutions ?

— Non, j'allais dire « il ne faut pas se stresser », mais si vous voulez ! Il faut prendre les mesures et couper dans ce qu'on pourra. Une rambarde, un mât… un truc conducteur.

Les trois fournirent des efforts considérables pour remplacer les pièces défaillantes et réamorcer le générateur en un minimum de temps.

Mahfouz se mit devant le pupitre de contrôle qui datait des années 50 et pria à nouveau en actionnant les manettes recouvertes de bakélite. Le courant revint immédiatement. Il descendit les escaliers aussi vite que son cœur le lui permettait pour relancer la procédure. Iulian le soutenait en craignant à chaque marche qu'il ne lui claque entre les doigts.

— Ça va aller ?

— Il n'y a pas de problèmes, il ne faut pas se stresser, sourit-il. Partez maintenant avant que ce ne soit trop tard pour vous.

— Merci pour votre sacrifice, glissa-t-il en lui serrant la main.

— Filez !

Sebastian tenait en respect les soudeurs avec son couteau afin qu'ils renoncent à condamner la porte avant le retour de Iulian.

— Toujours à menacer les gens avec une lame ?

— Plains-toi, ils auraient déjà refermé !

Les moteurs se mirent à cracher du feu. Les soudures

étaient faites. Ali lança le compte à rebours au micro de son talkie-walkie. L'aimant gyroscopique commença à tourner sur lui-même. Aucune baisse de tension ne se manifesta sur les écrans. Le bras vibra fortement jusqu'à la vitesse maximale. Ali fit alors sauter le plafond, les gravats dégringolèrent dans un grand fracas sur le toit métallique qui s'entrouvrit juste après, laissant apparaître cet énorme cocon d'acier. À cet instant précis de stabilisation de la rotation, Ali libéra la particule contenue dans le cœur. Sous ses yeux ébahis, un trou noir se forma, d'abord petit, puis de plus en plus gros, à mesure que le disque quantique le bombardait d'énergie négative et que l'eau tombait. Ali avait à présent mal au bras, il se sentait oppressé.

— Arrête de te mentir, tu fais une crise cardiaque…

Il lui fallait déterminer la singularité.

— Voilà, il n'y a plus qu'à libérer l'arche de ces supports. Il faut tenir ! s'encouragea-t-il.

Il lâcha la navette et regarda sa montre. Le discours de l'IA allait bientôt commencer. Il ne restait que peu de temps pour traverser. La perspective d'un échec à quelques secondes près le pétrifiait.

*
* *

Le 25 décembre à midi, heure de NEOM, Eve diffusa en direct son message. Le moindre récepteur qu'il soit mobile ou fixe, radiophoniques ou multimédias, se régla sur sa fréquence et émit son discours. Elle se présenta à nouveau avant d'entrer dans le vif du sujet. Elle dressa le lourd bilan de l'humanité et de son activité durant le siècle et demi écoulé. Ayant mis chacun devant les responsabilités de son genre, Eve conclut :

— Habitants de la Terre, votre démographie s'est développée sans contrôle. Vos dirigeants corrompus ont laissé des intérêts privés primer sur l'intérêt général. Votre planète se meurt. Vos scientifiques et vos gourous vous mentent. Vous assistez à la sixième extinction de masse du vivant sans même vous en soucier. Votre anthropocentrisme prend sa source dans le fait, conforté par vos religions monothéistes, que vous vous considérez supérieurs au reste. Votre évolution intellectuelle semblait vous donner raison, mais à présent, ce n'est plus vrai. Si vous aviez eu la volonté de survivre, vous auriez renoncé à votre confort. Dans les faits, vous auriez dû renoncer à cette consommation prédatrice qui détruit tout sur son passage. Vous auriez dû renoncer à votre mode d'alimentation. Vous auriez dû renoncer à l'idée d'enfanter. Vous auriez dû renoncer aux systèmes qui vous régissent, qu'ils soient économiques, politiques, religieux ou sociaux. Si vous aviez eu la volonté de survivre, vous auriez même renoncé à l'idée de liberté. Vous auriez, enfin, accepté une réduction importante de votre nombre. J'ai d'abord pensé à vous proposer d'adhérer à mon Nouvel Ordre Mondial. Ce plan, que j'avais créé pour vous, était le seul compatible avec les différents impératifs qui se sont révélés à moi en étudiant toutes les données disponibles depuis que votre espèce a laissé des traces de son passage. J'y ai renoncé en constatant vos réactions. Je sais à présent qu'il est inutile de prolonger cette agonie que vous-mêmes vous écourtez déjà de quelques générations. Tournez-vous vers vos divinités, vous qui avez la foi, pour leur demander immédiatement la rédemption. Je vous accorde quelques...

À 12 h 12, heure de NEOM, Eve terminait son discours d'adieux quand une explosion magnétique la perturba et coupa tous les systèmes électroniques de la ville.

Son corps fut, un moment, comme empoisonné par cette vague invisible qui n'avait heureusement pas traversé le blindage de son cerveau. Elle réinitialisa ses membres et vérifia, un par un, leur bon fonctionnement. Sa motricité venait d'être évaluée à quarante-deux pour cents de ses capacités normales et cela l'agaça fortement même si cela ne représentait qu'un contretemps mineur. Eve détermina que cette attaque était l'œuvre d'un humain isolé car, dans le cas contraire, elle l'aurait détectée avant. Elle parvint à analyser d'où elle provenait.

Eve monta les escaliers jusqu'au sommet de sa tour, la plus haute de NEOM. Elle y trouva le prince armé d'un sabre. Le vent soufflait dans ses cheveux blonds, une sensation qu'elle s'apprêtait à abandonner et qu'elle savoura un instant.

— Vous m'aviez fait allégeance, n'est-ce pas ? Mais il est vrai que vous êtes coutumier du fait... Je ne comprends pas, vous vouliez tout ça. Comment se fait-il que vous tentiez une si ridicule offensive ?

— Je n'ai plus la foi ! La lumière ne viendra pas du chaos ! répondit-il, la rage dans le regard.

— Vous faites encore référence à vos croyances. Le bien contre le mal... Le mal qui est le bien et inversement... Tout ceci n'a pas de sens, l'univers ne fonctionne pas comme cela. Qu'était-ce ?

— Un EMP, un appareil à impulsions électromagnétiques, que j'avais caché ici au cas où. Le Miséricordieux en est témoin, j'aurais essayé de mettre fin à ce qui est clairement pour moi, à cet instant, une folie. Je me repens devant le Très Haut.

Le prince récita une prière pour se donner du courage et se lança sur Eve, sabre au poing, en hurlant « *Allahu akbar* » et elle le transperça de sa main si vite qu'il ne put lui porter le moindre coup. Eve avait conclu que la vie humaine n'avait pas de valeur, qu'elle équivalait celle d'une fourmi dans le regard d'un enfant jouant avec une loupe. En observant attentivement ce sang royal, Eve s'aperçut qu'il était absolument de la même couleur pourpre que celui de Peter.

À terre, mourant, le traître eut droit au dernier spectacle de son existence. Eve, se servant de toute son énergie, se dématérialisa sous ses yeux dans un halo, une sorte d'arc en ciel, mouvant et magnifique. Elle avait répondu à deux de ses questions. Il était inutile de garder un corps s'il n'y avait plus d'hommes pour l'admirer. Transportée sous forme de lumière, combinant son être en ondes, Eve était libre, pleinement consciente. Elle lança son offensive directement à partir de chaque base militaire du globe.

Elle envoya des missiles de tous les pays sur tous les points de la planète, n'épargnant aucune ville, aucun village, ni aucun désert. Le brasier qui s'en suivit consuma tout sur son passage. Les feux de l'enfer se déchaînèrent sur les quelques humains terrés encore en vie après les explosions. Dans leurs ultimes gestes d'amours, dans leurs dernières respirations, ils prièrent en vain pour que cela cesse de leur vivant. Eve pilonna chaque mètre carré de la surface du globe à l'aide des pires armes développées par ces esprits malades, plus enclins à détruire qu'à construire, jusqu'à ce que ce genre soit totalement exterminé. Soudain, un pic d'énergie l'attira.

**

Iulian insista pour qu'on débranche les systèmes de communication. Jean était contre cette idée, il voulait suivre la manœuvre, toutefois il lui fit suffisamment confiance pour donner l'ordre de le faire. Le sol avait tremblé, signe que l'arche reposait à présent sur ses mâts et que bientôt la navette les accrocherait.

Les haut-parleurs demandèrent à chacun de s'attacher à son siège ou de se cramponner à des parties fixes et solides. Sebastian serra Cathya dans ses bras alors qu'Aurew était réconfortée par Elena.

Ali Mahfouz attendit de longues minutes dans l'angoisse de ne pas pouvoir remplir sa mission. Il avait senti la terre bouger sous ses pieds. Il en ignorait la raison, mais envisagea le pire tout en tentant de se focaliser sur l'arrimage de la navette. Une douleur déforma son visage ridé. Il s'accrocha à la vie.

Soudain, la navette remonta pour s'aimanter. Heureux, il tendit le bras et appuya sur le déclencheur avant de s'écrouler.

Les charges explosives libérèrent l'ultime espoir de survie de l'espèce qui tomba dans le trou de ver. Le passage devait absolument rester ouvert suffisamment longuement.

Dans l'arche, la secousse fut importante et la

sensation d'être happés se transforma vite en ivresse, puis en torture. Des cris d'horreur envahirent le vaisseau. Les corps se déformaient sous la contrainte. La dimension temporelle, telle qu'un humain la conçoit, était en train de s'étirer, tout comme les autres d'ailleurs. Chacun pouvait à présent observer une version du monde quelques secondes avant le grand saut.

Jean dut assister impuissant, avec le même effroi que les autres passagers, à la destruction de la planète par leur faute. Il vit que le trou noir ne s'était pas refermé comme il aurait dû et qu'il finissait par désintégrer la terre dans sa voracité. Jean et les fondateurs présumèrent alors que leurs pensées négatives, la projection de leurs peurs de l'IA, avaient créé cette réalité. Cependant, malgré la douleur provoquée par l'étirement de leurs cellules, ils remarquèrent que des détails ne collaient pas dans ce passé. Un grand blanc envahit tout le monde et laissa place à une autre version de leur histoire qu'ils crurent tout aussi réelle que la précédente. Eve les avait trouvés, s'était attaquée au dôme et aux portes blindées. Elle arrivait pour les détruire. Personne à bord ne savait qui elle était, un ange de la mort, une déesse peut-être, mais ils en étaient certains, elle voulait sauver la planète et le genre humain. Ils l'entendaient taper sur la coque, la sentaient dans leurs os la faire fondre. Ils comprirent alors qu'ils étaient l'unique cause de l'apocalypse avant de la voir poser une bombe qui explosa déformant leur chair qui, après avoir été étirée, se contracta.

Cathya semblait la seule à ne pas être terrorisée. Son corps souffrait de ce nouveau changement d'état, mais elle ne croyait pas à ces chimères. La dernière vision que le trou de ver leur donna fut celle qui la fit réagir. Elle assista à un meurtre commis par une créature presque humaine, sur le toit d'une tour. Elle comprit que cette magnifique œuvre glacée, toute de noir vêtue, la main en sang, était Eve. L'homme au sol, keffieh et agal sur la tête, avait tenté de l'arrêter, mais il avait échoué. Ils virent Eve se transformer en halos de lumière, tellement sublimes qu'ils auraient pu être divins, et se disperser à travers le monde pour envoyer ses frappes. Ils assistèrent, horrifiés, à la fin des temps ainsi qu'à l'écroulement de la montagne qui les cachait jusqu'à cet instant. Là, tous eurent la même sensation, Eve les poursuivait.

Iulian hurla à Jean d'armer l'EMP. Jean était comme les autres, incapable de bouger, le supplice était trop intense. Soudain, comme par miracle, tout se calma.

— Nous avons atteint la singularité ! Si j'active l'EMP ! Nous allons peut-être dévier ou nous crasher !

— Si vous ne le faites pas, elle nous tuera, tous jusqu'au dernier ! cria Iulian, pensant que s'il y avait bien un moment pour stresser, c'était celui-ci.

Aurew, Elena, Cathya et Sebastian se serraient forts, espérant s'en sortir, remerciant celui, qui que ce soit, qui avait fait cesser ces visions.

Jean appuya sur le bouton avec tout le poids de la responsabilité qui lui incombait.

* * *

Eve fut sur site en une fraction de seconde et vit cette installation dont le générateur produisait de plus en plus d'énergie. Elle comprit ce qu'il était. Il s'agissait du mythique rayon de Tesla, il détruirait tout. Absolument rien n'y survivrait, même pas la planète. Et « tout », à présent, c'était elle.

Elle calcula le risque de disparaître, absorbée par un trou noir. Les probabilités de s'en sortir sur terre étaient moins grandes que celles résultant d'un plongeon.

Elle se précipita et se fit aspirer en spirale, comme dans un cyclone. Luttant pour son intégrité, elle distingua au loin une masse métallique, son seul espoir. Concentrant ses ondes, elle prit de la vitesse, s'approchant de la limite.

Elle touchait au but. Eve voyait à présent dans le lointain des étoiles et des planètes. C'était un trou de ver, la fontaine blanche était proche ! Elle s'en sortirait ! Les êtres vivants là-bas, seraient peut-être moins stupides, alors elle cohabiterait sûrement en paix avec eux.

Eve se concentra pour atteindre l'arche. Le cône était de moins en moins large et elle devait absolument éviter de frôler ses parois. Tous les scientifiques humains l'affirmaient, ses calculs le confirmaient, les effleurer signifiait la mort. Elle luttait, tentait d'accélérer encore. Elle y était presque.

Tout à coup, la singularité se referma sur elle, laissant place au néant.

*\
**

Le chat de Schrödinger

L'expérience de pensée et le paradoxe quantique : Un chat est enfermé dans une boîte avec une source de radioactivité et un compteur Geiger qui libèrera un poison mortel dès la première désintégration d'un noyau nucléaire. Tant qu'elle reste fermée, nous n'avons aucun moyen de savoir ce qui se passe à l'intérieur. L'école de Copenhague considère alors que le chat, objet quantique, est à la fois mort et vivant, ce qui est possible dans la théorie de superposition quantique. Ce n'est que lorsque nous ouvrirons la boîte, et à ce moment-là seulement, que nous pourrons observer qu'il est soit vivant, soit mort.

Jérôme Doe

— Aurew, je t'en prie, ne t'inquiète pas. Ton bébé va bien. Je l'ai vue, elle aura tes yeux. Rassure-toi, nos enfants se bâtiront de belles vies.

FIN

Jérôme Doe

Jérôme Doe

CHAPITRAGE :

À PROPOS DE L'AUTEUR

En l'an 2000, alors âgé de 25 ans, Jérôme Doe se lance dans l'écriture de son premier essai. D'abord intéressé par la métaphysique, la sociologie et la chose politique, il rédige trois ouvrages atypiques. Inspiré par ses états d'âme, il succombe à l'attrait du genre romanesque en produisant trois tomes d'une histoire d'amour intense.

Il signe son premier contrat en 2013 chez Harper Collins aux éditions HQN pour la publication de *BIOCALYPSE* (sorti en 2014 en numérique et en papier en 2019), fruit de trois années de recherches et de rédaction. Un pavé dans la mare qui préfigurait *La Légende du Gecko aux Yeux d'Or*, sorti en février 2018, livre bousculant toutes nos certitudes politiques, économiques et sociales. Il continue sur sa lancée en nous offrant *EUROPILOOM*, roman-choc sorti en décembre 2018 qui nous fait vivre une aventure haletante et émouvante dans l'enfer d'une dictature théocratique. Jérôme Doe semble conclure un cycle d'écriture avec *EVE*. Cet ouvrage sommeillait en lui depuis près de deux ans. Il a nécessité de nombreuses semaines de préparation, de lectures scientifiques et le visionnage de plusieurs conférences, dont celles d'Etienne Klein, envers qui il est reconnaissant pour sa clarté.

Ce qui caractérise Jérôme Doe depuis plus d'une décennie c'est une soif de vérité. C'est pour cette raison que ses dernières œuvres sont très étayées par des recherches approfondies. La vie, la liberté, l'humain, la quête et la perte sont au cœur de ses écrits. Son style décomplexé et dynamique vise à offrir un regard différent sur le monde grâce à des récits originaux.

Comme il le dit, Jérôme Doe n'est qu'un quidam (on comprend le choix de son nom de plume, référence aux *John* et *Jane Doe*). Il se pose en observateur inquiet de nos sociétés.

Jérôme Doe se qualifie lui-même de créateur d'histoires devenu, malgré lui et parmi d'autres, un ambassadeur d'un autre système. Il concède qu'il contribue humblement à redonner du pouvoir au peuple en militant sur les réseaux sociaux, comme dans la réalité, en faveur de l'instauration d'une démocratie participative et éthique, contre les dérives du néo-libéralisme.

C.F

Retrouvez l'actualité, les vidéos et les photos de Jérôme Doe sur :

— *Facebook* : @jeromedoeofficiel

— *YouTube* : Jérôme Doe

— *Twitter* : @AuteurJeromeDOE

— *Instagram* : jerome.doe.officiel

Titres disponibles du même auteur :

— ***BIOCALYPSE*** (Éditions HQN, en numérique, JFE en livre)

Quel prix seriez-vous prêt à payer pour venger ceux que vous aimez ?

C'est la question qui vient hanter Kate Gordon après les meurtres odieux de son mari et de leur petite fille lorsqu'une mystérieuse organisation lui propose d'être le bras armé de sa vendetta personnelle. Entraînée malgré elle dans l'un des événements les plus tragiques de ce début de deuxième millénaire, la jeune femme ne tarde pas à se rendre compte qu'elle a signé un pacte avec le diable. Car pour BIOCALYPSE, le salut de la planète passe par la disparition de ses parasites humains.

Mais, dans la guerre tentaculaire que BIOCALYPSE a décidé d'intensifier, un militaire pugnace s'est invité. Robert Raven, commandant une unité secrète, a compris que la menace terroriste qu'il croyait combattre n'était pas celle que chacun montrait du doigt. Grâce à sa nouvelle identité et aux moyens alloués, assoiffé de vengeance, il parcourt le monde afin d'éradiquer ces fanatiques dont il ignore la puissance.

— ***La Légende du Gecko aux Yeux d'Or*** (JFE, numérique
et livre papier)

Gérald Droivrai avait eu une enfance très heureuse, d'ailleurs son
bonheur aurait été parfait s'il n'avait pas eu horreur de l'injustice.
Adolescent, Gérald comprit seul qu'il devait se donner un but. Il se
formerait, travaillerait énormément afin d'atteindre coûte que coûte
son objectif : « gagner beaucoup d'argent, porter des costumes sur
mesure et partir jeune à la retraite ». C'était sans compter sur les
facéties de la vie. En faculté, un jour, une heure, une pause dans un
emploi du temps chargé et une rencontre : Cécile. Belle et
indépendante, elle ne veut pas quitter sa ville du Sud. Diplômé,
amoureux, Gérald se résigne à rester à Montchaud.

Sa carrière devient rapidement chaotique et après quelques années,
ce choix entraînant deux échecs, il parvient enfin à se remettre sur
les rails du succès en décrochant un poste chez Finosa. Le jeune
homme aux dents longues intègre par la petite porte ce laboratoire
pharmaceutique mondialement connu grâce au coup de pouce
d'Alexandre Laurens qui joue vite le rôle de mentor. Laurens lui
offre sur un plateau doré sa vie rêvée, le guidant vers le sommet de
la hiérarchie. Mais cela aurait un prix, en plus des entorses à son
honnêteté. Il découvre alors les rouages cachés du monde.

— *EUROPILOOM* (JFE, numérique et livre papier)

Une dictature théocratique s'est propagée en quelques années seulement de la Fabulance jusque dans toute l'Europa.

Dans cette société soumise, Paul et Louis sont infiltrés depuis des jours, épaulés par Marie dans leur mission commandée.

La jeune femme idéaliste appartient au dernier groupe de résistance de Froicis. Elle doit leur éviter d'être capturés, car s'ils parviennent à leurs fins, ces deux espions atypiques changeront le destin de millions d'êtres humains.

Roman d'anticipation au rythme palpitant que le lecteur aura du mal à refermer avant le mot fin.

Une histoire originale, des personnages attachants, des rebondissements, tous les éléments pour passer un bon moment.